Ana Schnabl

Meisterwerk

ANA SCHNABL

MEISTER-
WERK

ROMAN

Aus dem Slowenischen von Klaus Detlef Olof

TransferBibliothek
FolioVerlag

Für Peter
und seine unendliche Herzensgüte

18. September 1985

Es regnete Vorhänge. Die Reklametafeln, der Kiosk, die Auslagen der Geschäfte – alles wurde vom Wasser verschluckt. Die Menschen krümmten sich unter schlaffen Schirmen und sahen zu Boden, als könnten sie sich so besser vor der Nässe schützen, und stießen auf dem Weg wer weiß wohin, nur halb bei sich, zusammen. Der Fahrer eines kleinen Fiat verlor für einen Moment die Kontrolle über seinen Wagen und scheuerte laut am Bordstein entlang, erschreckte die Passanten und löste den Aufschrei eines jungen Paares aus, das der Regen zu einer Groteske hatte verschwimmen lassen. Der Mann im leichten Mantel, der ihm um die Schenkel flatterte, weil er vergessen hatte, ihn zuzuknöpfen, oder es nicht konnte, marschierte direkt in die größte Pfütze auf dem Gehsteig. Bis zu den Knöcheln im Wasser, blieb er am tiefsten Punkt stehen, und seine Lippen formten einen Fluch, wie er ihn in diesem Monat vermutlich nicht noch einmal ausstoßen würde. Eine junge Frau, nach Studentenart als Rebellin kostümiert, mit einem mit zahlreichen Badges dekorierten Rucksack – Pankrti, NSK, Mladina –, klappte beim Einsteigen in den Bus ihren Schirm zusammen und stieß ihn einer anderen studentischen Rebellin versehentlich gegen den Kopf. Ihr Gesicht überflog rivalisierende Befriedigung.

Die Szene würde in einen albernen französischen Film passen, der die Kopflosigkeit der Menge zum Thema hat, dachte er, als er unter dem schützenden Vordach stand. So wenig braucht es, um unsere Verwundbarkeit offenzulegen. Ein paar stärkere Regengüsse, ein bisschen abgestandenes Essen, etwas zu wenig Aufmerksamkeit. Lächerlich. Kleine und jedes Mal ganz beliebige Abweichungen von unseren genauso beliebigen Erwartungen riechen bereits nach Apokalypse, nach dem Ende der Geschichte. Zerbrechlich ist unser Gleichgewicht, aber vielleicht ist das Gleichgewicht von Haus aus nicht stark, vielleicht blitzt es nur kurz auf und ist schon wieder weg.

Er zündete sich noch eine Zigarette an. Sie hatte zu ihm gesagt, er solle nach zwei Uhr kommen, und die Uhr zeigte vier Minuten drüber. Er durfte nicht den Eindruck von Ungeduld erwecken, das kommt einem Mann seines Alters und seiner Erfahrung nicht zu. In Wirklichkeit zögerte er es hinaus und war sich dessen bitter bewusst – wie immer dachte er in den entscheidenden Momenten über nicht entscheidende Details des Lebens nach und rauchte viel. Mit der Linken presste er die Tasche, in der sich in einer Plastikhülle die Mappe mit dem Ausdruck befand, so stark gegen die Brust, dass er einen leichten Krampf verspürte. Er lockerte den Griff, ließ die Tasche zur Hüfte hinabgleiten, sog noch ein letztes Mal den Rauch tief ein, trat die Zigarette aus und öffnete den Schirm. Bis zum Eingang waren es annähernd zwanzig Meter, und das war kein leichter Gang. Sein großer und breiter Körper kämpfte sich über die Straße wie durch Schlacke. Als er seinem Spiegelbild in der Eingangstür begegnete, bemerkte er trotz der Schlieren, dass er sich um ein paar Grade vorgebeugt hatte. Bevor er die Tür öffnete, richtete er sich auf.

Der Gesichtsausdruck der Dame an der Rezeption war von penetranter Freundlichkeit, und er konnte nicht anders, als sich dahinter eine ausgesprochen aggressive Person vorzustellen.

Eine von denen, die ihre Strenge unterhalb der Grenze des Wahrnehmbaren, aber mit umso größerem Erfolg in die Welt hinaustragen.

„Gehen Sie bitte in den vierten Stock. Der Aufzug funktioniert heute leider nicht. Sie wird Sie auf dem Flur zu den Büros erwarten, keine Sorge“, zwitscherte sie auf der anderen Seite des Glaskastens.

Das Treppenhaus verriet das Regime, das in die Krise geraten war. Von den halb weiß, halb gelb gestrichenen Wänden löste sich der Putz und sammelte sich in Flocken auf den Stufen. Hier war das letzte Mal gefegt und das Geländer poliert worden, als Tito, der große Nichtleser, noch lebte. Er musste über seinen Einfall laut lachen, dem Echo hörte er an, dass er nervös klang. Zwischen der zweiten und dritten Etage blieb er für einen Moment stehen, schloss die Augen und sog die kalte unangenehme Stille ein. Er konnte nicht sagen, wann ihn die Nervosität überkommen hatte, wann er erkannt hatte, dass die Bilanz seines Lebens immer magerer ausfallen und Erfolge immer seltener sein würden. Die Zeit hatte sich, als er unaufmerksam gewesen war, gegen ihn gekehrt. Jeder Verlust, jede Zurückweisung, jeder Misserfolg schien irreparabel. Das schien nicht nur so, es stand zu befürchten, dass es tatsächlich so war. Er wusste nicht, wie und wodurch er ersetzen würde, was er an diesem Tag verlieren könnte.

Als er den vierten Stock erreichte, hatten Nervosität und Atemlosigkeit schon einen bedrohlichen Charakter angenommen. Vielleicht ist das einem Mann meines Alters und meiner Erfahrung angemessen, dachte er. Die Ironie tröstete ihn jedes Mal auf eigene Weise.

Vor einem nicht besonders geglückten abstrakten Bild stand eine schlanke Gestalt, die ihm den Rücken zukehrte. Sie hatte die Arme in die Hüften gestemmt und bohrte den rechten Absatz in den Teppichboden, während die Schuhspitze emporzeigte. Im engen schwarzen halblangen Rock und der olivgrünen Bluse mit gepolsterten Schultern sah sie dominant aus, die scharfen Konturen und Farben wurden nur von einem Zopf fast goldener Haare unterbrochen. Er räusperte sich. Die Absätze drehten sich abrupt herum, die Arme fielen am Körper herab.

„Sie sind vermutlich Herr Bevk? Es freut mich, ich bin Ana Miler." Sie kam mit zwei kurzen Schritten wiegend auf ihn zu, ihr Rock behinderte sie offensichtlich, und streckte ihm die Hand entgegen. Eine kleine Hand mit langen, leicht gebogenen, aber eleganten Fingern und Nägeln. Er bemerkte die gespannten blaugrünen Venen auf dem Handrücken und verminderte den Druck. Sie wirkte feinfühlig auf ihn. Ihm gefiel, wie sie sich in der Wärme seiner Hand verlor.

Meine Ungeschicklichkeit ist grenzenlos, dachte er. Es ist sicher nicht üblich, dass man sich bei der ersten Begegnung so sehr mit den Dimensionen einer Hand beschäftigt und sie mustert wie ein Gemälde in der Galerie.

„Ja, das bin ich. Es freut mich. Ich hoffe, dass ich früh genug gekommen bin."

Sie lächelte ihn an und entblößte einen kleinen, aber hübschen Spalt zwischen den Schneidezähnen. Sie war einer jener Menschen, die mit dem ganzen Gesicht lachen, die keine Angst vor der völligen Verwandlung haben, sollte sie auch zum Schlechteren gehen: Ihre schmalen blassrosa Lippen schoben die Wangen hoch hinauf unter die Augen, sie legten sich in zwei glänzende Falten, die die blauen, leicht geschminkten Augen zu ein wenig raubtierhaften, ein wenig hilflosen Katzenaugen verengten und verlängerten. Das war kein Lächeln, das mit seiner Symmetrie bezaubert hätte, sondern eins, das mit Entschlossenheit für sich einnahm.

„Kein Problem, die Besprechung mit einem anderen Autor hat sich ohnehin ziemlich hingezogen. Kommen Sie, gehen wir in mein unaufgeräumtes Büro."

Er folgte ihr durch den langen seelenlosen Flur, vorbei an zahlreichen Aluminiumtüren, grau die Wände, grau der Boden, grau die Decke. Er versuchte es, konnte sich aber nicht beherrschen: Sein Blick wanderte unaufhörlich zu dem Übergang zwischen ihrem Rock und der Bluse. Ihre schmale Taille tanzte nicht wie die Taille anderer Frauen, sondern trug und bewegte sie, sie war wie ein regloser, aber leichter Kern wunderbarer physikalischer Dynamiken. Bei diesem prätentiösen Vergleich musste er schmunzeln, und genau in diesem Moment sah sie über die Schulter: „Obwohl ich die Bezeichnung ‚Büro' nicht mag, für meinen Arbeitsplatz wäre die Bezeichnung ‚Kabinett' eher angebracht."

Durch das Fenster, das auf die Titova hinausging, drang die Melancholie des Septembermittwochs in den Raum, wurde aber durch all die bunten Dinge, Hunderte von Büchern, Plakate, vier Blumentöpfe und leise Radiomusik, völlig neutralisiert.

„Setzen Sie sich, bitte."

Sie bemerkte, dass er verwundert auf die leeren Tassen, Weingläser und Tabletts mit Resten von Gebäck sah, die die Regale und den Tisch einnahmen.

„Ich habe heute Geburtstag, deshalb diese Unordnung. Ich hatte keine Zeit aufzuräumen, ich hoffe, es stört Sie nicht."

„Überhaupt nicht", schoss er heraus, „auch von mir – alles Gute." Er hätte ihr wohl noch eine Höflichkeit sagen, ihr vielleicht noch einmal die Hand schütteln, ihr ein paar Floskeln hinstreuen, die Gelegenheit nutzen und die Atmosphäre in eine kollegiale Richtung lenken müssen, doch es war erst ihre Konzentriertheit, eine Art sanfter, unaufdringlicher Nonchalance, die ihn dazu brachte, sich allmählich aus seiner Wortkargheit zu lösen. Und je gelöster er wurde, desto klarer erkannte er, dass jedes Mal, wenn sie wegen seines Zögerns den Augenkontakt für einen Moment verloren hatten, der Blick der Lektorin auf seinem Gesicht verweilte.

„Ich möchte Sie nicht auf die Folter spannen", sagte sie, eingenistet in den großen Sessel, und entnahm der Schublade eine dicke Mappe mit seinem Manuskript, „ich weiß, dass dies eine ziemlich stressige Situation ist, obwohl in Wahrheit ich diejenige bin, die sie stressig macht." Durch ihre einfache Selbstironie sah zum ersten Mal ihre Jugend hindurch. Sie war kaum dreißig und gebot über anderer Menschen Schicksal mit der gleichen gelassenen Berechtigung, mit der die meisten Menschen ihre Mahlzeiten zubereiten. Er dachte, dass es vermutlich nicht schwerfallen würde, sie zu bewundern oder sie zu beneiden. Was sie ausstrahlte, rief geradezu nach Idealisierung.

„Seien Sie ganz ehrlich", log er und zwang sich zu einem Lächeln. Die letzten zwei Nächte hatte er nicht geschlafen, hatte er von Zwangsvorstellungen heimgesucht wach gelegen. Ihre Begegnung war in seinen Visionen tausend Mal fehlgeschlagen und hundert Mal gelungen. Sein Herz hatte bei den Aussichten Sprünge gemacht wie ein billiger Rasenmäher, er hatte geschwitzt und mehrmals den Pyjama wechseln müssen. Eine ungeheure Angst: Er wusste, dass die dunkle Seite der Verantwortung der Verzicht ist, dass das menschliche Wünschen im Zusammenprall mit der Wirklichkeit häufig den Kürzeren zieht und dass darüber nicht einmal der Mensch selbst weinen kann. Aber er war nicht bereit, auf irgendetwas zu verzichten.

„Zuerst muss ich mich bei Ihnen bedanken, dass Sie sich entschieden haben, das Manuskript gerade uns zu schicken", sie stützte die Ellbogen auf den Tisch und faltete bürokratisch die Hände, „und mich entschuldigen, dass es so lange gedauert hat, bevor ich mich bei Ihnen gemeldet habe. Sicherlich verstehen Sie, dass sich sehr viele Autoren an uns wenden, und ich, die ich fair sein will, mich durch alles, was wir bekommen, hindurchackern muss."

Ihr Hinauszögern überraschte ihn. Lange Einleitungen führen gewöhnlich zu lapidaren Schlüssen: danke, auf Wiedersehen, nächstes Mal mehr Glück. Er fühlte den Schweiß an seinem Körper herunterlaufen. Für einige Momente zog er seine ganze Aufmerksamkeit auf sich.

„Das Manuskript ist nicht schlecht", hörte er, als es ihm gelang, seine Aufmerksamkeit wieder auf seine Gesprächspartnerin zu richten, „einige Kapitel sind gut oder sogar sehr gut und haben mich wirklich beeindruckt, aber als Ganzes wirkt es noch nicht so, wie Sie oder ich es uns vermutlich wünschen."

Eine derartige Entwicklung war in seinen nächtlichen Szenarien nicht vorgekommen. Die Realität wartete ihm offenbar, wie sie es gerne tut, mit einer Art Halbpension auf: Teils wurde er versorgt, teils in Unsicherheit gelassen. Immerhin – ein paar Kapitel waren gut, sogar sehr gut. Es war, als würde die anziehende Fremde mit wenigen Worten all seine Mühen, Zweifel und Leiden mit Sinn erfüllen und alle Dämonen vertreiben. Ihm schien, als hätten alle Bestrebungen unweigerlich hierhergeführt, zu dem Treffen mit dieser Frau, die sich von Lob oder Tadel nichts versprach und deshalb die Wahrheit sagen konnte. Es schien ihm genau so. Der Mensch ist ein Wesen, das erst das Ende des Leidens zu benennen vermag, nicht aber seine Höhepunkte.

Noch immer schwieg er, aber sein Körper hatte sich als Antwort verlagert und aufgerichtet, die Brust hob sich und zum ersten Mal an diesem Tag holte er tief Luft.

„Ich freue mich, dass Sie so denken." Natürlich freute er sich und war erleichtert, aber schon lange ging es ihm nicht mehr um wiederholbare Gefühle, profane Gefühle, mit denen das Leben so freigebig ist. Sie hatte Hoffnung in ihm geweckt, es ging ihm genau um die Hoffnung, aber das durfte man nicht sagen.

„Ich hätte gern, dass wir uns die Zeit nehmen und Ihren Roman vervollständigen."

Dieses „wir" hatte noch nie so einladend geklungen. Während sie stehend, als legte sie eine Patience, auf dem Tisch die Kapitel ordnete, erläuterte sie ihre redaktionellen Entscheidungen. Auf den rechten Stapel tat sie die Kapitel, die überflüssig waren, auf den linken jene, die sie inhaltlich und stilistisch gelten ließ, und in die Mitte alle, die Mängel aufwiesen. Der mittlere Stapel wuchs an und überragte die anderen bald. Als sie fertig war, schob sie den rechten Stapel ruhig, aber entschlossen in den Papierkorb. Eine kurze Demonstration, die jenen gut zu Gesicht steht, die keine Scheu vor der Macht haben.

In dem Moment, als sich in seinem Gesicht Verblüffung zeigte, wurden ihre Gestik und ihre Stimme sanft.

„Keine Sorge, solche Größenverhältnisse sind üblich. Was unüblich ist, ist die Qualität des linken Stapels. Gerade deshalb möchte ich mit Ihnen arbeiten." Wieder ihr herzliches Lachen. Die blauen Augen darin wie das Leuchten eines Lichtbogens. Sie wollte ihn vor Mutlosigkeit bewahren, der er in dieser Situation ausgesetzt war. Nicht nur das, dachte er, vielleicht hatte sie erkannt, dass er sich nicht selten in Mutlosigkeit flüchtete, vielleicht hatte sie ihn durchschaut, noch bevor er sich ihr wirklich offenbart hatte. Um seiner Paranoia eine andere Richtung zu geben, zog er aus dem mittleren Stapel ein paar zufällige Blätter heraus und vertiefte sich scheinbar in sie. Vor ihm sprangen rote Korrekturen auf, Striche, Ellipsen, Ausrufezeichen, Fragezeichen.

„Aha, ich sehe, dass Sie die Sache schon genau gelesen und auch Anmerkungen gemacht haben. Das sind nicht wenige“, sagte er und legte die Blätter in seinen Schoß, „deshalb möchte ich zuerst alles in Ruhe durchsehen, um ein Gefühl dafür zu bekommen, was die Zielrichtung ist.“ Er genoss die Souveränität, mit der sie ihn angesteckt hatte.

„Ich kann Ihnen schon jetzt sagen, dass wir nichts dem Zufall überlassen werden. Und wir sparen noch Zeit dabei“, sie winkte mit der Hand ab. Sie drehte sich zum Fenster um, legte die Linke um die Mitte und begann mit der Rechten mit ihrem weizenblonden Zopf zu spielen. Während sie im Büro auf und ab ging, wand sie ihn ohne Unterlass zwischen den Fingern. Eschers Zopf, fuhr ihm durch den Kopf. Dieses intime Mädchenritual störte ihn nicht, im Gegenteil, gerade deshalb, weil sie es sich mitten in dieser steifen Situation herausnahm, vertraute er der Aufrichtigkeit ihrer Worte umso leichter. Sie sah zu Boden oder an die Wand, ihn sah sie nur an, wenn sie einen Gedanken abschloss. Nicht aus Schüchternheit, sondern weil sie jedes Mal, wenn sie sich ansahen, gegen ihren Willen in seine Augen sah, wo es wärmer war als in jeder wie auch immer gearteten Kunst. Aber hier waren sie doch zusammengekommen, um objektiv über sie, über seine Literatur zu diskutieren.

Sie spann ihre Gedanken weiter, oder ihm schien es wenigstens so. Das Bewusstsein knetet die Zeit auf tausend unterschiedliche Weisen. Bevor er sie gehört hatte, hatte er überhaupt nicht gewusst, wie sehr es ihn nach diesem Ton verlangt hatte, nach dem Engagement, sogar nach der Nervosität, mit der jeder über das spricht, was ihm lieb ist. Ohne dass sie es ihm direkt gesagt hätten, hatten ihn wenige Menschen wissen lassen, dass er vielleicht nicht schlecht sei, dass er von Dingen erzähle, die nicht unbedingt unwichtig seien, seine Prosa aber weit davon entfernt sei, dass sie ihnen gefallen würde. Geschweige denn dass sie überragend sei. Angst und Enttäuschung hatten ihm immer mehr zugesetzt. Aber wie sollte er nicht enttäuscht sein, wenn es seiner Prosa nicht gelang, ihren wesentlichen Zweck zu erfüllen – wenn sie nicht fieberhaft genug mit den Lesern kommunizierte, sodass sie sich über sie verständigen wollten –, und wie sollte er keine Angst haben, wenn doch über jedem, der sich der Kunst widmete, die Möglichkeit des Epigonentums und die Gefahr hängen, dass er für die Geschichte nicht mehr sein wird als Staub.

Niemand möchte Staub sein. Wer schreibt, tut das, um seinem Leben Gewicht zu geben und es sinnvoll zu machen, hatte er sich wiederholt gesagt und war sich bei jeder Wiederholung bewusst gewesen, wie billig es klang. Jeder, der schreibt, tut das aus einem unsicheren Narzissmus heraus – vielleicht hört sich das besser an; der Schriftsteller liebt seine aktuellen Ideen und erwartet, dass sie ihn auch in Zukunft trösten, er erwartet, dass sie ihn nicht enttäuschen und ihn mit ihrem Vergehen allein lassen werden. Das ist ein Narzissmus, der selten zu Souveränität führt und sich noch seltener zu Gelassenheit entwickelt.

Vielleicht ist die Gelassenheit des Schriftstellers nur jener flüchtige Moment, in dem sich seine Gedanken zum ersten Mal mit einer anderen Person in Gleichklang befinden. Vielleicht war der bohrende Zweifel hinter seiner Stirn deshalb verstummt, als er sich in dem hübsch unaufgeräumten Kabinett auf den Stuhl setzte. Alle seine Sinne waren erwacht. Die Magie des Erkennens ist stark, die Magie der Bestätigung noch stärker.

Ana war von seiner Lebensweisheit und von seiner Naivität, mit der er die Handlungen und Charaktere seiner Helden mitunter zeichnete, gleichermaßen bezaubert. Manches gehe erfahrungs- oder erkenntnismäßig über sie hinaus, räumte sie ein, während sie ihren Zopf auf die Finger der anderen Hand wickelte, und genau das verlange sie auch von guter Literatur. Mit Durchschnittsliteratur lässt sich leicht übereinstimmen, und deshalb haben wir sie beim nächsten Buch schon vergessen, gerade so, wie wir unsere Meinungen leicht vergessen.

„Gute Bücher sind nicht nur Meinungen“, schloss sie und neigte das Champagnerglas, das auf dem Bücherregal stand. „Ich weiß, ich klinge idealistisch und komme zu dem Schluss, dass auch Sie Ihren Hegel gelesen haben.“ Zu ihrer Bemerkung lachte sie ohne jede Verlegenheit. Sie stützte sich auf das Bücherregal und stellte sich einem Bündel von Strahlen, die sich durch das Fenster zu schmuggeln versuchten, in den Weg. Als die sie umflossen und ihr Gesicht verwischten, sah er nur noch ihre chthonische, geheimnisvolle Silhouette. Ihr Lachen verklang.

Die Frau im Lichtschatten und der Mann im Sonnenlicht beobachteten sich gegenseitig in der Stille, ohne sich dessen bewusst zu sein, bis die Strahlen schwächer wurden und erloschen.

Sie trat hinter den Tisch. Auf ihren Wangen pulsierte eine leichte Röte. Sie wollte sie mit der Hand verdecken, indem sie ihre Augenbrauen glatt strich und eine Haarsträhne zur Seite schob. Sie versuchte es mit Galgenhumor: „Der Plot selbst war für mich immer nur Trägermaterial, denn heutzutage ist es fast unmöglich, einen neuen zu erfinden.“

„Auch mir ist er nie als das Wichtigste vorgekommen.“ Auch er versuchte, sich des Prickelns zu erwehren.

„Interessant, dass Sie das sagen. Ich denke, dass Sie sich gerade um den Plot bemühen, obwohl Sie eine Gabe besitzen, die Sie im Roman vernachlässigen. Sie bleiben auf halbem Weg stehen“, endete sie fast mit einem Lob. „Sie verstehen die Menschen wirklich, aber dieses Verstehen drosseln Sie auf merkwürdige Art und Weise. Als hätten Sie Angst vor Ihrem Haupttrumpf. Stattdessen diese endlosen Beschreibungen und unglaubhaften Plot Twists.“ Vor Erleichterung, endlich zum Kern ihrer Eindrücke gelangt zu sein, sank sie auf dem Stuhl fast zusammen. Mit dem schlanken Zeigefinger klopfte sie auf den mittleren Blätterstapel. „Verstehen Sie, wovon ich spreche?“

Ein Plot Twist, der ihn überholt hatte. Eine Lektorin, der es nicht um die Form ging, sondern um die Potenziale. Er hatte sich vorgemacht zu verstehen, wie sich alle etwas vormachen, die ihre Exponiertheit nicht verstärken möchten. Die sich lieber in Harmonie wiegen, wenn auch in einer trügerischen.

Aber sie erlaubte ihm nicht, sich gehen zu lassen. Die Intensität der Handlungen solle er durch eine Intensität der Beziehungen ersetzen, hatte sie gesagt, er solle vertiefen, weil er das könne, und nicht in die Breite gehen, denn mit dem Ausweiten verliere der Roman an Kraft. Im mittleren Stapel habe sie Stellen markiert, die nach Vertiefung riefen, und andere, die der Roman nicht benötige, fasste sie zusammen. Sie stützte die Ellbogen auf den Tisch und beugte sich zu ihm vor. Zwischen ihnen drei Gläser und der wilde blaue Glanz ihrer Augen.

„Sie brauchen natürlich in nichts einzuwilligen. Oder zumindest nicht in alles. Es ist klar, dass ich Sie für eine psychologische Prosa gewinnen möchte. Und ich denke wirklich, dass Sie der richtige Autor dafür sind.“ Um den gönnerhaften Anstrich zu mildern, setzte sie hinzu: „Ich kann es aber nicht besser wissen als Sie.“

Er senkte den Blick und schwieg. Wie sollte die junge fremde Frau wissen, was ein älterer Mann über sich selbst nicht wusste? Sie war nicht allmächtig, obwohl sie zweifellos so wirken wollte. Und er war normalerweise keiner, der auf das, was andere über ihn Neues zu sagen hatten, anders als mit Widerstand reagierte. Derartige Neuheiten ließ er nie Platz greifen, jedes Mal flüchtete er sich zu einer Geschichte, die er sich selbst zurechtlegte. Das war kein Wissen, es war etwas, was für alle galt: die Angst, den Boden unter den Füßen zu verlieren. Die Angst, den Boden nicht mehr finden zu können, oder wenn doch, dass er entsetzlich rutschig wäre. Noch ein Glied in der Kette der Verwundbarkeiten, dachte er.

Aber dieses Mal war es, als fühlte er sich von der jungen Fremden angesprochen, als reichte ihr magnetischer Blick irgendwohin, wohin er, belastet mit Vorstellungen, falschen Ansichten, Umständen, Vorbehalten, Zweifeln und Ohnmacht, nicht gelangte. Seine Nervosität war abgeklungen, er fühlte sich völlig sicher. Etwas überkam ihn, das ihn sich wie ein Gläubiger fühlen ließ, der einem Heiligen begegnet ist, ein Gläubiger, der dem reinen Wesen alle Macht zutraut und sich ihm ganz ausliefert. Er lachte kaum hörbar, hob den Blick und begegnete sogleich ihren Augen, die sich mit seinem Lachen angesteckt hatten.

Er wusste nicht recht, ob er ihnen oder ihren Einsichten vertrauen sollte.

„Gut, ich bin einverstanden."

Er hielt ihr die offene Hand hin, als würde er sie zum Tanz auffordern und nicht zur Besiegelung einer Übereinkunft. Als sie die ihre hineinschmiegte, strich er mit dem Daumen, ohne dass der Schriftsteller in ihm das gewollt hätte, über die glatte Haut. Die zarte, aber ungeschickte Verflechtung dauerte ein paar Augenblicke, dann erwiderte sie: „Schön, nächste Woche fangen wir an."

19. September 1985

Sie erwachte vor dem Hellwerden. Wenn sie getrunken hatte, konnte sie wegen des Adrenalinschubs nicht gut schlafen. Sie drehte sich auf die Seite, um die Übelkeit leichter in den Griff zu kriegen. Sie roch Boris' Erkältung. Wie immer schlief er mit offenem Mund und atmete laut. Wie gewöhnlich hatte er sich mitten in der Nacht unhörbar in ihr Bett geschlichen und sich weich wie eine kleine Schlange an sie geschmiegt. Nie schmiegte er sich an Sergei, immer nur an sie. Obwohl Vater und Sohn im wachen Zustand gut miteinander harmonierten, vermied Boris die Berührung mit seinem Vater. Vielleicht war es das übliche Unbehagen eines Jungen, eine Art Verlegenheit neben dem größeren, breiteren und ausgeprägt männlichen Körper, aber oft dachte sie, dass Boris, ebenso wie sie, vor ihrer Ähnlichkeit erschrocken sein könnte. In der Regel sind Kinder das Echo der kindlichen Versionen ihrer Eltern, aber Boris war schon mit sieben Jahren eine kleine Ausgabe des erwachsenen Sergei: dunkles struppiges Haar, das sich weder kämmen noch formen ließ, hellblaue, für Momente erschreckend kalte Augen, eine scharfe Kurve zwischen Nase und Oberlippe, eckige Schultern, die den ansonsten durchschnittlich großen, aber kräftigen Körper größer erscheinen ließen. Boris hatte sogar Sergeis Gang geerbt, zusammen mit allen schrulligen Details. Mit dem komischen Schaukeln, wenn er es eilig hatte, und dem ungelenken Schlurfen, wenn er Sandalen tragen musste. Vermutlich, dachte sie, weckt übergroße Nähe bei Boris kein Vertrauen. Obwohl noch ein Kind, wollte er doch ein Original sein.

Sie war überzeugt davon, dass Sergei solche Zweifel nicht hegte, dass er nicht darüber nachdachte, aber wenn es ihn doch einmal überkam, konnte seine Interpretation eigentlich nicht so düster ausfallen. Auch sie selbst überließ sich ihnen nur deshalb, um die wahren Ursachen ihrer Angst zurückzudrängen. Es war nicht nur der Geburtstagsalkohol, der in ihrem Magen revoltierte und hinter den Augen an ihr nagte.

Sie lehnte sich an das Kopfende ihres Betts. Die kleine Schlange, noch immer im Schlaf, rührte sich und legte den Kopf in ihren Schoß. Der Kontrast zwischen der Wärme, die in ihren Körper strahlte, und der Berechenbarkeit, die ihren Tag ausmachen würde, machte sie, die morgendlich Verwundbare, betroffen.

„Ana, was ist los?" Sergeis Stimme war verschlafen kratzig, aber er setzte sich im Bett auf wie zum Appell.

„Oh, du bist schon auf. Das ist aber nicht deine Art." Sie bemühte sich, geistreich zu sein. Sie bemühte sich immer, geistreich zu sein; je schlimmer es war, desto überdrehter wurden ihre Scherze. Mit Humor, ob laut oder flüchtig, mauerte sie die Räume zwischen sich und den anderen mit so vielen Schichten zu, dass man ihr nicht nahekommen konnte. Aber Sergei, der schon eine Reihe von Jahren zu ihr durchdrang, ließ sich nicht täuschen.

„Ana, du weinst ja gleich. Was ist?" Vorsichtig reckte er sich über Boris hinweg und streichelte ihren Oberschenkel. Sein Arm spannte sich wie ein Bogen. Die flüchtige Berührung genügte, um die erste Träne ihre Wange benetzen zu lassen.

„Ich möchte da raus." Die leisen Worte sagte sie in ihre Hände, die neue Tränen zurückzudrängen versuchten. „Ich habe mich ganz schrecklich in etwas verstrickt, und das will ich nicht mehr. Es ist nicht recht. Es war nie recht."

Das Schluchzen der Mutter hatte Boris geweckt, der sich jetzt zwischen seinen Eltern aufrichtete und seine Augen rieb. Ihre Anspannung spürte er nicht. Fremde Belastungen spürte er nie, seine Konzentration galt nicht anderen Menschen. Er wird zu einem kapriziösen und herrschsüchtigen Menschen heranwachsen, dachte sie oft.

„Muss ich schon in die Schule, Mama?"

„Ja, du Siebenschläfer, das musst du." Sie streifte die Uhr auf dem Nachttisch mit einem Blick, um dem ihres Sohnes auszuweichen. Sie wollte nicht, dass er schon so früh ihr von Sorgen gequältes Gesicht sah, obwohl es ihn vielleicht nicht beunruhigt hätte. „Geh dich waschen und pack deine Tasche, ich komme gleich nach und mache dir das Frühstück."

Der Junge schälte sich gelenkig aus der Decke, nicht mehr als Schlange, sondern wie ein Fuchs. Er rannte ins Badezimmer, und sofort, als er die Tür unbekümmert hinter sich zuknallte, wurde die Luft scharf und schwer.

„Dissoziation des Subjekts", sie lächelte. Damit hatte sie angekündigt, dass sich ein paar Augenblicke später Sergei mit seinem gesunden Menschenverstand zu Wort melden würde, der die Verantwortung für das eigene Handeln über alle für ihn leeren und vergänglichen Gefühle stellte. Sergei, der, mit Schwäche konfrontiert, zu Stein werden konnte, mitunter ein harter Verfechter des Rechts des Stärkeren, Sergei, eine Explosion aus Ehrgeiz und Kraft. Einen solchen Sergei wollte sie niederzwingen, bevor er sich auswuchs, damit er endlich verstand, dass sein Theoretisieren darüber, was zu tun sei, keinerlei Trost verschafft. Sie setzte zu einem neuen schwarzhumorigen Kommentar an, aber –

„Komm zu mir." Sie glitt auf seine Brust. Zwischen den Haaren roch es vor abgestandenem Schweiß nach Petroleum. Sie fragte sich, warum er gerade an diesem wolkenverhangenen Morgen von seiner Art abgewichen war: Hatte er das Ausmaß ihrer Verzweiflung gespürt? Hatte ihn ihr Geburtstag sentimental gemacht? Fühlte er sich ebenso?

Selbst wenn es so wäre, würde er es nie zugeben.

„Schau, wir wissen beide, dass der Staat schwächelt. Es ist nur noch eine Frage der Zeit, wann er zerfällt. Es wird nicht mehr lange dauern, das verspreche ich dir." Mit einer ungewohnten Geste glitt er mit den Fingerkuppen über ihr Gesicht, von der Stirn über die Augenlider zu den Lippen und zum Kinn. Das war seine besondere Zärtlichkeit, ungeschickt, aber ehrlich, die er ihr gewöhnlich in freudiger Stimmung erwies. Es störte sie, mit dem Kopf rutschte sie etwas tiefer, auf seinen Bauch, sodass er sie mit der Hand nicht mehr erreichte.

„Aber was wird dann mit uns? Sie werden uns ja nicht einfach vergessen. Wir sind doch –", sie brach in Tränen aus und verschluckte das Wort, das sie vor Jahren in ihren Zangengriff genommen hatte und sie seitdem stetig, zuerst leise, dann immer lauter, zermalmte. Mochte sie es auch noch so grob hinunterschlucken, das Wort blieb unwiderruflich. Sergei kam bei jedem heftigen Aufbäumen auch selbst ins Schwanken. Mann und Frau warteten, eng umfangen, symbiotisch darauf, dass der Keil des Sich-bewusst-Werdens nachgab.

Ungeheuer war dieses Wort. Wir sind doch, ich bin doch ein Ungeheuer, hatte sie sagen wollen.

In ihrer Verbitterung stand sie auf und trat ans Fenster, um die Vorhänge aufzuziehen. Draußen spross ein ebensolcher Morgen heran, wie es der vor acht Jahren gewesen war. Der

Himmel war azurblau, die Folge des lang anhaltenden Regens, nirgends auch nur die Andeutung einer Wolke, kein Anzeichen von Verdunkelung, nur die Herrlichkeit der Hoffnung. Was für eine scheißperfekte Ironie. Oder auch nicht, dachte sie, denn damals hatte sie sich ein genau solch klares, herrliches Leben versprochen.

Damals war Sonntag gewesen, und ihre Eltern hatten ihr zu Hause, wie jedes Jahr, ein Geburtstagsessen ausgerichtet. Die Tradition hatte mit den Jahren neue Züge angenommen, die mit Kerzen geschmückte Geburtstagstorte war vom Champagner abgelöst worden, das strenge Rauchverbot war gelockert und zu einem geduckten und unbequemen Paffen unter dem Dunstabzug geworden, seit den Teenagerpartys galt die Einladung auch für Anas augenblickliche Freunde, wie Papa und Mama sie diskret nannten. Zum Mittagessen luden sie gelegentlich auch diese oder jene Persönlichkeit aus dem Bund der Kommunisten Sloweniens ein, in dem sie Mitglieder waren; nicht, weil sie ihre Tochter zum Eintritt in die Partei bewegen wollten, an die zu glauben der Jugend schwerfiel, sondern weil sie schamlos pragmatisch dachten – wie es, das konnte man bedauern oder nicht, alle wirklich erwachsenen Menschen taten. Auch soziales Kapital kann zu einer höheren Lebensqualität beitragen, mehr noch, zu Beginn eines Berufswegs ist es unabdingbar, meinten sie. Und natürlich irrten sie sich nicht.

Vielleicht hätte ihr fünfundzwanzigster Geburtstag, der vor acht Jahren, einen anderen Epilog bekommen – oder wäre, wie die meisten Menschentage, ohne einen solchen geblieben –, wenn Sergei dabei gewesen wäre, überlegte sie, an den Fensterrahmen gelehnt. Aber ihr Freund war krank geworden und hatte sie klarerweise allein gelassen: sie, die Naive, Heftige, Gierige und Ungeduldige. Wütend sah sie zu ihrem Mann, der hinter ihrem Rücken in den Schlaf zurückgeglitten war. Sie hätte die Schuld wenigstens für einen Moment gern auf ihn abgewälzt, wenigstens für einen Moment geglaubt, dass auch ein anderer dich vor dir selbst schützen kann. Diese wohltuende Illusion wollte ihr nicht gelingen, und das Gefühl isolierter Verantwortlichkeit legte sich ihr auf den Magen. Ein unerträglicher Druck.

Vielleicht hätte dieser Tag, korrigierte sie sich schließlich, einen anderen Epilog bekommen, wenn die existenzielle Paranoia ihr damals nicht die Luft abgeschnürt hätte. Sie wurde gerade einmal fünfundzwanzig, näherte sich aber vorzeitig jenem entscheidenden Lebensabschnitt, den jeder fürchtet und der alle umwirft. Den Jahren, in denen einen die eigenen Entscheidungen zum ersten Mal einholen. Wenn die Tage aufhören, sich als verlorene Zeit aneinanderzureihen. Wenn das Jetzt – der jetzige Job, das jetzige Verhältnis, die jetzige Gesundheit – zur genauesten Vorhersage der Zukunft wird. Sollte dieser Lebensabschnitt auch noch so fiktiv sein, ein Ausdruck fataler menschlicher Bräuche und Gewohnheiten, hatte er doch große Wirkung auf sie. Dass sie im Durchschnitt stecken bleiben könnte, dass sie austauschbar und entbehrlich sein könnte, dass sie blass und grau werden könnte, all das waren schreckliche Gedanken. Obwohl sie zahlreiche akademische Erfolge aufzuweisen hatte, sich mit einem Master in Vergleichender Literaturwissenschaft schmücken konnte, schon als Studentin auf Konferenzen und Symposien aufgetreten war, hatte sie – *gerade noch, gerade noch* – den Weg zu einer Sekretärinnenstelle gefunden. Für den Verlag *Mladinska knjiga* durfte sie die Autorenverträge vorbereiten. Was heißt vorbereiten, sie durfte sie versenden, entgegennehmen, abheften, dafür sorgen, dass die Autoren für ihre Arbeit bezahlt wurden. Sie verrichtete diese Aufgaben, die für sie nicht nur unangemessen, sondern auch erniedrigend waren. Sie hätte wenigstens Korrektorin oder sogar Lektorin sein können, sagte sie in Gesellschaft immer wieder, und mit jedem Tag der trockenen Verwaltungsarbeit – Papiere rein, Papiere raus, eine Unterschrift hier, eine Unterschrift da, ein Stempel auf den Kopf, ein Stempel ans Ende – verstärkte sich das drückende Gefühl der Endgültigkeit. Das ist es also für mich? In ihrer übertrieben ambitionierten – *krankhaften, verwöhnten,* wie die anderen sagten – Zukunftsvision war nicht vorgesehen, dass sich die Dinge entwickeln, sich bessern, voranschreiten könnten, sie hatte vielmehr von Anfang an nur das Beste für sich erwartet, und das war – ironischerweise – eine Punktlandung am Endpunkt ihrer Vision gewesen.

Vielleicht, vielleicht, was für ein schwacher Trost, dachte sie. Die Wirklichkeit kennt nur einen einzigen Handlungsverlauf, und an jenem Sonntag, als Sergei krank war und sie selbst auf dem Gipfel ihrer existenziellen Paranoia stand, hatte sich das spätmittelalterliche Paar, das scheinbar sanfteste aller Paare, die damals in Ljubljana lebten, zu ihrem Festtag eingestellt. Sofijas Haar war schon fast vollständig ergraut, sie trug es in einem würdevollen, locker aufgesteckten Knoten. Ihr blassrosa Seidenschal und die sandbraune Bluse zeugten nicht nur von Vermögen und gutem Geschmack, sondern deuteten in Harmonie mit der aufrechten und zugleich geschmeidigen Haltung auf einen ätherischen Charakter hin. Sie war genau der Typ Frau, der Ana schon immer hatte werden wollen; eine Frau, deren feste Anmut Ehrfurcht gebietet, eine Frau, vor deren Überzeugungskraft alle anderen Zögerlichkeiten größer wurden. Eine Frau als Korrektiv zu anderen Frauen. Ihr Mann, Vitomil, mit seinen gemessenen, eleganten Gesten und seiner bedächtigen Sprache – er hatte die seltene Fähigkeit, in seine Gedanken nie irgendwelche Halbvokale oder unaufrichtigen

Pausen sich einschleichen zu lassen –, vervollständigte sie zu einem fast ikonischen Objekt. Im Unterschied zu den übrigen Gästen von Mutter und Vater sprachen sie nicht über die Partei, obwohl sie Mitglieder waren. In wirklich ungewöhnlicher, aber stimmiger Art und Weise erzählten sie vor allem vom Leben ihrer drei Kinder und von ihrem Alltag; Ana schloss aus den ersten Takten ihrer Begegnung, dass die Gäste mit der häufigen Erwähnung ihrer Kinder versuchten, sich mitfühlend in das Geburtstagskind hineinzuversetzen, und Mitgefühl war an diesem Tisch ein Novum. Beim Nachtisch stellte sich heraus, dass sie begeisterte Leser waren, was Anas Interesse an ihnen und ihr Selbstbewusstsein erheblich steigerte. Zum ersten Mal unterbrach sie das Gespräch ihrer Eltern und nahm die Anregung zu einem Gespräch mit den Gästen auf. Und was für ein Gespräch das war! Bis zum späten Abend diskutierten sie über Literatur, als sie ihnen, schon ziemlich beschwipst, gestand, dass sie keine gewöhnliche Leserin sei. Als sie ihre erträumte Karriere schon fast ekstatisch vor ihnen ausgebreitet hatte, sahen sich Vitomil und Sofija unverhohlen an und schmunzelten. Sie war sich sicher, dass dieser Blick etwas über ihre Überheblichkeit und ihr ungestümes Wesen signalisiert hatte, dass sie, wie so viele andere, ein wenig Spott und ein wenig Mitleid ausgetauscht hatten. In ihrem Schwachpunkt ertappt, brach sie ihr Aufplustern ab und verbrachte den Rest des Abends beherrscht damit, die Fragen der beiden zu beantworten.

Sie hatte recht gehabt. Der Blick der beiden *war* geladen gewesen, aber nicht mit den Trivialitäten, die sie herausgelesen hatte. Beim Abschied, als sich alle fünf ungeschickt auf der Türschwelle der Wohnung drängten, schlugen Vitomil und Sofija vor, mit Ana vor dem Haus eine Ehrenzigarre zu rauchen. Beruhigt folgte sie ihnen. Offensichtlich war es ihr nicht gelungen, den guten Eindruck auf die beiden angenehmen und gebildeten Personen völlig zu verderben.

Sofija sah, in ihren Herbstmantel gehüllt, unter der schwach flackernden Straßenlampe noch souveräner aus als zuvor. Ana bewunderte ihre Hände, die, während sie sprach, in die Tasche hinein und aus der Tasche heraus tanzten, ihren Hals, der sich beim Lachen spannte, ihre leichten Augenlider, die ihre durchdringenden Augen offenbar nicht zu verdecken vermochten. Noch Jahre nach dieser Nacht fragte sie sich, ob es Zufall oder Teil eines schnell gefassten, nichtsdestotrotz sorgfältig kalkulierten Plans gewesen war, dass es, während der Rauch in dichten Schwaden aufstieg, vor allem Sofija gewesen war, die sich Ana zugewandt hatte. Es musste für das Ehepaar nicht schwer gewesen sein, ihre Schwärmerei und ihre der Schwärmerei entspringende Unsicherheit zu erkennen.

„Du bist noch jung, noch ist nichts verloren", schloss Sofija und nahm besitzergreifend die Zigarre. „Leider bist du aber auch eine Frau, und für uns ist es nicht so leicht, hoch aufzusteigen, nicht wahr, Vito?" Sofija wusste, dass ein Bündnis mit einer Frau sich am einfachsten schließen lässt, wenn es sich gegen einen Mann richtet. Nicht grob, denn das wäre reaktionär, aber herzig spöttisch.

„Dessen bin ich mir bewusst", Ana war wieder bereit, sich eine Blöße zu geben, „aber was soll ich tun? Schon jetzt weiß ich weit mehr als all die Holzschwämme, die sich an die Redaktionsstühle klammern, es ist nur die Erfahrung, die mir fehlt."

Über den originellen Vergleich wollten sie sich vor Lachen schier ausschütten. Ana ließ sich von dieser spontanen Bestätigung zu einem schwarzhumorigen Lamento hinreißen, voll von weiteren originellen Vergleichen und abfälligen Bemerkungen. Als sie sich später ihrer Worte erinnerte, wurde ihr klar, warum sie sich gerade für sie entschieden hatten, warum jeder, dessen tägliches Brot das Manipulieren ist, sich unbedingt für sie entscheiden würde: Ihr Eifer war kein jugendlicher, sondern grenzte schon an die Bitterkeit des Alters.

„Ich würde sehr gerne etwas für dich tun." Sofija zündete sich eine Zigarette an und zeigte damit, dass das Angebot ernst gemeint war, denn es brauchte seine Zeit. „Ich kenne ein paar Mitglieder des Aufsichtsrats, vielleicht kann ich sie zu etwas überreden", sie blies den Rauch aus, „jedenfalls werde ich ihnen den Vorschlag machen." Sofija und Vitomil sahen Ana, diese junge schwärmerische Frau, zärtlich an. Sie bezweifelte, dass in diesem Moment auch Spott in ihren Augen schimmerte. So etwas hätten sie sich nicht erlaubt.

Eine angespannte Stille breitete sich zwischen ihnen aus. Anas Brustbein hüpfte vor Freude. Sie hatte das Gefühl, als würden sich ihre Organe und Glieder aufblähen: Hoffnung ist nicht nur ein geistiges Phänomen, sie beherrscht und stärkt auch unseren Körper. Sie war dem Mann und der Frau dankbar, dass sie sie die Momente des Glücks genießen ließen. Immer, wenn sie in dieser schwarzen Stimmung war, dachte sie daran, dass sie ihr diese Momente geschenkt hatten, weil sie wussten, dass sie damit das Gegenteil besiegeln würden. Weil sie vielleicht, aber nur vielleicht, ahnten, dass Anas Glücksgefühle von nun an seltener sein würden. Weil es ihnen vielleicht nicht egal war.

„Aber ich denke", fuhr Sofija fort, als wären inzwischen nicht Ewigkeiten vergangen, „dass ich bei meiner Überzeugungsarbeit effektiver wäre, wenn wir einen Weg fänden, dass du auch etwas für uns tust."

„Natürlich!", gab sie sofort zurück, obwohl Sofijas Feilschen sie überrascht hatte. Damit ihre plötzliche Reaktion nicht allzu heftig ausfiel, damit sie als harmlos durchging, fügte sie entschlossen hinzu: „Was auch immer! Ich bin euch sehr dankbar."

„Ausgezeichnet, Ana", meldete sich Vitomil zu Wort, „komm morgen nach der Arbeit zu uns, dann besprechen wir alles ausführlich." Er schrieb ihr die Adresse auf die Rückseite einer Gasthausrechnung. Dann umarmte Sofija sie wie eine Tochter, schweigend, sie in sich einsaugend, den Kopf für einen Moment an ihre Schulter gelegt. Vitomil gab ihr eine Hand und bedeckte ihre verflochtenen Hände mit der anderen. Er lächelte, wie Menschen lächeln, die wissen, dass sie nicht als dieselben nach Hause zurückkehren werden. Es war eine verdrehte Vertraulichkeit, aber nichtsdestoweniger eine Vertraulichkeit – einladend, freundlich. Als das vorüber war, verabschiedeten sie sich und marschierten unter den Kastanienbäumen davon ins Dunkel. Sie sah, wie sich Sofijas Mantel im Wind zu ungewöhnlichen Formen bauschte, und auch Anas Gedanken begannen aus dem Bauch herauf bis in die Stirn unerwartete Kapriolen zu schlagen. Sie spürte die herbstlich feuchte Kälte unter ihrer dünnen Strickjacke nicht, denn sie brannte in einer Mischung aus Verblüfftheit und uneingestandener Vorfreude. Schicht für Schicht begann sie zu verstehen, wer und was diese ruhigen, aufmerksamen und in ihren Worten und Gesten gemessenen Menschen waren. Fältchen für Fältchen entdeckte sie die Schwere und Bedeutung ihrer Zusage. Wenn man allein ist, braucht man sich nicht naiv zu stellen, um den Eindruck zu erwecken, dass man es gut meint, dass man nicht allzu viel weiß, dass man gut *ist*. Und sie war allein: Diese beiden toleranten und geistreichen Menschen möchten, dass sie *für sie* Informationen über andere Menschen sammelt und *ihnen* liefert. Diese beiden Menschen haben von ihren Kindern erzählt, weil sie von ihrer Arbeit nicht sprechen durften. Diese beiden Menschen sind der Unterbau eines

Regimes, das sich mit eingängigen Slogans schmückt. In dieser Nacht und am Morgen danach wunderte sie sich, wie leicht, ja, wie nonchalant ihr diese Erkenntnis gekommen war. Wie unendlich leichter als die einsinkende Schwere eines unverwirklichten Lebens. Dort, damals, unter jener schwach flackernden Straßenlampe, war ihr „was auch immer!", das schon vor dem Angebot zu einem endgültigen Entschluss tendiert hatte, absolut kontrollierbar erschienen. So schrecklich eilig hatte sie es mit der Zukunft gehabt, dass sie die Folgen ihres Drängens nicht einmal als Anschein gesehen hatte. Es kann ja nicht sein, wie sie sagen, dass es ist, dachte sie. Das kann man nicht so ernst nehmen. Für sie wird es sicher ganz anders sein. Vielleicht nicht mehr naiv, aber zwanghaft ungläubig, zündete sie sich eine letzte Zigarette an. Lachend blies sie den Rauch aus, ohne zu ahnen, wie gefährlich ihr Verharren in der süßen Ungläubigkeit war. Wie einfach man in die Irre gehen kann. Vor allem wenn dieses Verharren länger dauert, als man es sich erlauben darf.

„Was auch immer", flüsterte sie nervös kichernd in die Fensterscheibe, hinter der der azurblaue Donnerstagmorgen zu einem grauweißen Tag geworden war. Sie rieb sich das Gesicht, hüllte sich in den Morgenmantel und machte sich schwankend auf ins Erdgeschoss. In die Küche, wo sie unter dem Türrahmen eine Zeit lang Boris zusah. Geschmeidig schlängelte er sich zwischen Esstisch, Küchenschubladen und Kühlschrank hin und her. Behutsam arrangierte er Tetrapaks, Teller, Besteck und Gläser auf dem Tisch wie Exponate, die nur ausnahmsweise berührt werden dürfen. Er hatte nicht auf ihre Hilfe gewartet, aber sie war argwöhnisch. In seiner Orchestrierung erkannte sie eine fein geknüpfte, glatt geschliffene Berechnung. Er tat es nicht aus Sorge, aus Sensibilität für die Atmosphäre, aus dem Wunsch heraus, seine

deprimierte Mutter zu entlasten, ganz einfach: Er wollte etwas von ihr.

Sie spürte einen warmen Atem durch den Spalt ihres Morgenmantels, dann Sergeis Kuss. Sie wusste, das war das Zeichen: Ungeachtet alles Sonstigen musst du deinen Tag beginnen. Wir brauchen dich. Das war der kämpferische Sergei: Reiß dich zusammen, Bedauern wird dich nicht retten. Unlust macht alles kompliziert.

„Wie lieb und brav du bist", zwang sie sich, Boris zu loben, und lief fast zu ihm. Sie drückte ihn so fest an ihren Bauch, dass sie spürte, wie er sich, weil er Luft holen wollte, leicht wehrte.

„Setzt euch, bitte", sagte das Kind und versuchte, nachdem es sich eine ordentlich gefaltete weiße Serviette über den Arm gelegt hatte, eine distinguierte Miene aufzusetzen. Sie zuckte zusammen. Angesichts der Frau, zu der sie allmählich wurde, überkam sie Übelkeit. Was sie sich selbst am meisten vorwarf, übertrug sie in ihrer ungerechten Paranoia nach und nach auf ihren Sohn. Er hatte keine bösen Absichten. Er spielte. Unbedarft und harmlos.

11. Oktober 1985

In der unteren Etage des Hauses herrschte kein feuchter Herbst, sondern trockener Sommer. Sobald er die Tür hinter sich geschlossen hatte, begann das Wasser von seinen Schuhen zu verdunsten. Aus der Tür auf der rechten Seite des Flurs drang rauchiger Geruch und vermischte sich mit dem Geruch des Regens, den er mitgebracht hatte. Ein solcher Kontrast hätte ihn normalerweise so sehr irritiert, dass er sich schon auf dem Flur beschwert hätte. Aber nicht an diesem Freitag. Als er seinen Mantel auszog, konnte er sich endlich aus dem Zangengriff von Begeisterung und Verwirrung befreien, der auf dem Heimweg unter seinen Achseln Schweißringe gebildet hatte. Für einen Moment lehnte er sich an die Wand und schloss die Augen. Die quecksilbrige Frau mit dem blauen Blick, die in seinen Roman eingetreten war, als würde sie in ihn einbrechen, begeisterte ihn bei jeder Begegnung wie eine Droge, und diese Droge musste diesseits der Schwelle nachlassen. Er streifte die Schuhe ab wie ein pathetischer Mann mittleren Alters: Er wusste, dass Wünsche sich wenig um das Alter scheren, dass deren Beharrungskräfte gegenüber Bildern in Spiegeln immun sind. Einer der Grundkonflikte aller Tragödien.

Er fand Vera auf der Couch liegend vor, mitten in ihrem Nachmittagsritual. Ihre Beine lagen auf der Lehne, auf dem Bauch hatte sie ein Buch, ihre geliebte *Madame Bovary*, während auf dem Couchtisch eine Ausgabe von *Severni sij* mit einem Bibliotheksstempel wartete. Sie war eine der wenigen Leserinnen, die nach dem Kanon griffen, sie liebte sogar Proust und verweigerte sich nicht der slowenischen Literatur. Wer soll das verstehen. Ihr langes, wie eine Decke dichtes schwarzes Haar floss über das Kissen und bedeckte es vollständig. Zu Hause trug sie, weil er es so mochte, fast nie Strümpfe. Er betrachtete ihre immer noch kleinen Füße mit ihrem hohen Spann und den zierlichen Zehen, die sie gern in seinen Schoß schmuggelte. Sie waren die Summe ihres Körpers: eine feste und gerundete Zartheit, eine fein gearbeitete Miniatur der Glieder dieser groß gewachsenen Frau, die nach Berührung, nach Beschnuppern, nach Küssen, nach Eindringen rief. Sie war viel schöner als andere, auch jüngere, mit denen er sich eingelassen hatte, und dieses Primat freute sie immer wieder. Jetzt war er das erste Mal einer Frau begegnet, die ihr an Schönheit fast ebenbürtig war. Fast: Veras Körper und ihr diskret überwältigender Sexappeal waren zeitlos, unverwüstlich. Anas Jugend konnte eine so große Geschichte noch nicht unterschreiben. Er ahnte, dass Ana überhaupt nicht von der Art war, dass ihre körperliche Anziehungskraft mit den Jahren durch die Aura der Erfahrung, ja der Weisheit völlig wettgemacht werden würde.

Vera, die in ihr Buch versenkt war, hatte Adams Anwesenheit gar nicht wahrgenommen, bis er sich mit einem Hüsteln verriet. Träge, wie eine gerade erwachende Katze, setzte sie sich im Türkensitz auf: „Liebling, wie ist es gelaufen?"

Er trat an die Couch und nahm ihre nackten Füße in seine linke Hand: ein Ritual, das sie seit Jahren pflegten. Während er die straffe Haut zwischen Knöchel und Knie streichelte, begann er zu erzählen. Er machte eine detaillierte Zusammenfassung von seinen Aufgaben und berichtete ausführlicher als gewöhnlich. Über alles, was er noch zu tun, über die Passagen, die er zu ergänzen habe, und über die, hinsichtlich derer er sich noch entscheiden müsse: Je mehr er erzählte, desto schwächer wurde sein Gefühl, dass er sich über das Wesentliche hinwegschwindelte. Sie hörte ihm interessiert zu, und wie immer blieb ihr Gesichtsausdruck beim Zuhören hell und offen, ihre Augen leuchteten, die Lachfalten waren leicht, ganz leicht eingekerbt. Das Streicheln machte sie noch um ein Quäntchen entspannter.

„Das ist ja wunderbar", sagte sie erfreut, als er geendet hatte, „daraus wird ein ganz toller Roman." Er war es schon gewohnt, dass sie sich um eine Ermutigung bemühte, die sie selbst als den aufrichtigsten Ausdruck von Hingabe verstand. Dass sie bereit war, für sein Wohlbefinden vieles von ihrem eigenen zu opfern. Er vergalt es ihr gern mit Zärtlichkeit und glaubte, dass es das Höchste und Einzige war, womit er es ihr vergalt. Aber als er an jenem Freitagnachmittag ihr strahlendes Gesicht sah, ihre Bemühungen, ihn zu ermutigen, verhielt seine Hand abrupt mitten auf ihrem Schienbein. Glaube allein genügte plötzlich nicht mehr.

„Das kannst du nicht wissen", er steckte die Hand in die Tasche, „denn die erste Fassung hast du nicht gelesen, du weißt überhaupt nicht, worum es geht, geschweige denn, was für eine Arbeit das Schreiben ist."

„Natürlich nicht, weil du mir nicht erlaubt hast, sie zu lesen." Sie stand auf und ging um die Couch herum, um ihn zu umarmen. Sein männlich-unreifes Verhalten, seine Zornesausbrüche waren nie von langer Dauer. Sie verließ sich darauf, sie zähmen zu können. Und das nicht ohne Grund. Adam hatte sich ihrem unerschütterlichen Wohlwollen und ihrer Duldungsfähigkeit schon vor achtzehn Jahren überlassen, zu einer Zeit, als sein Erstling, sein einziges belletristisches Werk,

Präludium zu einer Katastrophe, das Licht der Welt zu einem kurzen armseligen Leben erblickt hatte. In den Monaten, in denen er wegen des Buchs, von dem er sich anfangs alles versprochen hatte, dessen er sich schließlich aber schämte, Demütigungen hatte hinnehmen müssen, als er von den Kollegen seiner Abteilung verspottet und von den Kritikern – mit einem gewissen Sinn für Ironie – als „Katastrophe" verhöhnt wurde, war Vera ihm nähergekommen: Von ihren Lippen war eine starke Zuneigung zu seinem ersten Buch geflossen, ein Vertrauen in seine Begabung, die Vorhersage einer Zukunft, in der die Welt endlich bereit sein werde für seine großartige Literatur. Sie glaubte lautstark an ihn, nicht nur wenn sie allein waren, sondern auch vor anderen; ihr lautes Tönen verstand er damals als den großartigsten Ausdruck der Wahrheit. Vera, der Glaube, er glaubte ihr alles. Von nun an überließ er sich ihr immer aufs Neue, wie die Meereswogen, die sich an den Mauern einer Festung brechen und in den Ozean zurückfließen.

Doch als sie dieses Mal die Arme um seinen Hals legte und ihn auf die Wange küsste, überließ er sich ihr nicht, sondern wollte weiterreden. Er entwand sich langsam und vorsichtig ihrer Umarmung, seine Laune rechtfertigte keine schärferen Töne. Er setzte sich in den Sessel, und Vera sah seinen zögerlichen Platzwechsel verwundert, als sei sie auf einen Fehler gestoßen, den sie der Welt niemals zugetraut hätte. Über ihnen, in der oberen Etage, hüpften die beiden Kinder, die Leidenszeit der Hausaufgaben schien vorbei. Gleich werden sie die Treppe heruntergestürmt kommen, jedes mit seiner Vision von einem unterhaltsamen Wochenende, jedes mit seiner unmöglichen Forderung, dachten sie bei sich.

„Und was hättest du mir sagen können, wenn ich dir das Manuskript zu lesen gegeben hätte?" Eine sarkastische Geste:

Er öffnete die Hände und hob die linke Augenbraue; so präsentierte er sich gewöhnlich vor den unwissenden Studenten, denn mit seiner offen gezeigten Abneigung gegen die Dummheit gewann er die Wissbegierigen leichter und knüpfte mit ihnen stille Bündnisse. Er wusste, dass die genau genommen nicht ihm nützten, sondern ihnen, aber der latente Sadismus der Gelehrsamkeit machte ihm auf seltsame Weise Freude. Solche Gesten und Stirnfalten brachte er zum ersten Mal mit nach Haus.

„Was ich dir gesagt hätte?" Vera sank mit gerunzelter Stirn auf der Couch zusammen, ihre Arme flatterten an ihrem Körper wie ein Schal. Das war nicht nur eine Augenblickslaune, da war eine gänzlich unbekannte Stimmung aufgekommen. Sie war überzeugt gewesen, dass sie Adams Farbschema schon längst ausgelesen hätte. Aber wer sich solche Erfolge erhofft, vergisst die Grauzone des Zufalls.

„Ja was! Ich würde das Manuskript lesen und es kommentieren, wie es jeder tun würde. Das habe ich doch schon einmal getan. Ich habe doch bisher alles gelesen, was du an Prosa geschrieben hast, auch wenn du nichts veröffentlicht hast."

Sie stützte die Ellbogen auf die Knie und schenkte ihm ein künstlich naives Lächeln. Sie hatte es nur schwer hingenommen, dass er ihr sein längstes Manuskript nicht hatte zeigen wollen, dass er es nicht einmal während des Entstehungsprozesses mit ihr hatte teilen wollen. Er hatte gehofft, dass sie Trost in der Vermutung finden würde, dass er noch nicht bereit war, darüber zu reden. Schließlich war er ein langsamer, pedantischer Schriftsteller und hatte ihr oft versichert, dass sie seine wichtigste Testleserin sei. Als er ihr dann verspätet sagte, dass er den Text schon an einen Verlag geschickt habe und dass zuerst andere Menschen ein Urteil über ihn fällen werden, konnte sie ihr wütendes Beleidigtsein mehrere Tage lang kaum beherrschen. Er hatte sie mit der hohlen Erklärung zu beruhigen versucht, dass er ihr den Roman widmen werde und dass er, der sensible Schriftsteller, ihn ihr nicht verfrüht zeigen wollte, was ihn vielleicht sogar mit einem Fluch beladen hätte. Mit einer hohlen Erklärung: mit einer Lüge. Er hatte nie die Absicht gehabt, ihr das Werk zu widmen, ihn hatte nur das schlechte Gewissen geplagt.

„Was würdest du mir sagen, frage ich dich, Vera?" Er verschränkte die Arme vor der Brust; eine Altersgeste, die in groteskem Gegensatz zu seiner vitalen Erscheinung stand. Er ratterte seinen Text herunter: „Du hättest es gelesen und mich gelobt, und das wäre es gewesen. Immer lobst du mich, als hätte ich ein Meisterwerk geschaffen. Du würdest sagen, dass noch kein Slowene so etwas jemals geschrieben hat. Ganz gleich, was ich dir unter die Nase halte, das sagst du mir schon seit Jahren. Das sagst du sogar jetzt, wo du überhaupt noch nichts gelesen hast!"

Urplötzlich hatte er mit ein paar knappen Worten ihre Devise vom Sockel gestoßen. Seine Ansprüche und Bedürfnisse hatten sich geändert. Für sie forderte er neue Herangehensweisen. Sie hatten sich in einem langen Prozess geändert, was ihr, gefangen im bewährten Modell ihres Zusammenlebens, nicht rechtzeitig aufgefallen war. Er sah, wie sie, mit den Ritzen der Couch verklebt, ein paar Augenblicke lang nicht viel verstand. Auch ihm gluckste der Magen vor Anspannung, und das Herz wollte in seinem unregelmäßigen Rhythmus aus dem Brustkorb springen.

„Adam, sag mir bitte, was los ist."

Zögernd streckte sie ihren Oberkörper weit vor, damit ihre Hand sein Knie berühren konnte. Auf ihre Berührung reagierte er in seiner schweren Verlegenheit nicht. Er starrte bedrückt vor sich hin, und Vera starrte ihn an. Sie interpretierte:

Vielleicht ist der Druck, den er auf sie ausübt, genau der Druck, den er, versunken in die Kunst, diese besitzergreifende und unberechenbare Herrscherin, wie er sie ihr einmal beschrieben hat, selbst empfindet. Die Labilität eines Schaffenden, nichts Fatales. Seine Ansprüche und Bedürfnisse sind die gleichen wie früher, folgerte sie in der angespannten Stille, nur der Einsatz hat sich mit der Verheißung eines wirklichen, des zweiten Buches gefährlich erhöht. Er stellt sie nur auf die Probe. Noch immer braucht er ihre unerschütterliche Ermutigung und Unterstützung, in der er die universelle Gerechtigkeit zu erkennen bereit ist, die Begeisterung, aufgrund derer er sich sofort große Bedeutung zuzuschreiben bereit ist, dachte sie. Sie liebte einen unsicheren Mann. Sie hatte längst erkannt und längst akzeptiert, dass ihre Liebe aus egoistischen Fasern gewoben war. Dass Adam von seinem eigenen prächtigen Bild abhängig war, das sie ihm Tag für Tag unablässig bestätigte, das sie Tag für Tag sorgsam und ohne Widerrede pflegte; dass sie selbst von dem weitreichenden Einfluss abhängig war, den sie auf ihn hatte. Ein Einfluss, den sie, wenn sie den Mut dazu hätte, Macht nennen könnte. Jeder verstrickt sich am tiefsten in jene Menschen, die ihn mit allen Mitteln vor dem Abgleiten in den tiefsten Abgrund bewahren, oder in jene, die vor dem Vergehen geschützt werden müssen. Exponiertheit ertragen nur wenige. Niemand hält es aus, wenn sich die Gleichgültigkeit der Welt an ihm bricht. Ihr festes Gleichgewicht, errichtet aus Prämissen, die sie sich gegenseitig zuerkannten, ohne sie jemals auszusprechen, bestand seit mehr als einem Jahrzehnt.

„Du weißt, dass ich dich nie angelogen habe, schon gar nicht auf einem Gebiet, das dir so viel bedeutet. Ich habe wirklich Vertrauen in deine Fähigkeiten." Sie fuhr fort, Adams Knie zu streicheln. „Dass ich dich nie kritisiere, bedeutet nur, dass ich nichts habe, worauf ich mich beziehen könnte."

Er starrte auf ihre braune Hand, die immer braune Haut, eine Haut, für die sie Zeit zum Pflegen hatte. Die Hand, die ihm alles geboten und gegeben hatte, was er wollte. Genüsse, nach denen jeder Mensch sich sehnt. Die höchsten, die kaum erreichbaren, für die jeder der Wahrheit entsagt; und das gern. Er liebte diese Hand, aber hier, in den Sessel gekauert, konnte er sie nicht mehr unbeschwert genießen. Er spürte das unerträgliche Gewicht der Perfektion, auf die er sich ein ums andere Mal eitel und begierig eingelassen hatte. Die Vorstellung von Perfektion nährt sich aus der Lüge, der dichtesten Illusion.

„Vera, hör auf, bitte." Noch immer braun. Plötzlich wollte er stärker sein als diese streichelnde Hand, der er sich jedes Mal wie hypnotisiert überlassen hatte. Stärker als die Hand, die er zu jedem anderen Zeitpunkt mit der eigenen bedeckt, zu seinem Gesicht geführt und geküsst hätte, deren Finger er geleckt und sie zu den Knöpfen seiner Hose geführt hätte, um zuzulassen, dass sie durch die Baumwolle tastet und ihn massiert. Selbst ihre wechselseitige Leidenschaft, ihre Fähigkeit, über die bloße Befriedigung ihrer Bedürfnisse hinauszugehen, über die dumpfe fleischliche Mechanik, die aufkommt, wenn die Verliebtheit vergeht, und jedes Mal zu einem feurigen Austausch zu gelangen, widersetzte sich ihm in diesem Moment. Durch nichts wollte er das ersetzt wissen, was sie ihm sagen müsste. „Schau, ich gebe dir das Manuskript zum Lesen, in Ordnung, aber ich bitte dich, dass du mir alles sagst. So wie es ist. So wie du es siehst."

Er erwartete, dass sie beharrlich bleiben werde, dass sie ihn bis zur Kapitulation zu sich, in ihren Körper einladen werde, wie sie es jedes Mal tat, wenn sie sich gestritten hatten. Aber Vera nahm die Hand von seinem Knie, als wäre es plötzlich siedend heiß. Sie lehnte sich nicht zurück, sondern ließ sich zusammensinken. Sie atmete tief, aber müde. Er hob den Kopf und – um ihre Augen dunkelgraue Ringe, ihre Iris unerbittlich grün. Wut. Ihm kam der Gedanke, ob diese nicht die ganze Zeit dort, unter den Augenlidern, auf die Gelegenheit gewartet hatte, dass er einmal nicht nachgeben würde. Er fragte sich, ob er sie mit der gleichen Wut ansehen würde, wenn sie unangekündigt – so wie er an jenem Tag – von ihrer Waagschale gestiegen wäre. Mit Sicherheit, sagte er sich. Es ist immer leichter und einfacher, der Erste zu sein, der heruntersteigt.

„Ich weiß nicht, was mit dir ist, Adam", sagte sie nach längerer Pause und verflocht die Hände nervös in ihrem Schoß. Sie hatte keine besondere Wahl, wenn sie ins Gleichgewicht zurückwollte, aber sie durfte dabei nicht ihrer beider Kern untreu werden. „Natürlich werde ich dir alles sagen, alles, wie ich den Roman eben erleben werde. Aber sei nicht enttäuscht, wenn er mir am Ende wirklich gefällt."

Bei ihrem Versuch, die Situation aufzuheitern, ging er nicht mit. Mit Lippen so gerade wie der Schlitz eines Briefkastens bückte er sich und entnahm der Tasche eine Kopie des Manuskripts. Er reichte ihr den dicken Stapel mit den ein wenig feuchten Seiten. Sie glitt mit den Fingern übertrieben dankbar über das Papier, über die Rückseite, dann drehte sie den Packen vorsichtig um, als hielte sie ein Baby in den Händen.

„Meisterwerk", intonierte sie erstaunt, „schon der Titel ist sehr schön."

18. Oktober 1985

Die Jakopič-Allee war von zarten Morgennebeln eingehüllt. Es war schon spät genug, dass sich der Tau auf dem Gras niederschlagen konnte, und noch früh genug, dass ihr außer zwei Spaziergängern mit Hunden niemand entgegenkam. Schon seit Jahren trafen sie sich dort, schon seit Jahren zu einer Uhrzeit, zu der die Mehrzahl der Bewohner Ljubljanas noch schlief. Bäume haben keine Augen und Ohren, hatten sie gewitzelt, und natürlich hatten sie recht. In dem noch verschlafenen Morgen schützten sie sowohl sie wie sich selbst. Seit auch sie einen Hund hatten, einen schlanken Dalmatiner, der während ihrer Gespräche den Eichhörnchen nachjagte und dürre und morsche Zweige hin und her schleppte, sahen sie von Weitem aus wie eine intakte Familie – Vater, Mutter, Tochter –, die wie alle anderen Familien ihre mythischen Gewohnheiten hat und sinnlose Rituale pflegt. Ein solches Bild ist vermutlich nicht weit weg von der Wahrheit, überlegte sie, als sie eine trockene Bank suchte. Wie alle anderen Familien hielten auch sie die Vorstellung aufrecht, dass sie das Schlimmste voneinander bereits erfahren hatten, aber die Bande trotzdem nicht auflösen konnten, selbst wenn sie es versucht hätten. Und wie in jeder anderen Familie war das Kind, also sie, ihre regimetreue Tochter, seinen Eltern mehr schuldig als die Eltern ihm. Wo sich die Bande nicht mit aufrichtiger Liebe knüpfen lassen, wird die Arbeit von Angst und Schuld verrichtet.

Schuld, dieses bittere Opium der Familien, sei sie nun real oder fiktiv.

Noch bevor sie sie erblickt hatte, sauste Chopin an ihr vorüber und kam, kaum hatte er sie erschnüffelt, in weitem Bogen zu ihr zurück. Der Blick auf das unwissende verspielte Wesen, das auf seine Weise alle liebte, an die es sich gebunden hatte, stimmte sie jedes Mal zuerst heiter, dann nachdenklich. Eine wesentliche Kontradiktion des Lebens: Luftigkeit der Teile und Schwere des Ganzen. Unverstand des Augenblicks – ein unverständiger Hund, ein unverständiges Glück –, Herzlosigkeit der Zeit – ihre Entscheidungen, ihre Fessel.

Sie näherten sich der Bank lächelnd. Das war ihre vorherrschende Haltung. Ein Verteidigungsmechanismus, sagte sie sich gern. Sie kannte sie lange genug, um ihren Zynismus genau zu kennen und das Bemühen, ihn abzuschwächen. Und die beiden kannten auch sie lange genug. Sie setzten sich zu ihr, jeder auf eine Seite, und Ana konnte nicht anders, sie musste angesichts dieser Methode, die sie von einem Treffen zum anderen wiederholten, lächeln.

„Du bist ja recht gut gelaunt", bemerkte Sofija.

„Ihr wisst doch, dass ich jedes Mal, wenn ich euch sehe, irre fröhlich bin." Je verkrampfter sie war, desto weniger bemühte sie sich, ihren Sarkasmus zu verbergen. Sie brauchte diesen Ausbruch, wenigstens den musste sie sich in dieser verfluchten Lage erlauben.

„Na, na, Ana." Vitomils gönnerhafte, salbungsvolle Stimme. „Weder du noch wir brauchen jetzt irgendwelche Ausbrüche von Moral, meinst du nicht auch? Der Zug ist abgefahren."

Sie wandte den Blick und sah zum Schloss Tivoli hinüber, dem stummen Zeugen unzähliger Treffen und Trennungen, der ewigen Leinwand ihrer bitteren Erfahrungen. Der Polizeimensch hatte nicht unrecht, es gibt kaum etwas Dümmeres als verspätete Moralität, kaum etwas Naiveres als einen Menschen, der sich sein Gewissen mit Worten reinzuwaschen sucht. Sie hatte kein Recht auf ihren Gerechtigkeitsfimmel.

„Dann sagt mir, warum wir uns getroffen haben", lenkte sie ein, sah aber immer noch in die andere Richtung. Mit den Händen stützte sie sich auf den Rand der Bank. Ein Kind, das übel nahm, weil es nichts übel zu nehmen gab. „Was wollt ihr dieses Mal?"

Sofija erschauerte vor Kälte und begann leicht mit den Zähnen zu klappern. „Wir hören, du hast einen neuen Klienten." Obwohl sie noch immer trotzig zum Schloss hinübersah, konnte sie auf der kühlen Haut ihrer Wangen die gezielte Attacke spüren. Sie packte die Bank fester. In ihren Fingern pochte es wild. Die Anspannung ihres Oberkörpers konnte sie verbergen, das Zittern ihres Kinns war kaum zu bändigen. Mir ist nur kalt, nur kalt, sagte sie sich vor und hoffte, dass Vitomil und Sofija das Gleiche dachten.

„Klient ist ein seltsames Wort, Sofija", sie blies die Last weg, „ich denke, die Worte ‚Autor' oder ‚Autorin' stehen den Menschen, mit denen ich arbeite, besser zu Gesicht." Sie wusste, dass sie genug Zeit, Kenntnis und Energie hatten, um ihre stumpfen, armseligen Versuche des Hinauszögerns und Ausweichens zu parieren. Obwohl sie damit nie Erfolg hatte, versuchte sie es immer wieder. Es war ein verzweifelter, lächerlicher, schriller Schrei der Autonomie. Begütigend schmunzelten sie.

„Du hast also einen neuen Autor", fuhr Sofija völlig konzentriert fort.

„Ja, stimmt." Sie drehte sich wieder zu ihnen um. Nicht nur ihr Beruf hatte sie geschult, die Körpersprache genau zu beobachten – die Falten der Wangen, das Runzeln der Augenbrauen, die Größe der Pupillen, den Rhythmus der Gestik –, die Sensibilität für Details war ein wesentlicher Bestandteil ihrer Charaktere. Sie war bereit, vor ihnen die Frivole zu spielen: entspannte Lippen und Schultern, ein flüchtiges Heben der Augenbrauen, warme Gesten, zusätzliche Informationen. „Wir arbeiten jetzt knapp drei Wochen zusammen, wenn ich mich nicht irre. Sein Roman hat großes Potenzial."

„Wir hören, dass der Roman bestimmte Tendenzen hat", griff Vitomil die Vorlage auf. *Wir hören* war der Refrain ihrer jeweiligen Verhöre, aber auch bei den Refrains waren sie flexibel. Oft vernebelten sie ihre Gespräche mit Fragen über jemanden, der sie nicht interessierte und der politisch nicht wichtig war, nur um ihre Abwehrkräfte zu erschöpfen. Aber jetzt deutete alles, die Heiserkeit ihrer Stimmen, die Haltung ihrer Hände, die pedantische Aufmerksamkeit, die sie ihr schenkten, darauf hin, dass Adam das eigentliche Zentrum ihres Interesses war. Auch Ana las sie fast ohne Mühe.

„Tendenzen? Macht ihr Scherze?" Sie bemühte sich um ein unbekümmertes Register, oh, wie sehr.

„Du weißt sehr gut, dass wir in dieser Hinsicht nie Scherze machen", übernahm jetzt Sofija. In der Tat wussten sowohl das Opfer als auch die Henker, sowohl die Verräterin als auch die Feinde, bei denen sie untergeschlüpft war, brennend genau, dass das, was sie taten, nie ein Scherz war. Allerdings hatte sich ihr Tun längst ins Absurde verkehrt. Die Idee eines gemeinsamen sozialistischen Staates, den es gegen eine Minderheit von inneren Feinden zu schützen galt, war ein Auslaufmodell. Die Minderheit hatte die Entschlossenheit und Klarheit der Mehrheit übernommen, und es begann genau das einzutreten, was die Paranoia des Systems seit Jahrzehnten herbeifantasiert hatte: der Zusammenbruch. Unter solchen Bedingungen, überlegte Ana, sollten vernünftige Menschen –

und Sofija und Vitomil waren relativ vernünftig und machthungrig – die vom Regime geübte Vorgehensweise aufgeben. Aber, so folgerte sie jedes Mal aufs Neue, der Mensch ist ein Wesen, das eher festhält als etwas aufgibt.

Und die Macht, die sie über ihr Leben hatten, war trotz der Absurdität noch immer real. Sie spürte es in ihrer Kehle, in ihrer Lunge, in ihrem Becken, es war, als hätte sie Zement geschluckt. Sie verschränkte die Arme vor der Brust und lehnte sich zurück, um den Abstand zwischen sich und ihnen zu vergrößern. Wenn es möglich gewesen wäre, hätte sie auch die Augen geschlossen.

„Wir hören", sagten sie unisono und kicherten, und aus dem Kichern löste sich Sofijas gezielter Hinweis, er habe einen problematischen Roman geschrieben.

„Ich kann es nicht glauben", erwiderte Ana, obwohl sie es glauben konnte. „Gehen euch die Staatsfeinde aus? Seid ihr deshalb bei diesem unbedeutenden Schreiberling gelandet?" Eine solche Bezeichnung hatte nicht Adam verdient, der Mann, dessen Potenziale sie bereits im Detail kennengelernt hatte, eher sie beide. Sie sträubte sich klarerweise gegen jeden neuen Auftrag, aber hier und jetzt, an diesem beißend feuchten Morgen, ging es nicht nur darum, jemand anders vor sich und zugleich die Aura ihrer eigenen Würde zu schützen. Sie hatte dem nichts Gewichtigeres entgegenzusetzen – was könnte wohl den Wert menschlicher Autonomie übersteigen –, war ihr bewusst, wohl aber etwas Bedeutungsvolleres. Es war eine *Möglichkeit*, die sie vor Zugriffen schützen wollte.

„Ernsthaft, Ana, es besteht keine Notwendigkeit zu dramatisieren. Erzähl uns, was für ein Roman das ist", mischte sich Vitomil ein. „Erzähl uns, wovon er handelt."

„Sind jetzt schon die Geschichten selbst eine Bedrohung?" Die beiden, die großen Leser, dachte sie, Kenner der philosophischen Aufladung der Kunst, waren bereit, jemanden für eine Idee anzuzeigen, die er in seinen Roman eingeflochten hat. Sie wollte fast schon protestieren, aber Vitomils gereizter Blick hielt sie zurück. Er gehörte zu den Menschen, die sich ruhig und besonnen gaben, aber wenn man sich ihnen näherte, konnte man in der Verkleidung Löcher entdecken, Schnitte, Kerben, kleine, aber deutliche Folgen von Gewalt. Sie fragte sich, wie oft Sofija ihn schon so gesehen hatte.

„Also gut. Adams Roman", begann sie und grub wegen der unbedachten Verwendung des Namens, mit der sie die schützende Wärme weggezogen hatte, ihre Fingernägel tief in die Faust, „handelt von einem Schriftsteller, also, die Hauptfigur ist ein Schriftsteller." Sie grub die Nägel noch tiefer ein. „Der hat in seiner Jugend einen utopischen Roman geschrieben, der zwar erschienen ist, aber auf Druck der Behörden bald aus dem Verkauf genommen wurde. Der Held hat wegen des Romans seine Stelle als Professor verloren und begonnen, ziemlich stark zu trinken. Eine typisch slowenische Geschichte, wie ihr seht", zwang sie sich zu einer Geistreichelei, die Sofija im selben Moment aufnahm.

„Und das alles passiert tatsächlich in Slowenien?"

„Nein. Es passiert im Äther, es könnte überall sein", verteidigte sie ihn. Zögernd wickelte sie ihr Tuch ab und schlang es sich wieder, jetzt ordentlicher, um den Hals. Sie versuchte Zeit zu gewinnen, die ihr so oder so nichts nützte. „Nun ja, irgendwann verlässt ihn seine Frau, die sich mit einem hochrangigen Funktionär des Regimes eingelassen hat. Wider Erwarten zerstört ihn das nicht völlig, sondern motiviert ihn. Um mich kurz zu fassen, vor dem Alkoholismus und dem persönlichen Untergang rettet er sich damit, dass er einen weiteren, seinen letzten Roman schreibt, der ebenso utopisch ist, eine Art Loblied auf die Freiheit, Gerechtigkeit und Schönheit. Im Roman sind wir Zeugen der langsamen Genesung des Schriftstellers.“ Bevor sie endete, prüfte sie erst Sofijas, dann Vitomils Gesichtsausdruck und fügte hinzu: „Diesen Roman kann der Held natürlich nirgends publizieren, es geht mehr um seine geistige Emanzipation.“

Sofija und Vitomil sahen plötzlich erschöpft und gelangweilt aus, als wären sie während Anas knapper Zusammenfassung im Geiste abgedriftet. Sie zögerten. Es war nur eine schmale Kerbe in der Zeit, in der sie sich der Dimension des Absurden, das sie umgab, erstickend intensiv bewusst geworden waren. Eine Kerbe, schmal genug, dass sie sie jedes Mal wieder kitten konnten, aber gleichzeitig breit genug, um auch von Ana wahrgenommen zu werden. Ein paar Minuten lang war nur das Knirschen der Steine unter den Füßen neuer und wieder neuer Spaziergänger zu hören. Sie hasste alle Umstände, die sie zwangen, mit ihnen mitzufühlen.

„Interessant“, kommentierte Sofija zur Seite hin, irgendwo in Richtung Betonunterführung. „Bevk ist also ein echter Idealist, was?“

„Ihr wollt euch wirklich an ihn dranhängen? Es ist doch nur ein Buch.“

Die beiden Polizeimenschen schlugen zur gleichen Zeit die Beine übereinander und umfassten sie mit verschränkten Händen; sie gaben zu verstehen, dass die Kerben nicht wichtig waren, dass sie immer noch wussten, wie sie zu handeln hatten. Eine schauerliche, nein, eine schauerlich-komische Choreografie der Zugehörigkeit.

„Warum bist du dieses Mal so entrüstet? Es ist nicht das erste Mal, dass du einen Autor denunzierst.“ Vitomils Sarkasmus folgte einem erprobten, uralten Rezept: auf Inkonsequenzen und Parteilichkeiten hinweisen, auf unauflösbare Widersprüche zwischen Handeln und Worten. Er reizte sie so sehr, dass sie kaum einen Aufschrei unterdrücken konnte.

„Aber das waren Autoren, die auch politisch aktiv waren, die sich konkret zu den Verhältnissen geäußert haben. Adam hingegen" – wieder der Name in einem Anflug von Sympathie – „sitzt zu Hause und schreibt und hat Familie, und das ist alles." Wie grotesk ihr das schien, was sie gesagt hatte. Das Gefangensein bringt dich dazu, eine Sprache zu sprechen, die nie die deine war, die nie die deine sein dürfte, und Gründe zu verstehen, die nicht verstehbar sein dürften. Schändlich, aber wahr. Eine Schande, aber die Umstände … Ungeachtet des Pakts mit dem Teufel waren einige ihrer Aufträge eher zu rechtfertigen gewesen, dachte sie und zuckte bei ihrer eigenen Folgerung zusammen. Fünfmal hatte sich bisher herausgestellt, dass die Schriftsteller, mit denen sie zusammenarbeitete, tatsächlich eine starke Vision von Volksbefreiung oder, wie sie selbst meinten, Demokratie hatten, nach der sie auch handelten und sich zusammenschlossen. Das waren Fälle gewesen, die – wiederum auf perverse, groteske Weise – dem Druck einen Sinn gegeben hatten, aber das Interesse der beiden an Adam, sagte sie sich, konnte nichts anderes sein als eine Metapher für die Grenzen ihres Systems.

„Ana, Ana", Sofija grinste und sah Vitomil spöttisch an, „du hast uns wirklich nicht schätzen gelernt." Sie stand auf, stellte sich vor Ana und sah sie direkt an. In ihren Augen leuchtete der Triumph. „Bevk ist kein, wie du sagst, unbedeutender Schreiberling. Vor Kurzem hat er sich mit den Leuten von der *Revija* zusammengetan, und weil er so, nun ja, frisch ist, ist er auch extrem verwundbar."

Der Triumph leuchtete noch immer, und Ana konnte sich, auf morbide Weise fasziniert, nicht sattsehen. Den beiden mit allen Wassern gewaschenen Polizeimenschen war es gelungen, in Ana die Illusion von Überlegenheit zu erzeugen, es war ihnen gelungen, sie glauben zu lassen, dass ihrer beider Tätigkeit nur noch von Verzweiflung bestimmt werde. In ein paar knappen Augenblicken hatten sie sie in die Höhe gehoben, um sie in einem einzigen Moment wieder zurück ins Nichts zu stürzen. Und die Umstände spielten hier keine Rolle. Absurditäten des Regimes? Schon, schon, aber die beiden wurden von der Liebe zum Spiel getrieben. Von der Liebe zur Macht.

Streng rief Sofija den Hund, der einer Gruppe von Tauben nachjagte. Eilig und außer Atem kam er zu seinen Besitzern zurückgelaufen. In ihrer Zärtlichkeit zu der getüpfelten Kreatur war etwas Abstoßendes; wie sollte man sie nicht für zweifelhafte Figuren halten, wenn sie bereit waren, einem dummen Tier mehr Mitgefühl zu erweisen, dachte sie, als einem Angehörigen ihrer eigenen Spezies, einer Spezies, die spricht und sich auch mit Sprache zur Wehr setzen kann. Der Hund war natürlich nicht schuld, aber sie konnte ihn, als er seinen schönen Kopf in ihren Schoß drängte, nicht streicheln.

„Du weißt, dass du keine Wahl hast", brach Vitomil – für alle Fälle, denn für einen nochmaligen Aufschub hatte er nicht die Geduld – Anas Widerstand. Ana starrte auf ihre reglosen Hände, in denen Chopin noch immer verspielt hechelte. Ihre Körperhaltung verriet Defätismus. Sie hatte wirklich keine Wahl, und zum ersten Mal seit langer Zeit bedrückte es sie bei einem solchen Treffen fast bis zur Sprachlosigkeit. Autonomie misst sich daran, wie vielen Bedingungen dir erlaubt ist zuzustimmen und wie viele dir erlaubt ist abzulehnen, aber Ana konnte ihnen weder zustimmen noch durfte sie sie ablehnen. Sie wusste, dass es schwer werden würde, da herauszukommen, womit Vitomil und Sofija indirekt, aber geschickt drohten: mit dem Verlust des Arbeitsplatzes, mit der Streuung von Informationen über ihr Denunziantentum, mit dem Verlust ihrer sozialen Stellung, mit der Schande, die sie, ihre Kinder und ihren Mann das ganze Leben verfolgen würde. Heuchelei ist ein besonderer Kerker, hatte sie gelernt, ein Kerker, in dem jede Belohnung mit der Zeit in Strafe umschlägt. Trotzdem hatte sie lange geglaubt, dass ein Ausstieg möglich sei. Zu lange vielleicht, dachte sie an jenem Oktobermorgen. Heuchelei ist ein Kerker, in dem jede Belohnung deinen Mut beschneidet, und mit dem Mut den Willen, und mit dem Willen die Freude.

Sie sah zu Vitomil, ihr Blick verweilte auf seinen harten Wangen und wanderte weiter zu Sofijas Gesicht, auf dem sich für ein paar Augenblicke Trauer niedergelassen hatte. Als Sofija bemerkte, dass Ana sie beobachtete, richtete sie sich auf, zog die linke Augenbraue hoch und holte tief Luft. Sie bemühte sich um einen erhabenen Ton: „Nun, Ana, du bist ziemlich schweigsam. Sind wir uns einig?"

Chopins Kopf lag jetzt still in Anas Schoß. Sie spürte sein Gewicht und seine Wärme. Die Wärme, die der Hund ausstrahlte, eine fast verständnisvolle Eintracht. Sie fuhr mit der Hand über die Vertiefung auf dem Schädel, über die sich das weiße, kurzhaarige Fell spannte. Was für eine Lockerheit, dachte sie. Wann genau in ihrem Leben hatte sie sie verloren, fragte sie sich; ein paar Mal hatte der Wind stark geweht, ein paar Mal war es stürmisch geworden und alle Schönheit war, völlig unkontrolliert, unvorhergesehen und unangekündigt, verschwunden. Geblieben waren Verpflichtungen und Aufträge. Zwänge und Notwendigkeiten. Aber das durfte doch nicht alles sein. Obwohl sie nicht hatte aussteigen können, schuldete sie sich zumindest den Anschein von Freiheit. Während sie den plötzlich lammfrommen Hund streichelte, beschloss sie, diese Schuld an sich selbst zurückzuzahlen. Irgendwie würde sie einen Weg finden, sie war zu jung für eng geschnittene

Kleider, die ihr die Luft aus der Lunge pressten, von der sie so oder so nie genug bekam.

Als hätte er ihren Entschluss zur Kenntnis genommen, setzte sich der Hund auf seine Hinterbeine, bereit für eine neue Partie des Spiels. Sie lächelte ihn an und nickte den beiden Polizeimenschen zum Zeichen des Einverständnisses zu. Ein Gedanke beschäftigte sie: Niemand könnte ihr erklären, ob ein Mensch, der hofft, eine lächerliche, eine bedauernswerte oder eine höherwertige Kreatur ist.

25. Oktober 1985

Sie raschelte mit den auf dem Tisch geordneten Blättern, sammelte sie zu einem Stapel und verstaute sie in einer Mappe. Sie hat einen schlechten Tag, aber sie versucht, es zu verbergen, schloss er, als sie vor ihm die blauen Augen senkte. Ihre Körpersprache – Gesicht, Augen, Sprechweise – war das sanfte Gegenteil von dem, was sie ihm bis jetzt gezeigt hatte. Bis jetzt hatte erkennen lassen. Wenn ihm Menschen ihre Facetten, ihre zahlreichen Stimmungen und Widersprüche allzu rasch offenbarten, waren sie ihm verdächtig; er ging von sich aus, der er, wenn er sich rasch verwandelte, meistens zu täuschen versuchte und eher beeindrucken als einen Kontakt herstellen wollte. Aber Anas Pendeln war nicht wie bei anderen Menschen. Die beiden Varianten von Ana, die er kennengelernt hatte, waren ausgeprägt und stark, bei keiner von ihnen spürte er Verstellung, ein übertriebenes Eingehen auf den anderen. Sie war beim ersten Mal, als sie aufgeblüht war, aufrichtig gewesen und war es jetzt, wo die Blüte sich schloss.

Das Arbeitstreffen war beendet. Während er auf dem Stuhl saß und konzentriert in den Seiten seines entstehenden Romans blätterte, war sie, ohne jeden Kommentar, damit beschäftigt, in den Bücherregalen hinter dem Schreibtisch Ordnung zu schaffen. Deren Unordnung war jetzt, ganz plötzlich, direkt unerträglich geworden. Jeder war auf seine Weise beschäftigt, aber mit einem gemeinsamen Ziel. Als er den Roman durchgeblättert hatte, räusperte er sich.

„Es ist Freitag, hast du Zeit für einen Kaffee?“

„Sehr gerne.“ Sie drehte sich zu einer ganz neuen Person um, aus ihrem verhaltenen Lächeln konnte er schüchterne Verspieltheit und Vorsicht herauslesen. „Aber leider wartet noch etwas Arbeit auf mich, deshalb würde ich ihn lieber hier trinken, ich kann uns einen türkischen machen, das Wetter ist sowieso zum Aufhängen.“

Er nickte und lächelte eine Spur zu beunruhigt, während sie unglaublich gelenkig am Tisch vorbei zur Tür glitt. Als er allein war, beruhigte sich die Ader über seinem rechten Augenlid endlich. Ein ungewöhnlich träger und düsterer Tag hat ihnen, den so weltgewandten, aber einzelgängerischen Menschen, den ungewöhnlichen Wunsch nach Gesellschaft eingegeben, lautete seine offizielle Erklärung. Als er diesen Einfall zu Ende gedacht hatte, brach er im Wissen, dass ihn niemand hörte, in lautes Lachen aus. Er war erfahren genug, um zu wissen, dass Menschen dazu neigen, den Einfluss, den andere auf sie haben, zu minimieren, ganz gleich ob er hässlich oder schön, offensichtlich oder unterschwellig ist. An Anas Seite hatte Adam das Gefühl, vor einem hohen Wasserfall zu stehen und zuzusehen, wie sich die Wucht des Sturzes und die Luftigkeit des Wassers in schneller Folge abwechseln, wie die Kraft in ihre empfindsamsten Elemente zerstäubt wird.

Als sie wiederkam und mit den Tassen auf dem Tisch klirrte, nahm ihr Gespräch eine flotte Wendung in die offizielle Richtung: Verlags- und Lektoratsarbeit, Literatur, Universität, berufliche Belange. Sie sprachen mit dem Eifer von Menschen, die sich nicht bei einem Thema aufhalten wollen, sich ihm aber anstandshalber widmen müssen. Die meisten Gespräche halten sich, ungeachtet der graduellen Nähe zwischen den

Sprechern, an Ouvertüren, aber die sind nur selten so attraktiv, fast schicksalhaft, wie dann, wenn die Nähe nur eine geahnte ist. Noch keine tatsächliche, geschweige denn ausgesprochene.

Als sie mit der Höflichkeit und der Mimikry ans Ende gelangt waren, lehnte sich Ana halb bewusst – von etwas Bereitwilligem geleitet – mit dem Po an die Tischkante. Sie war sich der Schalheit dieser Position bewusst, konnte sie aber nicht aufgeben: So war sie Adam näher. Mit leicht zitternden Händen zündete sie sich eine Zigarette an, und Adam tat es ihr gleich. Sie nutzte die Assoziation, die vor ihren Augen aufblitzte: „Wie lange bis du schon verheiratet?" Sie lachte nervös, fast enttäuscht.

Mit dem Blick streifte er den Ehering, selbst enttäuscht, dass es von allen Möglichkeiten, locker zu werden, ausgerechnet diese war, die sich organisch ergeben hatte.

„Ich bin sage und schreibe sechzehn Jahre verheiratet. Das ist nicht wenig, aber auch nicht besonders schwer", witzelte er gezwungen – dessen war er sich bewusst. Er fragte sich, wie viel Humor und Anspielungen ein Gespräch über seine Ehe vertragen würde, sodass sich eine Atmosphäre herausbilden konnte, die nicht allzu verfälscht war und ihn als Opfer oder als Unzufriedenen erscheinen ließ; wenn er in ihren Augen als das eine oder das andere erschiene, würde sie abkühlen. Er war bereits davon überzeugt, dass es Ana schwerer fiel, Gefühlsaufwallungen zu tolerieren, die sie als geschmacklos empfand.

Überzeugungen, Überzeugungen: Wenn sie nicht falsch sind, sind sie geradezu überschwänglich.

„Wir haben zwei wundervolle Kinder", sprang er, untypisch redefreudig für ihn, weit voraus, „ja, ich weiß, alle denken, dass ihre Kinder wundervoll sind, aber meine beiden sind wirklich etwas ganz Besonderes. Sie sind ganz verschieden. Bor ist sehr emotional, Asja ist rational, manchmal schon berechnend. Ich denke, sie wird ein leichteres Leben haben, weil es sie trägt, aber nie davonträgt, wenn du weißt, was ich meine."

„Absolut. Auch mein Boris ist so. Manchmal denke ich, ich brauche ihn überhaupt nicht zu erziehen, weil er alle Gesetze des Lebens schon erkannt hat." Als Wehmut ihre Stirn überzog, verspürte er den Wunsch, sie zu berühren, mit den Fingern über ihren gespannten schlanken Hals zu gleiten, zwischen ihren Schlüsselbeinen hinunter. Eine teenagerhafte Verlegenheit überkam ihn bei dem Gedanken. Fast hätte er den Blick gesenkt, aber er bemerkte, dass sie ihn völlig gewähren ließ. Unbefangen streichelte er ihre Gesichtszüge mit dem Blick und unbefangen streichelte sie seine.

Es war nicht das erste Mal, dass sie sich mit einem Autor, mit dem sie zusammenarbeitete, auch privat einließ, mit ihm flirtete, aber sie hatte dabei nie ihren Grundsatz verletzt: Sie ließ sich nicht mit Männern ein, die sie gezwungen war auszuspionieren, mit solcher Art Überschneidung hätte sie sich nicht nur töricht, sondern auch gefährlich exponiert. Aber vielen anderen schenkte und nahm sie genau so viel sinnliche Aufmerksamkeit, dass sie sowohl sich als auch dem Mann einen Höhenflug ermöglichte, indem sie das Tor der Begierde von Begegnung zu Begegnung gleichmäßig öffnete und schloss. So hatte sie nur einmal zugelassen, dass eine dumpfe Anziehung in offene Erotik umschlug; sie hatte sich mehrere Monate lang mit ihrem Liebhaber getroffen und die Beziehung kurz vor dem gefährlichen Auflodern, dem ganzen Trubel der falschen Erwartungen abgebrochen. Spiele, die alle spielen, die hungrig sind nach Reaktion und gebunden an Illusionen der Jugend, hatte sie persönlich nie erlebt. Das Spielen hatte keine Macht über sie, und nur deshalb konnte sie, ironischerweise, spielen. Aber dort, an die Tischkante gelehnt, konnte sie spüren, wie sie nachgab, wie sich ihr Wille zur Kontrolle wie im Meer aufgewirbelter Sand langsam und harmonisch setzte. Bis in die letzte Zelle – aus Trotz, aus Überdruss, im Kampf um echte Autonomie – wollte sie das einzige Verbot übertreten, aber gerade das war es, was sie sich am wenigsten erlauben durfte. Nervös rang sie die Hände, zerquetschte sie fast: Ein gefangener Mensch kann vielleicht nur mit Irrationalität hinaus in die Freiheit, vielleicht sind alle Versuche, sie im sicheren Schutz des Rationalen, Vorhersehbaren und Wiederholbaren herbeizubeschwören, fruchtlos. Freiheit ist eben doch ein Gefühl. Sie sucht und gewinnt der Mensch doch mit dem Körper, dachte sie. Den Geist befreien, bedeutet das nicht, das Bewusstsein seiner selbst, seine Identität verlieren, den Körper befreien, bedeutet das nicht, ein solches Bewusstsein, seine Identität gewinnen? Auch wenn sie es nicht dürfte, dieses Mal wollte sie nichts der Fantasie überlassen. Neben Adam fühlte sie sich sicher, auf übernatürliche, trügerische Weise sicher. Sie wollte an seine Brust, in seine einladenden Arme, unter seinen Atem. Ihre Hüften glitten am Tischrand entlang, sie tarnte die Bewegung mit einem Überkreuzen der Beine, klar, dass sich so die Position ihres Körpers veränderte, klar, dass sie ihm jetzt noch näher war.

Adam bemerkte ihr diskretes Gleiten, und ihr schien, als würde er kaum hörbar lachen. Weil sie es sich ersparen wollte, sich möglicherweise lächerlich zu machen – trotz ihrer Erregung war sie immer noch eine vorsichtige Schauspielerin –, fuhr sie mit der Realität fort.

„Boris ist in diesem Sinne ganz Sergei."

Sergei Miler. Das war ein Name, der bei den meisten Gesprächspartnern schlagartig gespielte Verwunderung auslöste, denn er war der Letzte, an den man bei ihrem Nachnamen denken würde. Es folgte zumeist eine Reihe von gewundenen

Fragen nach ihrem Mann, dem einstigen Redakteur einer Studentenzeitschrift, der Ende der Siebziger die Dreistigkeit besessen hatte, einen begeisterten Artikel, einen Leitartikel sogar, über den aufkommenden Punk und die Punkbewegung zu schreiben. Besonders eifersüchtig spionierten die Frauen sein Leben aus, waren sie doch von ihm, immer mit einer Zigarette zwischen den Fingern, mit der Imitation einer Motorradjacke oder, im Sommer, mit einer ärmellosen Weste aus Skai bekleidet, eine nach der anderen total gefesselt. Ana war sich im Klaren darüber, dass sie vor allem herauskriegen wollten, was der charmante, vitale Sergei so Besonderes an ihr fand, die wie sein absolutes, kaltes Gegenteil wirkte. An solche versteckten Demütigungen hatte sie sich gewöhnt, mehr noch, sie hatte sie in das Vergnügen verwandelt, einen Vorzug zu genießen – sie hatte einen Mann bezaubert, den sich viele wünschten, und sie hatte ihn bekommen, ohne sich in verrauchten Kneipen herumdrücken zu müssen. Viel schwerer allerdings ertrug sie Erkundigungen über seinen weiteren Werdegang, die in ihren Unterstellungen, in ihrem argwöhnischen Ton völlig berechtigt waren. Nachdem nämlich der strittige Artikel erschienen war, stellte der Dekan die Zeitschrift ein und drohte Sergei mit Sanktionen. Kaum eine Woche später kletterte Sergei, enttäuscht und wütend und vor allem betrunken, bei einem Konzert der *Pankrti* auf die Bühne und entriss dem Sänger das Mikrofon, die jugoslawischen Behörden seien repressiv, geiferte und spuckte er, hört zu, was sie euch, was sie uns, mir angetan haben! Gehört und verstanden, wenn auch nur bedingt, wurde er von allen, und das Konzert wurde augenblicklich mehr als ein bloßes Vergnügen, es wurde ein vollblütiger, lautstarker Ausdruck der Unzufriedenheit und Wut, und Sergei bekam, dank des billigen Weins, Flügel: Wenige Monate später hatte er sich zu einer der stärksten

Stimmen der Regimekritik und zu einem Verfechter „zutiefst sozialistischer Ideen", wie er sie nannte, gemausert, Ventile dafür fand er, immer nüchtern, immer vorbildlich, bei subversiven Konzerten und Events. Als er eines Abend die Übung der Bühnenerstürmung zum zehnten, vielleicht elften Mal wiederholte, stürmte auch die Polizei das Konzert und trieb die Leute unter dem Vorwand der Störung der öffentlichen Ruhe und Ordnung auseinander. Sergei landete bei einem angeblich rein polizeilichen Verhör und verschwand für einige Zeit; die erste Stimme der Regimekritik war verstummt. Als er dann mit kaum achtundzwanzig zum Assistenten für Soziologie an der FSPN in Ljubljana ernannt wurde, sahen viele seiner ehemaligen – naiven, naiven – Hörer darin den Beginn eines Marsches durch die Institutionen. Das sollte doch eine Gelegenheit sein, wenn der Staat sich die eigene Kritik einlädt, ihn von innen heraus zu verändern, hieß es. Die Hoffnung verfestigte sich kaum drei Jahre später, als Sergei zu einer ordentlichen Professur hinaufgaloppierte: Als er sich im Konflikt mit seinen früheren Überzeugungen sah, war er zwar nicht in der Lage, ihnen vollständig abzuschwören, aber genauso wenig wollte oder durfte er sie noch formulieren. Er wurde zum Inbegriff für Zynismus und Käuflichkeit. Ana vermied krampfhaft jedes übermäßige Interesse an ihm, nicht nur, weil es Zweifel an seiner Anständigkeit gab, sondern auch, weil es ihren zunehmenden Ekel vertiefte. Oft kam ihr der Gedanke, dass der entscheidende Unterschied zwischen Sergei und ihr nur darin bestand, dass sich seine Verbitterung öffentlich abgespielt hatte, ihre hingegen im Verborgenen. Ihrer beider Heuchelei stammte schließlich aus demselben Wurf.

Sie hatte sich angewöhnt, Sergeis Namen in Gesprächen wegzulassen, aber an diesem Tag, den Blick auf Adams Augen gerichtet, hätte sie leicht alles sagen können.

Sie riskierte nichts. Adam war bei der Erwähnung ihres Mannes nicht neugierig zusammengezuckt, obwohl er sich im Nu eine glaubhafte Geschichte über ihn zusammengereimt hatte. Dafür war sie ihm dankbar. Seine Aufmerksamkeit wurde mutiger und offensichtlicher, sie galt nur ihr, nicht den heiklen Details aus dem Leben ihres Mannes. Er sah sie von der Seite an und nahm sich eine neue Zigarette: eine Serie von Handlungen, die sie wegen des wenig authentischen Musters normalerweise lächerlich gefunden hätte. Aber es passte zu Adam, zu seiner Sparsamkeit mit Worten und Gesten. Mit dem Rauch der frisch angezündeten Zigarette verbreitete sich die Aussicht auf einen ausklingenden Dialog im Raum. Eine Aussicht, die Ana fürchtete und zugleich herbeisehnte. Sie bemühte sich um eine Fortsetzung.

„Und was macht deine Frau, womit beschäftigt sie sich?"

Er paffte ein wenig heftiger und setzte sich zum ersten Mal an diesem Nachmittag sichtlich in seinem Stuhl zurecht. So gereizt hatte er nicht reagiert, als sie eine gute Stunde zuvor verkündet hatte, dass ihr das Kapitel, in dem er den schriftstellerischen Alltag seines Helden detailliert beschreibt, sehr langweilig vorgekommen sei. Die Frage gefiel ihm nicht, stellte sie fest, denn ein Vertiefen der Kenntnis über die Lebensgefährten war einem Flirt nur im Wege. Für die meisten müssen diese Menschen eine Abstraktion bleiben, weil eine Abstraktion keine entscheidende Kraft hat und nicht als Kontext gelten kann, aber für Ana waren diese einst gewählten, begehrten Frauen konkret. Mit den Erfolgen und Misserfolgen in ihrem eigenen Leben sagten sie über die Männer, die ihr gegenübersaßen, jedes Mal genau das aus, was die am meisten zu verbergen suchten.

„Meine Frau arbeitet zurzeit nicht. Nun, sie arbeitet schon seit ein paar Jahren nicht mehr", er drückte seine Zigarette grob aus, „nach der Geburt von Bor hat sie beschlossen, zu Hause zu bleiben. Die Geburt war kompliziert, und die Schwangerschaft hatte sie ziemlich mitgenommen und sie auch ein bisschen erschreckt." Er sprach in einem für ihn unnatürlichen Tempo, wie Kinder, die vor einer Gruppe hämischer Gleichaltriger auswendig Gelerntes vortragen. „Wir haben uns die Aufgaben vernünftig aufgeteilt, und ich glaube, sie ist jetzt glücklicher, als sie es vorher war. Ich verdiene an der Uni genug, sodass wir keine finanziellen Sorgen haben. Und uns unterstützen auch ihre Eltern, das fällt wohl noch unter Mitgift." Er beendete seinen kurzen Vortrag mit leichtem Erröten und sah sie flehend an.

Sie genoss es, Provokationen auf die Spitze zu treiben: Sie konnte Menschen mit ein paar Schlägen einen Platz zuweisen und sie mit ihrem machtbewussten Intellekt zugleich noch stärker an sich binden. Aber Adams Bitte leistete sie Folge. Das war nicht nur ein würdiger Ausdruck von Reziprozität. Das war ein für sie schwer fassbares, verfrühtes, aber zärtliches Gefühl der Bundesgenossenschaft. Da war kein spöttischer Gedanke, kein vermurkster Eindruck, nichts nach der alten Ordnung. Seine Hausfrau nahm sie ihm theoretisch übel, praktisch, in ihrem Bauch, war davon keine Spur. Für ein paar Augenblicke, gerade lange genug, dass Adams Erzählung vollständig ausklang, schwieg sie.

Sein erleichtertes Lächeln enthüllte wie ein Bühnenvorhang drei fein angeschlagene Vorderzähne: das Kindheitserbe eines erwachsenen Mannes. Sie stützte sich auf den linken Arm, auf die Hand, die sich mit den Fingern nach ihm strecken wollte, die Hand, die er mit seiner eigenen bedecken und von der aus er hinauf zu der zarten, weißen Beuge des Ellbogens gelangen wollte. Sogar er, ein Liebhaber der Spannung, fand sich in der anmutigen Partitur, die sie gemeinsam schrieben, nicht ganz zurecht. Begierde? Schon. Er hatte im Laufe seiner Ehe der Leidenschaft mit vielen Frauen gefrönt, Frauen, die ihm Vera erlaubt hatte. Er hatte ihr alle seine Affären gestanden, ja zuvor angekündigt, und sie hatte die Kenntnis von einem Fall zum anderen mit mehr Würde und mehr Verständnis ertragen. Ein Mann kann seiner Natur doch nicht widerstehen, war der Kern ihrer tröstenden Erklärung – ein vorhersehbarer, simpler, aber irriger Kern. Schon längst hatte er durchschaut, dass sie ihm die Untreue aus Angst erlaubte, ihn mit Beschränkungen, Regeln und überspitzten Forderungen zu verlieren. Schon längst hatte er auch erkannt, dass ihre Angst teilweise begründet war. Sollte sie ihn beschränken, würde er sie vielleicht nicht sofort verlassen, aber er könnte die Beschränkung nicht respektieren; wer aber fremde Beschränkungen nicht respektieren kann, verliert die Nähe. Weil er sich der Basis ihres Arrangements bewusst war, bemühte er sich, die Gefahrenpotenziale zu minimieren, indem er Frauen wählte, die Vera nicht bedrohten, die ihm fernstanden, denen der Atem fehlte, ihn zu sich emporzuheben. Über Ana hatte er schon bei der ersten Verheißung beschlossen zu schweigen, denn vor Vera würde er ihren Sturmwind nicht verbergen können, sie kannte ihn zu gut. Er würde schon genug damit zu tun haben, die inneren Stürme zu beherrschen, dessen war er sich bewusst, Sehnsucht hatte nämlich nie zu den Motiven seiner zahlreichen Ehebrüche gehört. Deren krampfhafte, wild ausgelebte Körperlichkeit hatte Adam in den Jahren hinter sich gelassen, als er noch glaubte, dass der Mensch seine Einsamkeit in anderen Menschen ertränken, sie mit ihnen heilen könne. Er fühlte die alte Illusion wiederkehren und dachte bei sich, vermutlich verstehen wir als Illusion nur das, was uns der Zufall nie geschenkt hat. Vermutlich, nur vermutlich, ist der Verlust des Glaubens kein

Garant für eine Annäherung an die Realität, sondern ein bitteres Zeichen der Ermüdung. In diesem Kabinett wusste er nicht mehr viel darüber. In der Verwirrung, die er empfand, gelang ihm eine einzige entschlossene Bewegung der Hand, er legte sie direkt neben ihre, sodass er die strahlende Wärme ihrer Haut spüren und trinken konnte.

Keiner von beiden war sich so recht der Zeit bewusst, die in diese zögerliche Inszenierung hineintropfte. Der schmale Raum zwischen ihnen begann sich zu verdichten. Zu erwärmen. Sie war sich nicht ganz sicher, ob sie ihr Herz spürte oder die Resonanz des seinen. Er wusste nicht so recht, ob in seinen Ohren sein Atem rauschte oder ihrer. Er hob den Kopf und prüfte in ihren Augen, unter ihr sitzend wie ein Mann, der sich ergeben hat, ein letztes Mal die Situation. Das Blau war klar, hell, offen erwartungsvoll, und die Ränder der Augenlider, die an das Blau stießen, waren, obwohl nicht nachgezeichnet, dunkel vor Entschlossenheit. Anas Blick antwortete Adams Blick getreu, diesem dunkelgrünen, dunkel wollenden und ergebenen Blick.

Mit dem Körper zur Freiheit, so klärte es sich in beiden. Nur im Körper – wenn überhaupt irgendwann und irgendwo – ist es möglich, sich während eines, zweier, dreier oder Tausender Impulse der Verantwortung für sein oder für das fremde Leben zu entziehen. Sie wussten: Ihre Erotik konnte weder gut noch schlecht sein, denn sie war für sie unumgänglich. Weder er noch sie verstanden das, worauf sie sich hemmungslos einließen, als Betrug, denn ihre höchste Treue galt bisher sich selbst und, abgeschwächt, aber immer noch stark, ihren Kindern. So sei das schließlich bei allen Menschen, argumentierten sie gern, die Glücklichen und die Unglücklichen unterschieden sich auch darin, wie viel Egoismus sie zu ertragen bereit seien.

Und sie waren bereit. Adam stand auf und trat einen Schritt näher zu Ana. Von der Kehle und durch den Magen bis hinunter zu den Knien brodelte die Nervosität eines Teenagers, gemischt mit der unterdrückten und im selben Moment aufschreienden Ahnung, dass er an der Schwelle von etwas Unbeherrschbarem, schmerzlich Schönem stand. Um sie zu dämpfen, stellte er ihren Rahmen wieder her: „Wir werden doch noch zusammenarbeiten können, oder?"

„Natürlich. Schon beim nächsten Mal. Wir werden das hervorragend machen", hauchte sie.

Er nahm ihre Hand in seine Hände und folgte mit den Zeigefingern dem Netz der ausgeprägten türkisfarbenen Äderchen. Er drehte ihre Hand herum und küsste die Fingerkuppen, ihre seidige, empfindsam gewellte Mitte.

„Sie sind so schön", sagte er und wusste im selben Moment, dass er derartige Zärtlichkeiten anderen Geliebten nie erwiesen hatte. Sie schmiegte sich an seine Brust, und er vergrub seine Finger in ihrem Haar. Eine so einfache Intimität, eine Intimität, nach der sie seit langen Jahren hungerte und die sie bei Sergei immer wieder vermisste, eine Intimität, die ihr sagte, dass sie auserwählt sei. Sie spürte die Feuchtigkeit seiner Finger und das Glühen seines Oberkörpers und bald auch seinen Atem auf ihren Lippen. Ein Kuss. Küsse: der erste flüchtig, der zweite suchend, der dritte voll und offen, der vierte ein Tanz, zu dem sich die Daumen gesellten, die in ihren Mund hinein und heraus glitten, und Arme und Hände, die überallhin wanderten. Seine Berührung war ein erregender, austauschbarer Kontakt zwischen Haut und Haut, Haut und Textil, Textil und Textil; Seele und Geist ruhten unter seiner Berührung. Ein paar Augenblicke lang ruhte, an ihre warmen Lippen gelehnt, auch er; er schlang seine Arme um ihre Taille, schob seine Linke in ihren Rockbund, legte sie auf den Beginn des weichen Spalts zwischen den Pobacken und hielt inne, um sich leichter ihr Volumen, ihre flaumige Oberfläche, die Textur ihres Haars einzuprägen.

„Du bist so schön“, er öffnete die oberen Knöpfe ihrer Bluse und strich über den Pfad zwischen ihren Brüsten. „Du bist so schön“, wiederholte er und kam sich selbst idiotisch vor, weil er nicht die Worte fand, die er nur ihr sagen konnte, ihr, die ihr Blau geschlossen hatte und die Herbheit seines Schweißes einatmete. Die ätzenden Ablagerungen des Tages hätten sie stören müssen, das war ihr bewusst, aber sie störte nichts. In die Disharmonie der Geschmäcker und Gerüche könnte man noch tiefer eintauchen, all die Nuancen, Abweichungen und Besonderheiten wollte sie kennenlernen.

Er löste sich von der Wölbung der Brüste am Rand ihres BHs und richtete sich auf. Seine Hand hielt nun ihr lächelndes Gesicht mit den noch immer geschlossenen Augen, das einen wilden Kuss erwartete. Als es keinen Kuss gab, öffnete sie unsicher die Augen. Er sah sie nur an, und es war ein Blick, der sie mit seiner Wärme überflutete und mit seiner Schärfe erschreckte. Ihr war, als würde etwas von dem, was sie sah, zu ihr zurückgespiegelt, und etwas von dem, was er sah, zu ihm zurückgeworfen. Sie waren in einer Endlosschleife, und beiden widerfuhr gleichzeitig etwas, was sie sich nicht erklären konnten: Sie wollten sich nicht aus der Schleife herauswinden oder sie unterbrechen. Nicht mit einem Kuss, nicht mit einer neuen Berührung, nicht mit der Überraschung der Nacktheit. Sie waren auf etwas Neues gestoßen. Auf eine Überlappung, die sich nicht nur – wie zwischen Menschen üblich – handfest ausdrückte, in Gewohnheiten, Interessen, Temperament oder Charakter, sondern im Gefühl.

„Wir werden woanders weitermachen müssen.“ Ana war plötzlich konzentriert. Sie versuchte, das Geflecht der Blicke beiseitezuschieben, in den Schatten ihres Bewusstseins. Das war bei Weitem nicht die Reinschrift, die sie zwischen Menschen, die sich auf rein erotischer Basis miteinander einlassen, erwarten würde. Eine solche Gewalt und Tiefe entsprachen nicht ihren Erfahrungen; die Augen waren nie mit im Spiel gewesen, mehr noch, sie durften es nie sein. Und doch hatte auch sie die warnende Intuition erstickt; unter dem Gesetz der Begierde sind machtlos selbst die Mächtigsten. Sie kehrte sich abrupt, aber mit Mühe von Adam ab und setzte sich an den Tisch, an ihren beherrschenden Platz. Sie entschloss sich, alles unter Kontrolle zu haben. Schließlich war es nicht das erste Mal, dass sie ihren Willen und ihre Gefühle miteinander in Einklang bringen musste, schließlich war sie gezwungen gewesen, es darin zu einer gewissen Meisterschaft zu bringen. Sie verschränkte die Finger, als würde sie sich zu einer Geschäftsbesprechung oder einer politischen Verhandlung setzen: Sie würde sich dem überlassen, dachte sie, aber nur unter Bedingungen, bei denen sie nicht über die Schulter spähen muss. Sie wird sich an der Freiheit satt trinken und getröstet, erfüllt mit der Erinnerung an sie, deren Widerspruch überbrücken.

Während Ana um Souveränität bemüht war und die Grenze schon abgesteckt hatte, sah Adam sie noch immer traumverloren, begierig, regungslos an. Im Gegensatz zu ihr hatte er sich fast völlig verloren. In die Realität holte sie ihn erst mit der Raute zurück, die sie mit den Händen bildete und mit der sie auf den Tisch klopfte. Ihn amüsierte sowohl die gestische Verteidigung als auch der Gegensatz zwischen der rationalen Lektorin und dem ungestümen Schriftsteller, denn die Herzquote hatte gewöhnlich er bestimmt. Um das Heikle der Situation zu entschärfen, wollte er schon auf ihre Komik hinweisen, aber Ana kam ihm wieder zuvor.

„In drei Wochen muss ich zu einer Konferenz nach Bled. An einem Freitag. Das wäre eine gute Gelegenheit, obwohl ich mir nicht sicher bin, wie viele meiner Kollegen über Nacht in Bled bleiben werden."

Er lehnte sich gegen den Tisch und verschränkte die Arme, ihre Entschlossenheit imitierend. „Wir brauchen nicht in ein Hotel. Wir haben ein Wochenendhaus in Bohinj. Dort kann ich auf dich warten." Seine Unterlippe zuckte vor Aufregung, trotzdem setzte er hinzu, dass er dort bis Sonntag allein sein werde. Seiner Einschätzung nach, endlich war er der rationale, sturmerprobte Mann, würde es verdächtig sein, wenn er das Haus nur für eine Nacht aufsuchte. Aus der Mappe mit dem Manuskript, die unbeachtet auf dem Tisch lag, zog er ein Blatt heraus und zeichnete zu ihrer Überraschung auf die Rückseite die Lage der Hütte am Bohinjer See.

„Wenn ich dir nur die Adresse gebe, wird dir die nicht viel helfen, du wärest nicht die Erste, die sich verläuft", erklärte er. Als er bemerkte, dass sie immer noch auf das Blatt des im Entstehen begriffenen Romans starrte, setzte er hinzu: „Keine Sorge, ich denke, dass ich diesen Teil nicht vermissen werde, denn er ist sowieso komplett rot." Er wurde nüchtern und bemühte sich, die Wirkung der Umarmungen, Küsse und unermesslichen Bläue zumindest ein Stück weit auch selbst zurückzudrängen.

„Ich hoffe, du kannst danach das Wochenende noch zum Überarbeiten und Ergänzen nutzen. Das wäre wirklich gut. Der Mai steht vor der Tür, auch wenn du vielleicht nicht den Eindruck hast, und bei deinem regulären Job kommst du vermutlich nur langsam voran", haspelte sie herunter. Sie klammerte sich an die Stuhllehne, als würde sie sich auf etwas zwischen Start und Abschuss vorbereiten, bewegte sich aber trotzdem nicht. Die Praxis des Beherrschens macht den

Meister der Beherrschung, sagte sie sich, während sie, welche Ironie, erneut in Adams Grün versank. Wer all seine Ambivalenzen, all seine Widersprüche und Inkonsequenzen, alle Wahrheiten und Lügen sähe, könnte dem Leben abschwören. Das Leben beginnt mit Verleugnung und kann nur mit Verleugnung weitergehen.

Sie fest im Blick, ging Adam um den Tisch herum und streichelte ihr Gesicht. Sie lächelte überrascht und schnappte nach Luft, um noch etwas über die Notwendigkeit des Schreibens zu sagen, aber er fing sie mit einem Kuss ab.

„Ich gehe jetzt besser." Er versuchte, methodisch zu sein. „Ich schlage vor, dass du mich wegen der Details anrufst." Unter das Ende des vierten Kapitels des Manuskripts schrieb er seine Privatnummer. Wieder dieser absurde Gegensatz zwischen der Gefräßigkeit des Alltags und dem Ätherischen der Kunst. Noch vor wenigen Wochen war der Roman das höchste Heiligtum gewesen, jetzt benutzte er ihn für die trivialsten Zwecke. Als er den Kugelschreiber weglegte, machte er sich Mut: Er würde bald wieder sein höchstes Heiligstes sein, kein noch so starkes Unwetter könnte ihm seinen Sinn nehmen.

Er stand auf, zog seinen Mantel an und hängte sich die Tasche um. An der Tür blieb er stehen und drehte sich noch einmal um. Die Farben der Szene waren trüb und verwischt wie die Farben einer nie konservierten Leinwand.

„Adieu", sagte er, „ich freue mich unsäglich auf dich."

Sie nickte und wurde rot. Sie wollte seine Worte wiederholen, aber sie hielt sich zurück. „Adam, wir machen das nur einmal. Vielleicht zweimal."

„Ja, Ana. Einmal, vielleicht zweimal."

15. November 1985

Er murmelte ein heiseres „bis zum nächsten Mal“ ins Auditorium und flog aus der Tür des Hörsaals wie eine Pappelblüte im Gewittersturm. Er vergeudete keine Zeit damit, seinen Mantel zuzuknöpfen, obwohl draußen ein jäher Spätherbstwind wehte. Er hielt auch nicht am Fuß der Außentreppe, um die obligatorische Zigarette zu rauchen und mit Studenten zu plaudern, die eine wie auch immer geartete Nacht im Klub Palma planten, oder mit Kollegen von der Abteilung, die mit ein paar geschickten Strichen aus ihren Beschwerden über die Regierung ein Straßenseminar machten. Er marschierte zur Bushaltestelle und stellte sich – wie es paranoide alte Männer und Frauen tun – an den Rand des Bürgersteigs, damit Vera ihn in der Menge sofort erkannte. Er stand regungslos da und versuchte, das fröhliche Zucken seiner Lippen und Wangen zu kontrollieren. Erst jetzt spürte er das Brennen über seinen Hüftknochen. Mit den Fingern betastete er zuerst die Fasern des zerrissenen Baumwollstoffs, dann die blutige Schürfwunde auf der Haut. Beides hatte der Verschluss der Tasche verursacht, die er sich sowohl auf dem Weg zur Arbeit als auch auf dem Heimweg achtlos über die Schulter geworfen und die schmerzhaft an seiner Hüfte gescheuert hatte. Auf den Schmerz machte ihn lediglich die Wunde aufmerksam, Adam spürte nichts. Erregung ist ein starkes Betäubungsmittel. Als er sich die Verletzung näher ansah, fühlte er sich unbehaglich, weil er sich vor der hundertköpfigen Gemeinde spitzzüngiger Studenten als Stadtstreicher gezeigt hatte. Er verdeckte die aufgescheuerte Stelle diskret mit dem Mantel und schluckte das Lachen hinunter, das ihm in die Kehle stieg. Die unansehnliche Abschürfung rundete das Bild seines kopflosen Verhaltens stimmig ab, das nach seiner letzten Begegnung mit Ana eingesetzt hatte. Seither war er nicht mehr in der Lage gewesen, zusammenhängend vorzutragen, geschweige denn eine Vorlesung vorzubereiten; in einer Stunde hatte er plötzlich ohne Text dagestanden und war pubertär vor den angehenden Komparatisten rot geworden. Auf Zwischenrufe oder Fragen der Studenten hatte er abwesend reagiert, Seminararbeiten, die von den eifrigsten Studenten vorzeitig abgegeben worden waren, hatte er einfach vergessen. Sein hart erarbeitetes Charisma als Autorität im Literaturbereich hatte in den letzten Tagen nur selten durchgeschimmert. Er ergab sich hauptsächlich irgendwelchen Sinnesgenüssen. Zu Veras Überraschung hatte er mehrmals den Lebensmitteleinkauf und das Kochen übernommen: Im Feinkostladen hatte er die angebotenen Lebensmittel wie archäologische Wunder studiert und sich genau wie jene Kleinbürger verhalten, die so oft von ihm verspottet worden waren – mit hochgezogenen, abschätzenden Augenbrauen und zusammengekniffenem Mund ließ er den Zeigefinger über das Glas gleiten und befragte uninteressierte Verkäufer nach Herkunft und Alter der beiden vorhandenen Käsesorten. Er hatte ganze zehn Flaschen Wein und Whisky vom Schwarzmarkt mit heimgebracht, denen in ihrem Haus kaum mehr als eine Schmuckfunktion beschieden war. Ihn hatten Geschmack oder Konsistenz eines teuren alkoholischen Getränks nie interessiert, er bewunderte nur das Design der Flaschen, das in ihm Assoziationen an ein anderes Leben weckte. Im tristen Spätherbst – das Licht wurde diffus und neblig, wohin der Blick reichte, steckten unkonturierte Gegenstände und Menschen – verhielt er sich, als würde draußen der Sommer brutzeln. Er duschte und rasierte sich öfter und zog sich mindestens zweimal am Tag um. Er kaufte sich ein Parfüm, das rasch verbraucht sein würde, in der Annahme, dass Ana der herbe, nostalgische Geruch von Wacholder zusagte. Mit demselben Eifer hatte er im Großkaufhaus der Stadt eine neue Hose und ein Hemd erstanden, in denen er sie als Bollwerk zwischen der realen und der eingebildeten Welt unter dem hölzernen Türstock erwarten würde. Abends überließ er sich der Poesie und der Musik. Er beobachtete, wie sich im Einklang mit den Modulationen der Kunst seine Wahrnehmung veränderte, wie das Dunkle bei Moll dunkler, das Helle bei Dur heller und das Trübe bei Crescendo klarer wurde. Seit seiner letzten alles durchdringenden Erfahrung von Schönheit war schon viel Zeit vergangen. Zu lange, beschloss er und sah sich um: Er sah die Welt mit erregten Augen. Auch wenn Veras Deutungen seines Verhaltens ihn hätten beunruhigen können, schob er sie immer wieder an den Rand des Bewusstseins zurück. Sie waren nur in ihren Blicken, nicht in ihren Worten, denen hätte er viel schwerer ausweichen können.

Das alles erlebte er noch immer als gutartige Details, obwohl sie manchmal den gefährlichen Anstrich eines Ganzen bekamen. Da er nicht zum ersten Mal auf einen Betrug zusteuerte, rechnete er mit einem vorübergehenden Stimmungswandel oder, genauer gesagt, mit einem Einschrumpfen der Stimmungspalette. Aussichten und Erwartungen brechen nicht nur unsere Gewohnheiten, sondern reichen auch an unser Glück; alles noch Unverwirklichte, selbst das nie Verwirklichte, immer wieder nur Herbeigeträumte, verspricht mehr Glück, Ganzheitlichkeit und Erfüllung als jede Realität, und Adam war fröhlich. Er war extrem, ungewöhnlich fröhlich, und gerade die Amplitude des Ausschlags war es, die er nicht gewohnt war. Sie zeigt sich auch in wesentlichen Themenbereichen, witzelte er bei sich selbst, während er an der Bushaltestelle zitterte, dieses Ausufern – nicht der sonstige banale Wahnsinn – begann ihm allmählich Sorgen zu machen. Weil er buchstäblich dabei war, im Sumpf der Ästhetik zu versinken, konnte er den Arm kaum noch aus der warmen, zähflüssigen Umklammerung herausziehen, um sich an die Ethik zumindest anzulehnen, wenn er sich schon nicht auf sie stützen konnte.

Seine etwas umnachteten Gedanken wurden vom Hupen des Familienautos unterbrochen. Als er sich aus seiner Abwesenheit gerissen hatte und einstieg, musste Vera noch immer über die Szene lachen, verzichtete aber auf das Klischee vom zerstreuten Professor, der er für einen Moment gewesen war. Schon seit mehreren Wochen war er ungewöhnlich geistreich und verstreute bei jeder Gelegenheit ironische Bemerkungen, vertrug aber Scherze auf seine Rechnung gar nicht gut. Oder besser: vertrug *ihre* Scherze auf seine Rechnung gar nicht gut. Noch genauer, sie hatte den Eindruck, dass er sie überhaupt nicht ertrug, und der Eindruck bestätigte sich, als sie aufs Gaspedal trat und mit quietschenden Reifen von der Bushaltestelle losfuhr.

„Na, wie fährst du denn?“ Adam richtete sich enerviert mit einem Ruck auf.

„Wir mussten dem Bus Platz machen“, sagte sie leise. Sie hätte gern noch hinzugefügt, dass jede Folge ihre Ursache hat und dass die quietschenden Reifen nur die Folge seines abwesenden Wartens, ironischerweise an einer Bushaltestelle, waren, aber sie hielt sich zurück. Zurückhaltung war ihre Berufung, Konfliktvermeidung ihre Mission. Nicht, weil sie so himmlisch großherzig gewesen wäre, ganz ohne Bewusstsein ihrer Grenzen, sondern weil sie, wo immer es möglich war, ein fundamentales Gesetz menschlicher Beziehungen beachtete: Viele, auch Adam, würden lieber zum Mörder werden als sich ändern. Streit, Zank und Irritationen beginnen nur deshalb zu schwelen, weil wir blöderweise hoffen, den anderen zu einem Wandel zu veranlassen, sei es im Detail oder im Ganzen. Wir hoffen, dass die andere Seite unsere Forderung erfüllt, sei sie nun real oder nicht.

Adams gereiztes „Na" war daher im dichten Verkehr rasch verklungen. Er starrte durch die Scheibe, hinter der dick eingemummte Körper vorbeizogen, als ihm einfiel, dass er Vera überhaupt nicht richtig begrüßt hatte. Er hatte sie tatsächlich nicht einmal angesehen. Er presste die Aktentasche an sich wie eine Dame, die sich vor den lüsternen Blicken der Männer schützt. Was für eine unvertraute Abfolge von Bewegungen, dachte er.

„Wie geht es dir, Schatz?" Er drehte sich mühsam zu ihr um. Aus einer gewissen Nachsicht heraus fragte er sie nie, was sie getan oder was sie erlebt habe; was konnte sie wohl erleben, eingeschlossen in die Mauern ihres Hauses.

„Ich bin okay." Ihr Lachen streifte ihn. Sie tippte auf das Lenkrad und biss sich auf die Unterlippe. „Ich habe dein Manuskript gelesen." Sie legte ihre Hand auf seine, die sich nun schon gewaltsam an die Tasche klammerte. „Bist du bereit, dass ich dir sage, was ich davon halte?"

Diese Ankündigung belebte ihn ungefähr so sehr, wie es ein Stück altes Brot getan hätte. Würde er sich erlauben, grob zu Vera zu sein, würde er das Gähnen herauslassen, das sich teils wegen der einschläfernden warmen Luft im Auto, teils wegen der eingeschlagenen Richtung des Gesprächs in seinen Kiefer geschlichen hatte. Egal, was sie ihm zu sagen hatte – sei es aufbauend oder enttäuschend –, es war ihm gleichgültig, obwohl er sie selbst um ein Urteil gebeten hatte. Sein Desinteresse galt nicht nur ihrer Meinung, gestand er sich ein, während sie sich durch den dichten Verkehr auf der Tržaška hindurchkämpften, sondern den Meinungen aller. Das war der Bereich, in dem er in den letzten Wochen die stärkste Kehrtwendung wahrgenommen hatte: Die Energie der Kunst, also seiner Literatur, seines zweiten literarischen Werks, empfand er als schwächer, aber noch nicht wirklich als schwach. Ein paar Mal hatte er sich mit außergewöhnlichen Umständen getröstet, mit dem Beginn des Studienjahrs, der ihm jedes Mal aufs Neue alle Kraft abverlangte; jeder Anfang birgt die Projektion einer besseren Zukunft, redete er sich ein, in so einem unablässigen, hochtourigen Geschehen brennt manche reale Kraft aus, seine ganz besonders. Doch diese Ausreden reichten nicht weit. Die Wirkungen deuteten durchgehend auf einen Rest hin, den er sich nicht anders erklären konnte als mit Verliebtheit.

In der Tat hatte sich Adam in Ana verliebt, und dabei konnte er nicht auch noch seinen Roman im Blick haben. Schreiben ist eine autoerotische Tätigkeit, das Vergnügen und die gefühlte Leidenschaft entspringen der eigenen sprachlichen Fähigkeit, mehr noch, der eigenen Fähigkeit, die sprachliche Realität zu kontrollieren. Das habe ich erbaut, das also *bin* ich. Schreiben bedeutet die Fähigkeit zu verzaubern, sogar sich selbst zu verführen, damit kann nur die Verzauberung durch einen anderen wetteifern. Sie wetteifert nicht nur, die Verzauberung durch einen anderen übernimmt auch immer die Führung. Sowohl die Kontrolle des eigenen Textes als auch die Kontrolle des anderen, seiner Handlungen, Gedanken und Gefühle, sind mit Frustration behaftet, die aber ist vor dem Fremden und deshalb nicht wirklich Eroberbaren umso größer. Und je größer sie ist, desto größer ist die Tröstung, die sie verspricht.

Vera wiederholte die Frage lauter, und Adam nickte abwesend. Auf der Landstraße, die zu ihrem Haus führte, auf der Straße, die so geradlinig verlief wie ihr bis dahin erstaunlich harmonischer gemeinsamer Lebensweg, hatte er das meiste von dem überhört, was ihm seine Frau mitzuteilen hatte, auf genau dieser Landstraße erkannte er, was er für die andere Frau empfand.

„Sodass mir scheint, dass deine allegorische Geschichte, wenn ich sie so nennen darf, sehr überzeugend ist", drang endlich Veras Stimme durch das Trommeln in Adams Kopf durch, „ja, auf jeden Fall ist die Pointe, dass du dich aus dem Leiden in die Kunst rettest, stark, wirklich stark." Sie hielt inne, damit er ihre Worte leichter aufnehmen und auf sie mit Dank, mit falscher Bescheidenheit, mit Überraschung antworten konnte. Aber seine Mundwinkel, um eine Nuance hinaufgezogen, setzten nicht zum Sprechen an. Weil er ihre Erwartungen nicht erfüllte, weil er sich im Gegenteil benahm, als wären ihre Eindrücke für ihn nur noch leeres Rauschen, verzog sie verärgert den Mund und fixierte die Straße. Alles, was sie bisher über das *Meisterwerk* gesagt hatte, alles Gutheißende und Bestätigende, war nur die Vorbereitung, die Aufweichung des Terrains – offen, aber doch eine Aufweichung – für den kritischen Schluss. Sie wollte, dass sich Adam erst einmal gut fühlte, um die Kritik leichter ertragen zu können. Sie wollte ihm nur den Kamm stutzen, ihn aber nicht zusammen mit seinem empfindlichen Willen vom Podest stoßen. Ihr Umgang mit ihm grenzte mitunter an eine optimierte, bis ins Detail durchdachte permissive Erziehung, war ihr erster Gedanke: Karotte, Karotte, Karotte, Stock. Weil ihm diesmal die Karotte egal war, nahm sie an, dass er den Stockschlag auch nicht spüren werde. Sie fügte dezidiert hinzu: „Trotzdem scheint mir, dass der Roman erheblich kürzer sein könnte, zwischendurch hat sich für mich die Geschichte hingezogen, klebrig wie Karamell." Sie musste über ihren Einfall unwillkürlich lachen. Sie wollte ihn wecken, nicht provozieren.

Sie hatte ihn erhört. So ergeben war sie ihm, dass sie versuchte, jeden seiner Wünsche und jede Forderung zu erfüllen, obwohl dies ein Wunsch und eine Forderung nach unnachgiebiger Strenge, ja Härte gewesen war. Das bedeutete zweierlei: Entweder hatte sie ihn bisher über seine literarische Arbeit, nachgiebig wie sie war, belogen, oder sie konnte in Hinblick auf seine Bemühungen – klarerweise – nur jene Haltung einnehmen, die er ihr selbst zugedacht oder aufgetragen hatte. Er hatte sich für die zweite Interpretation entschieden, denn Vera war eine Frau, die überwiegend von ihrem Mann geprägt war. Dabei gelang es ihm nie zu bestimmen, ob sie sich aus Berechnung verbog oder ob ihr ein Ensemble des Unbewussten aufspielte und sie nicht in der Lage war, die Beziehung zu ihrem Mann aus der Distanz zu sehen. Ihr Entgegenkommen schwankte ausgewogen, fast unmerklich zwischen Intelligenz und Vulgarität. Dieses Mysterium hatte ihn lange Zeit ungemein gereizt, doch dieses Mal, an seinen Autositz geschmiedet, bedeckt und geschützt von seiner schweren Aktentasche, fragte er sich, wie Vera wohl wäre, wenn sie nur sie selbst wäre. Das Höchste, was ein ins Zwischenmenschliche verstiegenes menschliches Wesen erreichen kann, ist ein entferntes Bild der Verflechtung aller Interaktionen, veredelt mit einem dominierenden Unterschied, einem eigenständigen Selbst, mit etwas, das wir in Ermangelung besserer Worte gelernt haben, das Ich zu nennen. Aber vielleicht, grub er weiter, zeigt sich Veras spezifische Dominanz gerade darin, dass sie zu anderen Menschen werden kann, dass sie zu ihm werden kann.

„Klopf, klopf, Adam", sie tippte ihm auf die Schulter, „bist du überhaupt da? Führe ich Selbstgespräche?"

„Ach, entschuldige", er riss sich zusammen, als sie schon fast zu Hause in die Einfahrt fuhren, „ich bin ein bisschen nervös wegen des kommenden Wochenendes." Er wischte sich über das Gesicht, um seine Aussage zu unterstreichen. „Auch wenn der Abgabetermin erst im Frühjahr ist, muss ich doch jeden freien Augenblick gut nutzen. Und natürlich hast du recht, der Roman muss kürzer sein."

„Mich freut, dass wir uns einig sind", sagte sie freudlos, als sie vor dem Haus vorfuhr und hielt. „Aber merkwürdig bist du schon fast einen ganzen Monat. Was ist mit dir, Adam?" Sie senkte den Blick in ihren Schoß. „So bist du sonst nur, wenn du eine Geliebte hast."

Jetzt war es heraus. Zuerst musste er seine körperlichen Reaktionen in den Griff kriegen, die Blässe, die sich in seinem Gesicht ausbreitete, das Zittern, das bis in seine Hände hinunter lief, das Zirkusherz. Er war sich sicher, dass er nicht lügen konnte, zumindest nicht Vera gegenüber, und er war stolz auf den Mangel an derartigen Fähigkeiten. Aber manchmal ist die Wahrheit über uns selbst nicht mehr als das, was wir uns vorschwindeln können. Manchmal ahmen wir die Wahrheit nur überzeugend, inbrünstig nach, und wahrheitsliebend ist nur der Ton unserer Rede, nicht aber ihr Inhalt. Die Lügen sangen auf Adams Zunge, denn dort hatten sie seit jeher ihre Heimstatt.

„Es ist nicht so, du weißt doch, dass ich dir alles im Voraus sagen würde", er versuchte, ihr einen warmen Blick zu schenken, „das Buch hat mich ein wenig weggeführt, das ist alles. Entschuldige, nach diesem Wochenende benehme ich mich besser, versprochen." Er hätte sie mit einem Kuss oder einer hingebungsvollen Berührung von Hand und Wange trösten können, aber eine solche Verstellung brachte er nicht zusammen. So versuchte Vera sich die Zärtlichkeit selbst zu erkämpfen. Nach einem verständnisvollen und ermutigenden Kommentar drückte sie ihre Lippen auf seine, die sich seltsam kräuselten und ihrer Zunge den Eintritt verwehrten. Das war der andere thematische Kern, der ihn bedrückte. Seit er Ana unter seinen Händen gespürt hatte, konnte er nicht mehr mit Vera schlafen. Weder erregte sie ihn, noch stieß sie ihn ab, er spürte nur, dass alles an Vera, ihr Geschmack, ihr Geruch, die Haptik ihrer Küsse, die Chronologie ihrer Berührungen, die Abfolge der Geräusche, nicht mehr stimmte. Bisher hatte keine hübsche neue Erfahrung, kein unerforschter neuer Körper Veras vertrauten, unbestreitbar herrlichen Körper in den Schatten gestellt; ihn hatte nicht nur ihre Schönheit, sondern auch ihre und die gemeinsame Geschichte eingenommen. In diesen Tagen, wenn sie ihren Kopf an seine Schulter legte, wenn sie seine Wange küsste, wenn sie seinen Gürtel öffnete und er sich jedes Mal mit einer Ausrede herauswand, war sie ihm wohlvertraut, aber ihr Körper war plötzlich nicht mehr sein Zuhause. Es war, als hätte man in dem Schlafzimmer, in dem er jahrelang geschlafen hatte, die Wände in einem matten Gelb gestrichen, den Boden erneuert, die Möbel ausgetauscht und die Blumen entfernt. Derselbe Raum, aber eine ganz andere Luft.

Seine Hände gruben sich noch tiefer in das Leder der Aktentasche. Er zwang sich zu einem Hüsteln, zu einem kläglichen, durchsichtigen Hüsteln, aber es genügte, um sie abzulenken und seine Lippen zurückzuziehen.

„Ich hoffe, das tust du wirklich, Adam, ich möchte nicht, dass dich dieses Buch komplett verändert."

„Das wird es nicht, keine Sorge", er war schon dabei, die Autotür zu öffnen. Er rutschte an den Rand des Sitzes und setzte schon die Füße auf den Sand im Hof, als er – ihr den Rücken zugekehrt – fast ungewollt in automatischer Abwehr hinzusetzte: „Wir sind uns vermutlich einig, dass die Kunst die Welt ins Wanken bringen kann. Meine Welt, na ja. Aber alles das ist nur vorübergehend."

Er marschierte zum Haus und sah, bevor er den Schlüssel im Schloss drehte, über die Schulter zurück. Vera war im Auto sitzen geblieben und betrachtete ihre Hände, die auf dem Lenkrad lagen. Die Position eines Menschen, der seine Gedanken festhält und sich gegen das Abgleiten in die Traurigkeit wehrt. In diesem Kampf ist sie ganz allein, dachte er und stieg die Treppe hinauf ins Obergeschoss, um seine Reisetasche zu packen. Zuunterst legte er seine neue Hose, die Tweedjacke und das Hemd, in der Hoffnung, dass sie nicht knitterten und Vera ihr Fehlen nicht bemerkte.

Er schloss die Tasche leise und gestand sich ein, dass ihm der Verrat nichts ausmachte. Der Mensch nimmt die Chance, weniger zu sein als das, was er verheißen, versprochen, verkündet hat, immer als sein Recht in Anspruch und übt es auch aus.

* * *

Der Parteisekretär stand hinter der Schulbank, die mit einem groben roten Tischtuch bedeckt war, das bis zum Boden reichte. Aus seiner vorgewölbten Hühnerbrust dröhnte eine echt sensationelle demagogische Übung. Im Sozialismus einig, im Sozialismus gleichberechtigt, im Sozialismus nahezu eine Apotheose. Die schweren, senfgelben Samtbahnen hinter ihm fassten getreulich zusammen, was man nicht aussprechen konnte oder durfte: Willkommen bei den Visionären, die der Realität entsagt haben und beim Theater des Systems gelandet sind. Willkommen im Orden der Melancholiker, was Theatermacher immer sind. Was aber ist Theaterfiktion anderes als das traumhafte Vermissen einer anderen Realität? Je weiter weg die scheint, desto stärker vermissen wir sie, und jetzt, wo der Sozialismus fern ist, wo er sich anschickt, sich auf die Bahre zu legen, ist die Melancholie am größten, schloss sie. Aber sie war bestimmt nicht melancholisch, sie war angefressen und ungeduldig. Die letzte Ansprache an die Konferenzteilnehmer lief, und ihre Pläne hatten schon in aller Frühe zu scheitern gedroht.

In den Weg gestellt hatte sich ihr nämlich Sergei. Nach dem Frühstück mit Boris, der eine Angina überstanden hatte und dem Ana trotz seiner Genesung das Fernbleiben vom Unterricht erlaubt hatte, hatte Sergei aus der Fahrt seiner Frau nach Bled einen Familienausflug machen wollen; während Ana also unter den entflammten Rednern saß, würden Sergei und Boris um den Bleder See spazieren und Schwäne füttern. Am Abend würden sie in dem Restaurant essen, in dem ihre Eltern sich verlobt hatten. Den Freitagabend würden sie als Familie verleben, hatte er gesagt und bedeutungsvoll hinzugefügt, das seien sie ja auch. Das Beharren auf dieser Idee wurde schnell zu einer für Sergei ungewöhnlichen, aber akzentuierten Form der Erpressung: „In Ordnung, schau, wenn du nicht willst, dass wir einen Tag zusammen verbringen, dann brauchen wir auch nicht zusammen in den Neujahrsurlaub zu fahren." Der Adamsapfel vibrierte sichtlich vor Jähzorn.

„Wir würden ihn ja nicht wirklich zusammen verbringen." Ana versuchte, das Zittern in ihrer Stimme zu beherrschen. Sie durfte nicht zeigen, wie wichtig ihr dieser Tag des Alleinseins war. Mit kurzen, scheinbar leidenschaftslosen Antworten wertete sie die Aufregung ihres Mannes als wunderlichen Einfall ab und deckte gleichzeitig die Schwächen seines unüberlegten Vorschlags auf: Die Konferenz würde bis spät dauern, was zumindest für Boris, der noch nicht lange aufbleiben durfte, unangenehm wäre, und noch mehr für sie, die von der Tagung erschöpft sein würde. Es ist November, fuhr sie fort, der Bleder See ist nicht einmal der Schatten seiner Ausgabe in der Hochsaison, sondern ein trostloser, kalter Winkel, der dem Kind sicher nicht gefallen würde, und das ziellose Umherlaufen würde auch Sergei langweilen. Außerdem würde es nach der Konferenz in dem kleinen Ort, in den besten und beliebtesten Lokalen, von Bekannten nur so wimmeln, setzte sie nach und brachte ihn von seiner Hartnäckigkeit schon fast mit der Anmerkung ab, dass es sich dabei zum Großteil um Menschen handele, denen sie verschiedene Höflichkeiten *schuldeten*. Den Prozessionen würde ich am liebsten entgehen, schloss sie, und mich am Abend auf dem Bett des Hotelzimmers zusammensacken lassen. Die auf Lügen basierende Überzeugungsarbeit war anstrengender als die übliche, aber nach anderthalb Stunden verfing sie doch. Hinzufügen musste sie nur das Versprechen, dass sie am Samstag den Nachmittag und Abend trotzdem gemeinsam verbringen würden. Der Adamsapfel beruhigte sich, und auf seine Lippen schlich sich etwas, das einem Lächeln glich, ein gezwungen fröhlicher Rahmen für seine glänzenden Zähne.

Erst als das Auto zum Stehen gekommen war, erlaubte sie der brennenden Unruhe in ihrem Körper Platz zu greifen, aber auch der Befürchtung, der abgerissene Bissen der Lust könnte ihr schon in der Kehle stecken bleiben. Sie war sich bewusst, dass man ihr den Betrug, obwohl noch nicht realisiert, deutlich ansah – am Körper, an der Sprache, an den angesprochenen Themen, vor allem aber an der Atmosphäre, die ihr nachwehte. Mehr als der Rauch, den sie zurückließ, machte sie die plötzliche Unfähigkeit besorgt, die äußeren Zeichen ihrer Wahrheit zu verbergen. Wenn sie gewollt hatte, hatte sie das nämlich jedes Mal auch gekonnt, aber dieses Mal waren die Zeichen aufgebrochen wie Sommersprossen auf einer von der Sonne liebkosten Haut. Sie war erfüllt von der Erwartung der Befreiung, die in dem Moment verschwinden würde, in dem sie aufkeimte, aber deren Leuchten allein schon genügen würde. Schon dieses Leuchten allein könnte ein Licht auf die kommenden Monate werfen, und vor einem solchen Bild stand sie, wie alle, hilflos. Als Verlangende. Vor allem aber Veränderte. Sie wusste, woraus sich Sergeis aggressive, fast panische Planung speiste: Sie hatte sich aus dem Familienleben absentiert. Seit fast einem Monat bewegte sie sich zwischen den Wänden des Hauses wie eine Touristin, die zwar um den besonderen Wert der Jugendstilarchitektur des Stadtkerns weiß, aber lieber bei einem Cocktail an der Küste eines anderen Landes sitzen würde. Eines Landes mit Meer und unbeherrschbar weitem Horizont.

Sie tröstete sich damit, dass sie nie zu den engagierten, von der Beziehung völlig absorbierten Ehefrauen und Müttern gehört hatte. Dazu war sie zu selbstständig und egoistisch, eine Kombination, die durch ihre Eingenommenheit von sich selbst noch verstärkt wurde; ihre für die Umgebung so strittigen Eigenschaften mochte sie nicht ändern, sondern nur, wenn sie unehrlich werden sollten, korrigieren. Sie war keine schlechte Partnerin, noch weniger eine schlechte Mutter, sagte sie sich, all ihre bisherigen zwischenmenschlichen Begegnungen waren von Zurückhaltung geprägt gewesen. Einst hatte sie Sergei geliebt, als hätte man ein Glas über sie gestülpt, sie hatte ihn geliebt, als wäre das Glas um sie herum mit Tau beschlagen. Die Liebe, die sie für ihn empfand, blieb am Rande des Glases, sie konnte nicht hineintropfen, in die Mitte des Kreises. Näher zur Mittelachse zu gelangen, war Boris gelungen. Ein großer Erfolg der Biologie, hatte sie sich manchmal erklärt, dass sie einer Mutter das Bewusstsein der Macht eingibt, die sie über ihr Kind hat. Aber hier verklang ihr Trost. Sie wusste, dass sie ihre Prämissen in diesem Oktober deutlich und schmerzhaft überschritten hatte. Oder besser: unterschritten hatte.

Die Änderung der Bezogenheit, die Vergrößerung der Distanz hatte sie wohl vor Boris zu verbergen gewusst – oder es sich eingebildet. Sie kannte das Protokoll der Mutterschaft, denn sie hatte sich in ihm jahrelang geübt, das Protokoll des Verstehens, das auch dazu dienen sollte, den Abstand zwischen Kind und Mutter zu verdecken. Es stellt die Nähe wieder her, wenn sie erschöpft ist, und dichtet Konflikte ab, die sich entwickeln könnten: Stimme, Berührung, Blick, dieses fragile, aber wirbelnde nonverbale Universum. Aber was sie Boris erspart hatte, hatte sie Sergei nicht erspart. Nicht nur, weil Sergei ein Erwachsener war, der in der Regel Schwankungen aushalten konnte, sondern auch, weil sie sich bei ihm – so wie er bei ihr, wenn er konnte – gern etwas mehr Pragmatismus erlaubte; der war nach der Erschöpfung der romantischen Liebe übrig geblieben, und weder Ana noch Sergei hatten darüber geseufzt. Das Problem war nur, dass sich Anas Pragmatismus in diesem Herbst mit einer besonderen Form der Absenz gepaart hatte. Aus ihr wehte eine neue Kälte, eine von Tag zu Tag schärfere Kälte. Für ihren Mann zeigte sie jenseits der hauswirtschaftlichen Vorteile, die sie von ihm hatte, kein Interesse. Sie entzog sich ihm mit dieser oder jener Ausrede von Überlastung, Termindruck, unaufschiebbaren Verpflichtungen. Wenn er mit ihr die Eindrücke seiner universitären Tätigkeit teilte, was sie sonst in der Regel animiert und amüsiert hatte, verlor sie sich oft schon nach dem einleitenden Anheben der Erzählung. Plötzlich war sogar seine Fähigkeit verschwunden, sie intellektuell bis zu einem fast körperlichen Glücksgefühl zu erregen. Ihre Ratio versank allmählich in

Sinnesempfindungen, die Sergei in all den Jahren ihres gemeinsamen Lebens nie wirklich angesprochen hatte. Sex mit ihm war eine endlose Reihe mehr gesprochener als gefühlter Verhandlungen hinsichtlich ihres individuellen und gemeinsamen Genusses. Es war eine umflorte Perfektionierung von Gesprächen über Sex und keine Perfektionierung der Befriedigung, um letztlich an den Rand der Erfüllung zu gelangen. Aber es war nicht nur Sergei: Obwohl oder *gerade weil* die Erotik in ihrem Leben einen wichtigen Platz einnahm und sie ihr einen noch höheren erkämpfen wollte, hatte sie bis dahin niemand wirklich angesprochen.

Außer Adam. Sie hatte ihn kaum berührt, schon kommunizierte er mit ihr ganz, auch mit den Teilen, von denen sie nicht gewusst hatte, dass sie geweckt und zum Klingen gebracht werden wollen. Zunächst fand sie das verblüffend blöd. Tragikomisch. Sie war in den Dreißigern, und als Frau mit Erfahrungen sollte sie bereits einen entwickelten Geschmack in Sachen Sinnlichkeit und Sex besitzen. Sie sollte sich nehmen, was sie will, und zurückweisen, was sie nicht will. Ihren Wünschen sollte sie schon eine Form gegeben haben. Einen Ausdruck. Und sich nicht Jahre um Jahre an Körper angehakt haben, neben denen der ihre zumeist geschwiegen, in extremen Fällen vor Langeweile geschrien hatte. Oder aber nicht, vielleicht ist es nicht so einfach. Vielleicht ist es unmöglich, einen solchen Geschmack, wie alle anderen, über die Negation zu entwickeln; vielleicht deshalb, weil sie wohl wusste, was ihr bei der langen Reihe von Liebhabern nicht zugesagt hatte, allerdings auch nicht besser wusste, was ihr letztlich zugesagt haben würde. Das Richtige konnte sie weder herbeiträumen noch in der Fantasie konkretisieren; nicht nur, weil Träume, wenn sie nicht enttäuschen sollen, Träume und Fantasien Fantasien bleiben müssen, sondern weil sowohl Traum als auch

Fantasie immun sind gegen Details, die die Wirklichkeit erst ausmachen. Gegen Details, die sich nicht auflisten und aus verschiedenen Quellen zusammensuchen lassen, gegen Details, die den einzelnen Körper erst ausmachen, Berührung, Eindringen, Einsaugen und Einatmen. Gegen Details, überlegte sie, die sich unmöglich vorhersehen lassen.

Der Geist des Körpers, dachte sie, als der Parteiredner schloss, ist ein kompliziert weites, aber seichtes Land. Seine Lügen sind seicht, sie halten nicht lange, und sie enthalten auch nicht viel. Der Körper kann sich selbst nicht mit demselben fest verwurzelten Eifer verführen, wie es unser Verstand kann, deshalb kommt sexuelle Unbefriedigtheit in einer Beziehung rasch zum Ausbruch und ist sozusagen unüberbrückbar. Worte können sie nicht retten, obwohl Sergei und sie auf ihre Macht gehofft hatten und deshalb so genaue wie möglich gesucht hatten. Erlösen kann sie doch nur ein anderer Körper.

Es wäre eine bittere Erkenntnis, wenn sich Ana dieser andere Körper, diese dringende Erlösung, nicht sehr bald verheißen hätte. Ihre Erwartung steigerte sich fast bis zum Rotwerden. Sie rutschte auf ihrem Stuhl hin und her, als würde sie auf Reiskörnern sitzen, und richtete sich immer wieder das Haar. Diskret besah sie sich sogar im Taschenspiegel und stellte fest, dass ihr Make-up nicht nachgebessert werden musste und dass der rötliche Teint bis zum Ende des offiziellen Teils von selbst verblassen würde. Sie fand, dass es dennoch eine angenehme Zusammenkunft von Fachleuten für jugoslawische Literatur war, da es den ideologisch verdunkelten Köpfen der Teilnehmenden nicht gelungen war, ihren plötzlichen Vitalimus anzunagen. Aber sie hatte sich verrechnet: Während der Schlussapplaus ertönte, sahen sich von den vorderen Plätzen, den Plätzen für besonders Auserwählte, Vitomil und Sofija simultan um: Raubvögel, die ihr Revier erkunden. In der Hoffnung, sie würden sie übersehen, was für eine taube Hoffnung, senkte sie den Kopf; nicht, als würde sie in ihrer Handtasche nach Zigaretten suchen, sondern als würde sie einnicken. Ihr Kinn klebte auf ihrer Brust, ihre Gedanken huschten zwischen möglichen Erklärungen und Ausreden hin und her. Gerade als sie zu einer Begründung gehuscht waren und sich das Klatschen gelegt hatte, spürte sie auf der Schuler Sofijas scheinbar liebevollen Druck.

„Schau, schau, unsere Lektorin und Verlegerin", feixte Vitomil. Sie löste ihr Kinn von der Brust und bemühte all ihren Sinn für Verstellung um ein ungekünsteltes Lächeln. Das hier werde ich professionell durchziehen, befahl sie sich, auch wenn sie sich bewusst war, dass man vor Mata Hari nicht Mata Hari spielen kann.

„Oh, ihr seid es", sie wählte einen fröhlichen Tonfall, „ich hätte euch ja gefragt, was macht ihr denn hier, aber gut, ich nehme an, ihr wurdet von unseren Leuten eingeladen." Noch ein breites Lächeln, nicht nervös, sie betete, dass es nicht nervös aussah.

„Wie geht es dir, Ana, wie geht es deinen Autoren?" Sofija, Meisterin bedeutungsvoller Ansagen, setzte sich auf den freien Stuhl neben Ana und deutete mit ihrer Körpersprache an: Das Verhör wird kurz, aber effektiv. Natürlich nur, wenn die verhörte Person kooperiert.

„Für November bin ich ganz gut drauf. Ihr wisst ja, ich schließe die Bücher für dieses Jahr ab und fange die fürs kommende Jahr an."

„Das von Bevk auch, nicht wahr?" Vitomil zögerte keine Sekunde, senkte seine Stimme aber trotzdem. Wenn Profis zusammenkommen, spitzen alle die Ohren, der diskrete oder indiskrete Austausch von Informationen gehört zu ihrem unverzichtbaren Handwerkszeug. Als Antwort nickte Ana ihm bereitwillig zu, wohl wissend um den Unterschied zwischen Bereitwilligkeit im Dienst der schnellen Abfertigung eines Gesprächspartners und Bereitwilligkeit aus Zerknirschung. Sie strebte nach dem zweiten Typus. In ihrem Gesicht sollte zu lesen sein: Ich schulde euch mehr, als ich mir damals im Park einzugestehen getraut habe.

„Bei dem von Bevk bin ich auf halbem Weg. Wenn ihr den Roman gelesen hättet", sie flüsterte die letzten Worte, „ich glaube, das werdet ihr bald, würdet ihr wissen, dass er sich eher wie Memoiren liest, und nicht politisch, programmatisch." Über ihre Gesichter begann sich ein Schleier zu legen, als sie geschickt wie eine mit allen Wassern gewaschene Figur aus einer Spionagegeschichte noch leiser hinzufügte: „Und ich passe natürlich auf ihn auf. Ich verstehe, dass die *Revija* nicht nur eine Zeitschrift ist."

Sie bemühte sich, naiv zu klingen. Sie wusste, dass es unmöglich war, sie mit billigen Tricks zu täuschen, zugleich aber auch, dass sie ihr niemals billige Tricks zutrauen würden und dass sie ihre gespielte Naivität vielleicht als echt anerkannten, als eine Art kognitiven Salto oder Ausrutscher, nach dem all ihr Argwohn verstummen würde. Sie hatte den Vorteil, Regie zu führen. Nun, sie bildete sich ein, sie hätte den Vorteil, Regie zu führen. Und diese Einbildung beflügelten Vitomil und Sofija mit einem großzügigen Lächeln und einer unverhofften, aber entspannten Hinwendung zu einem anderen Thema. Blitzschnell zeigten sie sich ihr als zwei alte Menschen, die es kaum erwarten können, für diesen Abend ihre Mäntel an den Haken zu hängen, ihre Stiefel auszuziehen und ihre öffentliche Rolle abzulegen. Menschen, die sehnsüchtig auf Trivialitäten warten.

„Was wäre, wenn wir gemeinsam zu Abend äßen? Es ist schon lange her", Sofija zuckerte die Wendung mit Ironie.

Gemeinsam hatten sie nämlich feierlich, wenn auch im verstecktesten Separee eines vornehmen Restaurants in Ljubljana, genau ein Mal zu Abend gegessen – ein paar Monate, nachdem Ana ihren ersten Auftrag angenommen hatte. Ihre verdrängte Erinnerung an das Anstoßen mit den Gläsern vermischte sich augenblicklich mit leichter Panik: Bei dieser Einladung versagten sowohl eine gelogene als auch eine wahre Antwort. Sie war gezwungen, alles auf die Vision von müden, ja alles überdrüssigen alten Leuten zu setzen, die nach ihrem „nein" lechzen, obwohl sie auf ein „ja" drängen. Sie hatte zuvor noch nie mit ihnen wie mit Menschen gesprochen, immer nur wie mit Figuren.

„Wisst ihr, für heute habe ich von allem genug. Ich würde mich gern im Bett zusammenrollen und lesen", sie achtete darauf, die Lokalität des Betts nicht preiszugeben, „mich einmal richtig ausruhen, das fehlt mir wirklich."

„Ich kann nicht sagen, dass ich dich nicht verstünde", Vitomil strahlte zum ersten Mal Wärme, nein, sie korrigierte sich, zum ersten Mal *aufrichtige* Wärme aus. „Schlaf dich aus, Ana. Offensichtlich werden wir beide das auch tun müssen." Er grinste und kehrte damit zu seiner dominanten inquisitorischen Version zurück; die stand ihm besser als die freundliche.

Sofija blieb für sie untypisch schweigsam und schenkte ihr einen bis zur Depression erschöpften Blick, als wüsste sie um die Vision, in die Ana sie eingepasst hatte. Ihre leisen Gesten – das Zurückstreichen von Haarsträhnen, das Streicheln der Haut hinter dem Ohr, das Glätten des Hosenbunds – vertieften die Vision nur noch. Aber vielleicht hatte ihre Rolle Vitomil und Sofija nicht nur ermüdet. Vielleicht bedauerten sie sie, überlegte sie, nachdem sie sich verabschiedet hatten, und sie ihren theatralisch aufrechten Gang durch die Saaltür verfolgte. Wie viel Eitelkeit ist nötig, dachte sie, um den Konflikt zu verbergen, in den du dich mit dir selbst verstrickst, wie viel Wahnsinn, um aus einem so dicken Knäuel ein Bild der Herrlichkeit zu stricken. Menschlich, übermenschlich viel. Als sie fast im Türbogen verschwunden waren, drehte sich Sofija für einen Moment um und lächelte. Dieses Lächeln galt nicht wirklich ihr, nicht wirklich einem anderen, sie lächelte der Gemeinschaft zu, die sich um eine längst enthüllte, aber immer wieder bekräftigte Täuschung gebildet hatte, urteilte Ana. Aus ihrem Lächeln sprach kein Zynismus. Nur eine Wehmut, die Ana für ein paar Minuten den Gedanken eingab, dass sie selbst versuchte, sich aus dem Gefangensein zu befreien, das schon lange nicht mehr real war, dass sie übertriebenen Druck verspürte und für sich zu scharfe Konsequenzen vorhersah. Wie sollten zwei alte Menschen sie ins Verderben stürzen können, die sich nur noch nach einem ereignislosen Leben sehnten? Schrieb sie ihnen die Macht, sie zu vernichten, nur deshalb zu, weil sie für ihre Medizin zuerst auch eine schlimme Krankheit brauchte? Wir Menschen tun das doch ständig, wir reihen plötzliche Wendungen in der Zeit aneinander, schreiben ihnen Bedeutungen zu, stellen kausale Zusammenhänge her, redigieren Erzählungen mit der Sicherheit und Berechtigung unfehlbarer Wesen. Unfehlbar egoistischer Wesen, korrigierte sie sich.

Als sie im Auto saß, sah sie durch die Scheibe im Seitenspiegel ihr verzerrtes, verwässertes, verwaschenes Spiegelbild. Die Verwirrung verging so schnell, wie sie entstanden war. Die Ursachen ihrer Erkrankung – irrelevant. Ihre Heilung – dringend. Vom Parkplatz fuhr sie rückwärts herunter, wie es Machos tun: Sie verdrehte den Oberkörper, fasste mit der Rechten die Kopfstütze des Beifahrersitzes, hielt mit der Linken das Lenkrad. Nie zuvor war sie so gefahren, sie fürchtete die Zerrissenheit zwischen vorwärts und rückwärts, zwischen links und rechts, zwischen den Augen, die auf die Straße gerichtet waren, und dem Plexus, der sich auf die Witterung konzentrierte. Jetzt gab es totales Vertrauen, was zugleich immer totaler Wahnsinn ist. Als sie auf die Straße hinausfuhr und den R4 fast zum Schleudern brachte, bemerkte sie Vitomil und Sofija, die bergan in Richtung Ortszentrum gingen. Sie blieben unter einer Straßenlaterne stehen und winkten ihr zu. Aufgrund der zarten Geste hätte man sie leicht für zwei reuige Aristokraten aus den Weihnachtsgeschichten halten können, die ihren Reichtum plötzlich an Waisenkinder verschenken, aber das waren sie nicht. Auf ihren Gesichtern tanzten wieder *die beiden*, nur Aristokraten, nur Arroganz. Sie zog mit dem Wagen vorbei, schnell, schnell zur Kreuzung, und prüfte im Rückspiegel, ob sie sie endgültig abgehängt hatte. Das hatte sie, seufzte sie erleichtert und bog ohne Blinker ab, bei hupenden Autos, rechts hinunter am See entlang, vorbei an den Hotels und Pensionen in die unheimliche, lauernde Dunkelheit des Bohinjer Tals. Die Einleitung zu einem Abenteuerroman, dachte sie. Blaugraue Umrisse von Hügeln, Bergen und Wipfeln, stumme, ach so stumme, gleichgültige Zeugen eines Bruchs, einer Ausnahmesituation in ihrer subjektiven Zeit.

Sie fuhr ausgesprochen wild. Um in dieser Ausnahmesituation so rasch wie möglich so viel wie möglich zu erreichen.

16. November 1985

Sie hatte mit Morgennebel gerechnet, einer Beklommenheit, aufgrund der in ihm gefangenen reglosen Natur, einer Beklommenheit aufgrund der Stille, in der sich immer etwas Unkontrollierbares zusammenbraut, erwartete sie aber vergeblich. Es schien ihr nur, dass sich die Luft über dem See infolge der alpinen Kälte zähflüssig bewegte. Dass sie im selben Moment, in dem sie gefror, sofort wieder verdampfte, und so endlos weiter. Das Licht war noch nicht bis auf die ruhige Oberfläche herabgesunken, aber die Umgebung sah trotzdem hell aus. Nichts bewegte sich – nicht die Bäume, nicht die Vögel, nicht das Wasser – und doch war alles lebendig, zu lebendig. Die Anzeichen des Tages häuften sich hinter den Bergen, nicht weit weg, gerade so weit entfernt, dass das Fenster, an dem sie stand, doch von der Keimzelle des menschlichen Lebens berührt wurde: vom Gefühl der Ordnung und dem Gefühl des Sinns. Und noch von etwas Unvertrautem, Unerfahrenem. Von dem Gefühl, nach Hause gekommen zu sein. So tief verankert, dass es sich über die Wirbelsäule verströmte und sich auf dem Gesicht als erschüttertes, tränenvolles Lächeln zeigte.

Sie drehte sich um. Adam, nachtverklebt und blass, aber nicht weniger schön, erwachte wie ein Präriewolf, gähnte breit, kratzte sich am Kopf und an den Armen, sogar am Rücken.

Sie musste lachen, und er antwortete mit einem Brummen. In intimen Situationen sind Männer dumm und statisch, dachte sie, aber nicht schadenfroh, den Gedanken hatte sie zuvor für niedlich gehalten, so wie Tiere mit Schnauzen niedlich sind, ob sie nun Raffzähne haben oder nicht. In intimen Belangen bleiben die Männer beim Genuss stehen, auch wenn der möglicherweise nur angepasstes Unbehagen oder Routine ist, während Frauen aus dem Genuss heraus streben, sich im Genießen beobachten, und wer sich beobachtet, erfährt die Erfüllung als eine Art Nie-schon, Nie-dort, etwas, das sich jedes Mal entzieht, weil es das muss, weil zu leben sonst ein noch mehr verwässertes Projekt wäre. Bei dem Gedanken, dass Frauen vielleicht tatsächlich unzufriedener sind und gerade deshalb besser leben können, musste sie laut lachen, aber ihr erschien der Ausflug in die Analyse sofort, als Adam sie fragend ansah, töricht. Nicht gerade falsch, aber überflüssig. Mochte der hingestreckte Adam als Mann noch so sehr zurückbleiben, sie hatte genau zu ihm gewollt.

Wieder wie ein Präriewolf schnellte er vom Bett und schlang seine Arme von hinten um ihre Mitte. Als Antwort lehnte sie ihren Kopf sanft an sein Kinn.

„Dummheiten gehen mir durch den Kopf, ich habe mich an einen Vers von Neruda erinnert“, flüsterte er in ihren Nacken. Sie wollte lachen, Neruda, der Dichter der schnell verdunstenden Liebe, aber sie konnte nicht. Sie nahm ihn ernst. Sie hatte ihn von dem Moment an ernst genommen, als er, elegant gekleidet, die Tür der Hütte geöffnet und das Licht der Küchenlampen hinter ihm die standardmäßige Verführungsszene ausgeleuchtet hatte – die beiden Weinflaschen, den Kerzenständer mit den noch nicht entzündeten Kerzen, die zugezogenen Vorhänge. Der quasierotische Kitsch mit der gedämpften Musik hätte ein Signal für schnellen Genuss sein können, aber ihr schien er nur das Resultat des Versuchs zu sein, mit Gemeinplätzen zu beherrschen, was sich bereits der Kontrolle entzogen hatte und spezifisch wurde. Es wurde zur Nähe.

„Ich mache uns Frühstück“, flüsterte er und küsste ihr Haar. Sie bot ihm ihre Hilfe an, aber er lehnte ab. „Mach es dir am Esstisch bequem und leiste mir Gesellschaft, das wird gut sein.“

Lachend drehte sie sich in seiner Umarmung um, trat einen Schritt zurück und ließ die Hände vielsagend an ihrem nackten Körper entlangschwingen, wie eine Turnerin, die nach mehreren Versuchen endlich eine anspruchsvolle Figur ausgeführt hat.

„Ja, in der Küche kannst du wirklich nicht nackt sein“, er war schon dabei, den riesigen Nussbaumschrank zu öffnen. Er holte zwei Bademäntel heraus und reichte ihr den apricotfarbenen – eine scheußliche Farbe, dachte sie. Automatisch beschnupperte sie den Kragen des Frottees und bereute es sofort: Es war Adams Frau, die sie einsaugte, nicht nur der angenehme Duft ihres Parfüms, ihres Duschgels und der Hautcreme, sondern auch ihr Schweiß, ihr Cortisol und Adrenalin, der Geruch ihrer Geilheit, Heiterkeit und Trauer. In einer intimen Situation war sie einer Fremden begegnet, welch Paradoxon. Noch paradoxer war das Gefühl, dass die betrogene Ehefrau für eine Geliebte nie eine völlig Unbekannte sein kann. Es ist nicht nur, dass sie sich einen Mann teilen, sondern auch, dass ein Mann sie teilt; aus beiden Welten saugt er genau das ein, was er braucht, und wirft das weg, was er nicht braucht. Er destilliert sie. Wenn Liebhaber und Ehepartner voneinander wissen, können sie aus ihren Negativen – aus den fremden Charakteren, Leidenschaften und Körpern – die wesentlichen und deshalb unüberbrückbaren Ambivalenzen der betrügenden Ehemänner und Ehefrauen zusammenstellen. Denn wer betrügt, betrügt gerade aus seiner Ambivalenz heraus, dachte sie.

„Vera hat ihn nicht oft getragen", versuchte er es ihr zu erleichtern. Diesmal schwang sie nicht die Arme, sondern winkte ab. Und wenn schon, hatte sie sagen wollen. Es ist trotzdem deine Frau, hatte sie sagen wollen. Stattdessen folgte sie ihm schweigend in die Küche.

Er verteilte die Zutaten auf dem Esstisch und schlug fünf Eier in die heiße Pfanne, zwei für sie und drei für sich. Der Samstag zirpte wie in tausend anderen Heimen, nur dass ihres ein scheinbares war. Sie müssten sich unterhalten, war sein Gedanke, der Raum müsste von ihren Stimmen vibrieren. Nur Worte, viele Worte, verspielt, heiter, leicht, können die Traurigkeit verdecken, die nach dem Ehebruch kommt: Wunsch erfüllt, Erregung erschöpft, Herzen – zu wenig. Aber Adam war nach dieser Nacht nicht zu Traurigkeit verblüht und brauchte deshalb kein Reden. Was in dieser Nacht zwischen ihnen geflossen war, hatte Herz, zu viel Herz – eine besorgniserregende Menge, gestand er sich ein – und verlangte deshalb die Wahrheit für sich. Aber die Wahrheit tropft, wie dickflüssiges Öl aus einer Flasche tropft. Stockend, in unvorhersagbaren Intervallen.

Auf die zwei Teller verteilte er Eier, Tomaten, Hüttenkäse und Brötchen. Dazwischen stellte er einen Teller mit Butter und zwei Gläser Wasser. Er bewegte sich selbstsicher, gewohnt zu bedienen; er erinnerte sie an Boris, nur dass für Adam all das kein Spiel war.

„Ana, du bist jung", sagte er, sein Brötchen kauend, ihr blieb der Bissen bei der Bemerkung fast im Hals stecken, „wie bist du so jung so hoch aufgestiegen?" Mit der restlichen Brötchenhälfte tunkte er das zerflossene Eigelb auf. Gespannt folgte er dem Tanz des Brotes, während sich Ana zurücklehnte und auf seine Stirn starrte. Natürlich hatte er eine Vermutung, und wenn sie sich verstellte, würde sie ihn erniedrigen. Aber – und das war ein naives Aber – sie hatte nicht erwartet, dass er seine Vermutung äußern würde. Aber – und das war ein noch viel naiveres Aber – sie wagte nicht zu glauben, dass auch er sie furchtbar ernst nahm. Was aber bedeutet, nach der Wahrheit zu lechzen, anderes als jemanden furchtbar ernst zu nehmen?

Sie legte ihr Besteck hin und nahm langsam, ungewollt theatralisch, einen Schluck Wasser. „Was soll ich dir da groß erklären, du weißt doch schon alles." Das Gefühl der Nähe zerfiel aufgrund der Enthüllung nicht, es wurde noch verstärkt. Seltsam, dachte sie, dass sie das bei Sergei nie erfahren hatte. Jede Verwundung, jeder Ausrutscher und Fehler hatte sie beide nur voneinander entfernt. Vielleicht war das gar nicht so seltsam, sondern die ganz natürliche Folge ihrer fundamentalen Dissonanz. Unterhalb der Ebene des Reparierbaren war sie, wie bei manchen Streichinstrumenten: Man kann bei ihnen alle Saiten austauschen, aber auf dem ursprünglichen Resonanzkörper werden sie immer falsch klingen.

„Alles weiß ich nicht." Er lächelte warm. Er verurteile sie nicht, besagte sein Blick, es gehe ihm nicht um Moral. „Wie lange machst du das schon?"

„Es werden acht Jahre sein, obwohl mich die ersten beiden nicht sonderlich belastetet haben, permissive Anfänge eben, dass der Mensch sich ein bisschen entspannt. Lektorin bei *Mladinska knjiga* bin ich seit vier Jahren."

Sie schwieg, und er schwieg auch. Was für eine Erlösung, dass sie nicht das Wesen des Menschseins erklären musste. Es war ihr erlaubt, irrational zu sein. Adam erlaubte Ana, blind zu sein, er erlaubte ihr, ihr eigenes Opfer zu sein, denn es gibt keinen Menschen, der das nie werden würde.

„Ich liebe meinen Job wirklich, das ist etwas, was ich schon immer machen wollte, Adam, aber ich habe gewusst, na ja, vielleicht auch nur geahnt, dass ich zu so einer Position nicht so leicht kommen werde. Nicht auf dem offiziellen Weg, nicht als Frau. Und vermutlich war ich immer bereit, etwas von meiner Würde, etwas von meinem inneren Frieden preiszugeben, um mir meinen Wunsch erfüllen zu können. Ich habe abgewogen, entweder Unterwerfung oder Verbitterung. Das tun wir doch alle ständig, habe ich mich damals getröstet." Sie hob den Blick. „Sogar ermuntert."

Sie stand auf, um in dem fremden Haus, dem gegenüber sie ein perverses Besitztum fühlte, Kaffee zu machen. Sie bewegte sich in der Küche hin und her und öffnete ruhig, in einem wohlüberlegten Rhythmus, die Schränke. Sie brauchte das Polterritual, deshalb gab er ihr keinen Wink hinsichtlich der Utensilien. Er beobachtete sie einfach, folgte dem harmonischen Fluss ihres Körpers und dachte, dass es anders nicht sein dürfe; das Szenario ihres Zusammenkommens war perfekt, auch wenn die vorangegangenen Ereignisse ihrer beider Leben auf tragisch gepolt waren. Er würde die ganze Wahrheit erfahren, aber er war weder imstande noch willens, sie zu bewerten noch einzuordnen. Sie diente ihm als Beweis dafür, dass sich Schönheit, wenn sie sein will, was sie verspricht, von ihrer Entstehung lösen muss, ähnlich wie sich ein Kunstwerk von seinem Autor lösen muss. Bei charakterlicher Liederlichkeit ihres Schöpfers wird keine Kunst rein bleiben, und keine Schönheit kann der Kälte der Dekonstruktion standhalten. Er wird die ganze Wahrheit erfahren, aber er ist bereits entschlossen, sie zu ignorieren. Damit alles, was sie beide angeht, schön bleibt.

Sie kniete sich zur untersten Tür und entnahm dem Schrank eine Blechdose mit Deckel, die einmal österreichische, mit Zucker bestreute Butterkekse enthalten hatte, und jetzt gemahlenen Kaffee. Sie erhob sich und lehnte sich, Adam zugewandt, ans Küchenpult. Sie trommelte auf die Dose, dass es scharf klang: Die Lässigkeit und Verspieltheit passten nicht zu einer Frau, die gesteht, aber mit Adam war sie schon nicht mehr nur das. Sie war auch eine Frau, die heute Morgen Adams Haut gerochen und erneut ein Hochgefühl empfunden hatte. Nur ein Atemzug, und doch ein Schwelgen.

„Weißt du, gut fünf Jahre habe ich keine besondere Schuld empfunden, aber dann –", sie nahm den aufwallenden Kaffee vom Herd und deutete mit den Händen den Feuerball einer Explosion an, „– puff. Ganz plötzlich wurde es verdammt eng. Und nicht nur das, es wurde auch ernst, es kam näher."

Das Porzellan der Teller und Tassen schepperte auf dem Tisch, sie setzte sich ihm gegenüber und faltete die Hände, als hätte man sie in einen Verhörraum gebeten. Beide überflog die gleiche, dem Augenblick höchst angemessene Assoziation, und mit ihr ein lautes Lachen.

„Offensichtlich bist du der gute Polizist. Einer, der nichts sagt, sondern lächelnd darauf wartet, dass sich der Täter selbst fängt. Und das werde ich", schloss sie.

Sie verstand selbst nicht, warum sie sich nicht schon früher schuldig gefühlt hatte. Vielleicht ist Ethik für manche Leute nur eine Sache militärischer Disziplin, fuhr sie fort, vielleicht ist es ihr nicht gelungen, sie mit ihrer Persönlichkeitsstruktur in Einklang zu bringen, und dieses *richtig* und *falsch* schwebt für sie im Äther, als Angebot, unverbindlich. Ethik setzt eine Verpflichtung anderen gegenüber voraus, aber wie kannst du dich anderen gegenüber verpflichten, wenn du dich, so wie sie sich, völlig allein fühlst, völlig isoliert, selbst wenn du Liebe und Bestätigung aller Art empfängst? Sie musste kalt sein, völlig kalt, das ist es, aber dann, mit dreißig, war durch diese Kälte zum ersten Mal wirklich fremdes Leid gedrungen. Sie habe niemanden leiden sehen, fuhr sie fort, aber sie habe sich das Leid der Auserwählten, die sie denunzierte, vorstellen, sich in sie einleben können. Und dass sie das konnte, sei ein Verdienst ihres Kindes gewesen, ihres Boris, denn neben ihm und mit ihm konnte sie nicht sie selbst bleiben. Plötzlich habe sie angefangen, obwohl sie es nicht gewollt, noch weniger erwartet hatte, das meiste von ihm aufzunehmen – und dieses Aufnehmen sei kein Tausch des Ihren gegen das Seine gewesen, sondern ein Eintreten – Freude und Leid, Gesundheit und Verletzungen, es sei tatsächlich zum ersten Mal in sie penetriert, bitte den Ausdruck nicht falsch verstehen, und lange Zeit habe sie gemeint, das sei nur deshalb möglich, weil Mutterschaft, nach innen gerichtet, die Sorge für die *eigene* Spur in der Welt ist, also letztlich wesentlich für sie selbst, allerdings sei das nur ein vernachlässigbarer Bruchteil der Wahrheit gewesen. Mutterschaft, habe sie mit der Zeit erkannt, ist ein Beobachten nach innen, wie Teilchen von dir zu einem lebendigen und lebhaften Unterschied werden, ist ein Hinabsteigen an einer Spirale, die von den Indizien ganzer Generationen, darunter auch deiner, gezeichnet wurde – aber dein Anteil lässt sich unmöglich bestimmen, du kannst ihn nur fälschen oder vortäuschen, dass gerade dein Anteil entscheidend groß ist – dass am Ende jemand anders entstanden ist, der aus dir herausgekommen ist, aber nie ganz in dich zurückkehren wird, jemand anders, der dir hilft, die fundamentale Einsamkeit zu überwinden, nicht nur das, korrigierte sie sich, jemand anders, der dich antreibt, den fundamentalen Solipsismus zu überwinden. Erst als sie Mutter geworden war, begann sie mitzufühlen und sich gegen das Mitfühlen nicht mehr zu wehren. Mit jedem Jahr, das sie mit Boris verbrachte, wurden die Risse in der Mauer größer. Durch sie begann alles Unerwartete hindurchzuströmen, was sie zuerst nicht verstand, aber als menschlich zu erkennen lernte. Sie sei sich bewusst, sie ließ den Kopf über die Tasse hängen, nicht aus Scham, sondern aus Selbstironie, dass sie vermutlich wie ein autistisches Mädchen klinge, das sich das Anderssein nur mit Mühe beigebracht hat, aber so war es, mehr noch, hörte sie nicht auf, so muss es bei vielen Menschen sein, das Mitfühlen ist eine mühsame Kunst, nicht selten geschrumpft zu Mitleid, noch öfter reduziert auf eine berechnende Erwartung von Entgelt – von Loyalität, von Liebe.

Sie nahm den letzten Schluck Kaffee und holte tief Luft. Sie konnte sich nicht erinnern, wann sie das letzte Mal so viele Worte aufgerührt hatte – einen solchen Wortschwall, wie sie es nannte. Sie konnte sich nicht erinnern, ob sie sich jemals so ungeniert mitgeteilt hatte, ob ihr das fundamentale Nachaußenkehren jemals zuvor Befriedigung verschafft hatte, sie gleichsam hinter den Ohren und an den Wangen gekitzelt hatte. Sie schaute in Adams Grün, das verzaubert zurückblickte. Er hatte ihre höchst unehrenhafte Beichte ertragen, denn sie hatte sie auf ehrenhafte Weise formuliert. Als Bericht, nicht als Klage oder Elegie.

„Sprich weiter, Ana." Er bot ihr eine Zigarette an, und sie zündete sie hastig an, obwohl es für sie noch zu früh war. Der Tabak knisterte gnädig, und Ana schloss die Augen.

Mutterschaft war also jene große materielle und zugleich immaterielle Öffnung für den anderen, kehrte sie mit geschlossenen Augen zu ihrer Beichte zurück. Diese Öffnung hätte dennoch eine geringere Bedeutung gehabt, wenn sie sich nur auf ihre gefestigte, wenn auch in mancher Hinsicht anstrengende Beziehung zu ihrem Sohn bezogen hätte, eine wie glorreiche Reifeprüfung die Elternschaft auch immer sein mag. An den Rand der Veränderung hatte sie – und das war ihr schon damals bewusst gewesen – etwas Äußeres bringen müssen, sie brauchte ein Ereignis, von dem ihr schien, dass es völlig außerhalb ihres Fassungsvermögens liegen und sie deshalb zwangsläufig überholen würde. Oder, um es genauer zu sagen, sie saugte den Rauch ein und blies ihn heftig wieder aus, sie musste sich genau jener Verantwortung für den anderen stellen, der sie immer unbewusst – mit dem Ausbilden von Kerngefühlen der Isolation, des Alleinseins und streckenweise der Einsamkeit – aus dem Weg gegangen war. Sie brauchte die Tätigkeit des Schicksals, insofern das Schicksal nur ein anderer Name für die Art und Weise ist, wie das Leben uns mit genau dem konfrontiert, das wir kennenlernen müssen. Und, wenn wir Glück haben, auch überleben und daran wachsen. Tatsächlich habe sie oft gedacht, fuhr sie fort, während sie ihre halb gerauchte Zigarette im Aschenbecher abknickte und ausdrückte, dass das Schicksal nicht etwas Externes sei, nichts, was sich für uns in einer omnipotenten Macht formt, die von den Atheisten Leben und von den Gläubigen Gott genannt wird, sondern etwas höchst Innerliches, der stärkste Ausdruck unserer Individualität. Im Schicksal begegnen wir all den Schmerzen und Defiziten, die wir unterdrückt oder verdrängt haben, dem Nachhall von Urszenen, die wir längst vergessen haben, die wir aber ständig suchen, die wir nachschaffen, inszenieren, herausfordern und sogar provozieren, damit sie erneut auftreten und das Werk vollenden, das sie nicht haben vollenden können. Das Schicksal ist letztlich nur eine Reihe von Wiederholungen mit winzigen Unterschieden, Wiederholungen von Erfahrungen, die uns, als sie über uns hereinbrachen, hätten vernichten müssen, es aber nicht getan haben. Müssen, ja, denn hätten sie es getan, wären wir uns selbst ein einziges Mal begegnet, ultimativ, wenn auch früh, allzu früh im Leben, aber so sind wir nur zu Zyklen des Annäherns und Entfernens von dieser endgültigen Begegnung verurteilt. Ohne diese Zyklen, sie fuhr sich mit der freien Hand durchs Haar, vermöchten wir unserer Existenz keinen Sinn zu geben, wir brauchen sie, wir missbrauchen sie auch, und ist es nicht komisch, dass uns im Leben wesentlich stärker unsere eigenen kleinen, aber fundamentalen Tode animieren, insofern jede Begegnung mit sich selbst eine Form der Erschütterung ist, als andere, mit uns nicht verbundene Dinge, die lebende Materie. Es ist komisch, und trotzdem auch logisch, wenn Logik etwas damit zu tun hat: Dass wir Begegnungen suchen, bedeutet noch nicht, dass wir sie auch finden oder erleben möchten, wenn sie doch – vielleicht ist es schwarzseherisch, durchaus möglich, dass es das ist – gefährlich sind, wenn sie mit einer endgültigen Lösung drohen. Niemand will doch das Leben schon absolvieren, wenn er es noch lebt. Wir wollen keine Lösung, es geht nicht ohne Unterdrücktes und Verdrängtes, wir würden nur gern retten, wir würden uns gern retten, heroisch oder vergesslich, das ist überhaupt nicht wichtig, wichtig ist nur die Bewegung, gemessen im Takt des ständigen Annäherns und Entfernens, Wiederholens und Ersetzens.

„Natürlich weiß ich nicht, ob gerade die Verantwortung für den anderen die Lektion ist, die ich hätte lernen müssen." Sie zügelte das Tempo und strich sich, als wollte sie ihre Frisur richten, das Haar an der rechten Seite des Kopfes glatt. „Diese mythische Komponente kann ich nur erahnen. Ich musste mir die Veränderung aber irgendwie erklären und aus der Abfolge der Ereignisse die Pointe herausfiltern. Das tun wir doch alle."

Er stützte sich wieder auf seine gefalteten Hände und sah sie verblüfft an. Es war für ihn nicht unerträglich, zuzuhören, nicht unerträglich, zu erkennen, dass ein so viel jüngerer Mensch schon so viele größere und anspruchsvollere Schritte gemacht hatte, so offenkundig sie auch die Gelehrsamkeit der

Psychoanalyse anklingen ließen. Er spürte, dass Anas Wissen nicht geliehen, sondern gelebt und verkörpert war; und wer Wissen gelebt hat, spricht darüber mit mehr Berechtigung als der, der darüber nur gelesen hat, dachte er und bereitete sich mit einer neuen Zigarette auf weitere Ausführungen vor.

„Du hast mir noch nicht von dem Umbruchsereignis erzählt, wie du es wahrscheinlich nennen willst." Er legte das Feuerzeug weg und streichelte zuerst ihren Handrücken, dann nahm er ihre Hand in seine, nicht um sie zu ermutigen, worum sie mit nichts gebeten hatte, sondern weil er sie an sich ziehen wollte. Ja, auch ihr Wissen.

Sie blieb in seiner warmen Hand, denn sie spürte, dass er sie brauchte, so wie sie ihn brauchte. Für einen Augenblick sahen sie einander in die Augen, und gleichzeitig wurde ihnen die Fremdartigkeit der Situation bewusst: Ihre Begegnung hätten sie auch als obligatorische Begegnung mit sich selbst deuten können, aber diese Botschaft vermochten sie jetzt noch nicht zu verstehen. Etwas, vermutlich eine tiefe Zuneigung, die allmählich und ganzheitlich geboren wurde, so wie sich der Winter zum Frühling erneuert, sagte ihnen gleichzeitig, dass sie überhaupt nicht zu verstehen brauchten.

„Siehst du", begann sie, „obwohl ich es selbst vorhergesagt habe, weiche ich ihm jetzt aus. Noch heute erinnere ich mich lebhaft daran, und genauso lebhaft erinnere ich mich auch an das Gefühl, es selbst über mich hereingerufen zu haben."

Es war bei einem Elternabend in der Kinderkrippe gewesen, wo sie und ihr Mann Boris angemeldet hatten, beim ersten Treffen, an dem sie teilnahmen. Normalerweise ging Sergei hin und genoss die Inszenierung der Betreuungsarbeit, es war in der Tat eine der wenigen elterlichen Aufgaben, die er zur Gänze zu erfüllen schien. Dann wurde eines Mittwochs ihre Neugierde geweckt, es folgte ein Anruf in Sergeis Büro:

„Ich werde hingehen, mach du mit Boris einen Spaziergang im Wald." Sie wisse nicht wirklich, was sie außer einer leichten Anstrengung erwartet habe, in ihr pochte nur eine Vorahnung von etwas Großem, Unabweislichem. Die festlich entspannte Atmosphäre vor Beginn des Treffens passte zu der Vorahnung, und sie fand sich, wenn auch neugierig, in einem langen und breiten Zimmer wieder, das tagsüber als Spielzimmer diente – das schloss sie aus den Haufen hölzernen, plüschigen, baumwollenen, zerrissenen, beschmierten und besabberten Spielzeugs, das in die Ecken gefegt worden war –, und schwebte zwischen den plappernden Eltern und Erzieherinnen wie eine dicke flauschige Staubflocke, ein introvertierter Fremdkörper. Ihr Blick war auf den Boden oder auf die bunt beklebten Wände gerichtet, untypisch für sie, aber prophetisch, als ob sie argwöhnte, die Augen nicht heben zu dürfen. Die Gesichter der Mütter und Väter – in der Mehrzahl natürlich Mütter – kamen ihr erst während des Treffens selbst näher, als sie sich erkühnte, sie zu beobachten, versteckt, aber eingehend, wie Tiere auf einer Safari. Unter den feuerroten, über die jungen, noch immer aufgeregten und lebenshungrigen weiblichen Gesichtszüge gestürzten Dauerwellen sah sie lange Zeit nichts Aufregendes, dann – Iztok. Genauer, Iztoks direkt aus der Stirn wachsende schauerlich gerade Nase, unter der noch immer der komisch dünne, wenn auch nicht mehr streng gestutzte Schnurrbart thronte. Sie schob den Stuhl lautlos nach links, hinter den Rücken einer feuerroten Mama, sodass Iztok, sollte er das Publikum mustern, sie nicht zu früh entdeckte. Zu früh: nicht vor der Ausgangstür. Ein Jahr lang hatten sie, die Belletristik-Lektorin und der Popliteratur-Lektor, eine dünne Bürowand geteilt, an die sie Einladungen zum Kaffee in die Teeküche im Obergeschoss klopften. Dreimal ein Toktok, komme in drei Minuten. Während des Kaffeeschlürfens diskutierten die beiden Kollegen jedes Mal über politische Themen. Ein Euphemismus, korrigierte sie sich, sie *diskutierten* nicht, Iztok war derjenige, der sich dazu äußerte, während Ana Fragen stellte, mit Schultern und Kopf zuckte, mit den Augen rollte. Er, der schnauzbärtige Lektor, fantasierte von der Souveränität westlicher Staaten. Beim Favorisieren der europäischen Welt gegenüber der jugoslawischen war er laut, häufig aufdringlich, vor allem aber war es wie bei allen patriotischen Latrinendemokraten: Er konnte sich nicht entscheiden, ob wir Slowenen ein begabtes Volk waren, gefangen in der faulen Chaotik des gebirgigen Balkans und dämlichen panslawischen Mythen, oder ein dummes, zumindest unorganisiertes und barbarisches slawisches Volk, das erst durch die elitäre germanische Gesellschaft aufgeklärt werden konnte. Obwohl er sich beim Kern des Problems unschlüssig war, war er umso überzeugter von dessen Lösung – vom Krieg. Der wird alles ändern, Ana, erklärte er ihr, das wird ein Weckruf für unsere Unterwürfigkeit, und Slowenien, Ana, braucht einen solchen Ruf blutig dringend, haha, überhör nicht die Ironie, braucht ihn *blutig* dringend. Seine Parolen wurden heftiger und lauter, und schon nach wenigen Monaten war sie nicht mehr die Einzige, die gezwungen war, sie sich anzuhören. Seine Hemmungen gaben nach, wie unter der Last eines Eisregens die Äste immergrüner Bäume brechen und knarrend zu Boden fallen: Er redete zu allen, und je mehr er zu den Leuten redete, desto härter und schärfer und damit emotionaler und theoretisch inkohärenter wurden seine Positionen. Ihm zuhören hieß erleben, wie sich bei ihm zuerst Frust und Wut, dann eine Art geistiger Überhitzung und schließlich der Wahnsinn in der Sprache manifestierten und in ihr festsetzten, wie Sprachmelodie und Artikulation zu zentralen Symptomen seines Persönlichkeitszerfalls wurden. Ihm zusehen aber bedeutete verstehen, dass das Unbehagen der Sprache vom Körper absorbiert wird und sich aus dem Unbehagen des Körpers aufs Neue das Unbehagen der Sprache speist, ein unaufhörlich sich gegenseitiges Befruchten, eine unaufhörlich kreisende gegenseitige Bekräftigung. In einem knappen Jahr war er bei einer Paranoia gelandet, die dem desillusionierten slowenischen Volk vertraut war, weil das desillusionierte slowenische Volk sie oft erfahren hatte, aber auch hatte lernen müssen, sie abzuschleifen. Bei der Paranoia, dass Jugoslawien nichts anderes sei als der erste fundamentale historische Versuch, die slowenische Nation in das größere Serbien zu assimilieren, ein erfolgreicher Prozess, die slowenische Kultur zu schlucken, ein Prozess, der mit der Marginalisierung und Verächtlichmachung des Slowenentums seitens des viel weniger, wenn überhaupt, kultivierten Serbentums begann. Bei der Paranoia, die im Unterschied zu den alltäglichen Typen von Paranoia nicht einmal eine minimale faktische Grundlage hatte – ein Mann, der in einer schlecht beleuchteten Straße *tatsächlich* hinter dir hergeht, ein Knarren und Knacken, das *tatsächlich* aus den unteren Räumen des Hauses kommt –, zumindest nach der Vitalität, der Intensität und überhaupt den öffentlichen Anstrengungen der slowenischen Gegenkultur zu urteilen, die zur Zeit, als Iztok sich derart erhitzte, bereits allgemein akzeptiert war. Seine Rufe nach Verfolgung und Entfernung des Balkangeschmeißes und der reinigenden Loslösung Sloweniens wurden bei ihm zu einer viszeralen Fettschicht, zum Doppelkinn, zu tranigen Augen, abgekauten Nägeln, gelblicher Haut, zu säuerlichem Körpergeruch. Und Alkohol. Schluckweise, dann glasweise, wobei er auch mir anbot, sagte sie, tief Luft holend. Gerade wegen seiner immer häufigeren Trunkenheit, haspelte sie weiter, habe ihn die Verlagsleitung gezwungen, sich krankschreiben zu lassen, er solle sich zusammenreißen, riet man ihm, aber das Schicksal, wieder als Extrakt der Lieblingsängste des Menschen, habe für eine weniger rücksichtsvolle Lösung gesorgt. Ich spreche, als hätte ich nichts mit seinem Schicksal zu tun gehabt, schluchzte sie. Wir Menschen verstehen es, Kausalitäten derart zu zerstückeln, dass wir uns aus ihnen herausnehmen und sie unterdrücken, und sie habe diese Fähigkeit zur Perfektion gebracht. Ich spreche so, als hätte ich nicht schon Monate, bevor in Iztoks Posse auch der Wodka floss, meine beiden Polizeimenschen an ihrer Privatnummer angerufen, die sie mir bei einem Spaziergang auf den Rožnik schließlich *zugeteilt* hatten, als hätten mir die Marktleiter einen Stand zugeteilt, an dem ich Produkte aus meinem Garten verkaufen würde. Natürlich brach er beim ersten Verhör zusammen, und dann beim zweiten und dritten, und bald nach seiner Rückkehr aus dem Krankenstand verlor er, der Witwer, Vater von drei Kindern, seinen Job, und alles lief so ruhig und glatt ab, dass sie, als er am Arbeitsplatz durch ein junges neurotisches Parteimitglied mit einem lästigen Sprachfehler ersetzt wurde, nie wieder an ihn dachte. Weit von den Augen, schrecklich weit vom Herzen, Tränen rannen über ihre Wangen auf die Frotteebrüste. Er solle sie nicht falsch verstehen, gurgelte sie, Iztok war nicht der Erste, der aus der Kausalität herausgesprungen war, die sie selbst angerichtet hatte, Ljubljana ist klein, früher oder später bist du gezwungen, alle zu treffen und dich zumindest indirekt mit der Entwicklung ihres Lebens auseinanderzusetzen. Es ging nicht darum, Iztok war nur der Erste, dessen Sturz ihr, als sie ihn zwischen den feuerroten Müttern bemerkte, irreversibel erschienen war. Es waren nicht nur die neuen Kerben in seinem schon vorher rissigen Gesicht, die gequollenen Augenringe, die geschwollenen Fingerglieder, die aufgesprungenen Lippen und die vom Alkohol zerkochte Haut. Sie war eigentlich gar nicht erschrocken über seine gebeugte Haltung oder das zögerliche Tempo, in dem er den Korridor hinunterging, oder seine schon beim Hinsehen alte, bis auf die letzte Faser abgetragene Kleidung und die ausgetretenen Schuhe. Es war sein bitterer Ausbruch mitten in der Sitzung, eine Eruption solcher Menschen, die bei der Genese ihres Unglücks, bei dem, was ihnen, den Opfern, zugefügt worden ist, stehen geblieben sind und sich alle weiteren Komplikationen des Lebens in einem irrationalen Kurzschluss mit diesem Unglück erklären. Alles ist über und über korrupt, schlechtmachen, was heißt schlechtmachen, *demontieren* wollt ihr auch meine Kinder, ich bin euch nicht genug, kommunistische Kanaillen, korrupte Udbaši, schrie er, als die Lehrerin sagte, dass es Kinder gebe, die, obwohl im Prinzip lieb und fleißig, zu Gewalttätigkeit neigen, und unter ihnen auch Iztoks Tochter Lara nannte, die wegen einer Rivalität ihre kleine Freundin böse an den Haaren gezerrt habe. Die Eltern sollten nicht denken, dass der Zweck solcher Treffen darin bestehe, ihre Kinder öffentlich bloßzustellen, es sei nur wichtig, dass wir uns als Erwachsene darüber verständigen, was richtig ist, und gleichzeitig die Fehlbarkeit und Empfindlichkeit unserer Kinder verstehen, habe die Lehrerin versichert und sich vergeblich gegen den heiser tobenden Iztok verteidigt, der auf den Tisch geschlagen habe und offenbar auch sie habe schlagen wollen, er habe die geballte Hand quer über der Brust gehalten, sodass sie vor Wut vibrierte, er habe die Kiefer zusammengepresst, sodass auch sie in den Gelenken zitterten, aber im letzten Moment habe ihn entweder die Vernunft oder die Scham eingeholt und er sei wie ein weidwundes Tier durch die Tür des Spielzimmers davongestürmt, nur weg, weg von dort, von der Quelle der Eruption, von den Auslösern seines Wahns. Während sich die Empörung der Eltern langsam legte – jeder nachfolgende

Elternabend belebte die Empörung natürlich wieder, denn es müssen sich auch Menschen, die sich nichts zu sagen haben, miteinander solidarisieren –, legte sich auch der Druck, den sie hinter den Augen spürte und der sie zu Tränen zwang. Sie habe auf die zugeschlagene Tür gestarrt und erkannt, dass sich Iztoks Schicksal in seiner Paranoia erfüllt hatte. Dass jede Paranoia selbsterfüllend ist: nicht nur, dass der Mensch die Ereignisse, die die Prädisposition seines Zustands begründen, dieses brutale *Ich* beziehungsweise *Wir* gegen die Welt beziehungsweise *Sie*, über sich selbst hereinruft, sondern er wird wie durch Osmose auch von anderen in sie verstrickt. Es ist, als würden diese anderen, wir, auf eine Gelegenheit lauern, erklärte sie, die Ängste des Paranoikers zum Leben zu erwecken, als würden wir auf das Recht lauern, ihm das zuzuteilen, was er selbst fieberhaft sucht. Ich fragte mich, Adam, schloss sie, ob ich Iztoks Weggang aus dem Verlag gerade deshalb so leichtgenommen hatte, gerade weil er mir in seinen paranoiden Anfällen die Potenziale seiner Geschichte schon längst offenbart hatte. Denn es gab nichts Leichteres, als jemanden zu vernichten, der seine Vernichtung schon selbst roch, fühlte und hörte. Ich stand von meinem gelben Kinderstuhl auf, Adam, und verließ das Spielzimmer ohne Gruß. Im Rücken spürte ich zwanzig Paare verurteilender Augen, und sie hatten recht, Adam, ich war und bin verurteilenswert. Ich war und bin ein Schwächling, sie wickelte sich fester in den Frotteemantel und rieb sich mit den Händen grob, nervös das Gesicht.

Er hatte nichts, womit er ihr antworten konnte. Sollte er seufzen, es ist doch nicht so schlimm und du bist nicht so schlecht? Der Trost wäre billig und wäre Verstellung – es stimmte, so wie es auch stimmt, dass es im Auge des Sturms, an der Quelle der Verwüstung, immer am stillsten und ruhigsten ist, dass sie zum Untergang dieses Mannes beigetragen hatte. Dieses Mannes und vieler anderer. Er hatte gelernt, dass man Menschen, die bereit sind, sich ihren Handlungen zu stellen, aus dem Weg gehen muss. Sie dürfen dich nicht bei der Lüge des Versuchs ertappen, sie mit Plattitüden von der Verantwortung freizusprechen. Sie dürfen dich nicht als den Egoisten durchschauen, der du genau genommen bist, der mehr als um die Wahrheit des anderen um das eigene Bild besorgt ist, um das Bild eines Mannes, der das Böse des anderen, dein Böses, deine Hässlichkeiten und Fehler aus übergroßer Liebe zu dir nicht zu erkennen vermag. Obwohl er sie spät, erst in den letzten Monaten, durchschaut hatte, hatte er das Unbehagen und die Hilflosigkeit bis dahin nur zu gut kennengelernt: Sie waren schließlich das Herzstück seiner Ehe. Vera kümmerte sich wissentlich und willentlich nicht um seine Wahrheit, ebenso wie er sich von der ihren abgewandt hatte. Mit Ana wollte er anders umgehen, nicht nur, weil er ein Zerfasern des Vertrauens fürchtete, das sich so rasch gebildet hatte, sondern weil er sich neben ihr stärker fühlte. Sofern wahre Stärke die Bereitschaft ist, trotz allen Unbehagens oder Schmerzes das Richtige zu tun.

Er rückte mit seinem Stuhl näher zu ihr, löste entschlossen ihre Hände, dieses kindliche und kindische Zeichen der Distanz, küsste ihre Handflächen und legte sie wie ein Stück kostbares Gewebe zurück auf den Tisch. Wie ironisch, dachte er, dass er sich selbst in die Pflege ihrer Wahrheit einbringen muss. Egoismus, folgerte er, während er sich mit besorgtem Ausatmen zurücklehnte, sieht man dem Egoisten an, wie eifrig er ihn auch immer zu bezähmen versucht.

„Was ist mit mir?“, fragte er vorsichtig. „Bespitzelst du mich auch?“

Sie nahm die Hände leicht auseinander und sah für einen Moment auf ihre Finger. Für einen beklommenen Moment, in dem sich alle Möglichkeiten deutlich positionierten. Wie war es möglich, dass sie diese Frage nicht vorhergesehen hatte? Wie war es möglich, dass sie sich mit ihrer Beichte vor ihm jenseits aller Naivität entblößt hatte, während sie von ihm gerade die erwartete, die Naivität der ersten tastenden Anknüpfungsversuche?

Ihre blauen Augen waren jetzt fast schwarz, ihre Pupillen weit und in sich einsaugend wie die eines Polypen, den nach Stunden des Wartens in der Gluthitze endlich die Flut überschwemmt.

Das war eine der Schwellen der Befreiung aus ihren Fantasien. Der Wunsch, ja, genau nach dem Lehrbuch der Psychoanalyse, mit dem Leben, das sie träumen musste, zu verschmelzen, damit das geträumte Leben endlich in ihre Realität zurückstrahlt. Es war eine Gelegenheit zur vollständigen Offenlegung, nicht nur das, eine Gelegenheit zur Wiedererkennung in der vollständigen Offenlegung. Aber wer genau war sie, dass sie – auf die aufrichtige Einladung, ja sogar die Bitte des Mannes hin, den sie im Begriff war zu lieben – sich entblößte? Eine Figur aus einer einheitlichen großen Erzählung, die Fantasien deshalb hat, um sie zu verwirklichen? Oder eine in ein Fragment des Lebens gepresste Frau, die nie ihre eigene Fantasie werden darf, denn wenn sie das wird, kann sie nicht mehr Leben sein? Erstere wird und kann sie nie sein. Die Zweite wollte sie nicht sein. Und das Wollen war die stärkere Kraft.

„Ja, Adam. Dich haben sie mir schon vor einem Monat zugeteilt." Sie legte ihre rechte Hand automatisch auf die linke. Als sie spürte, mit welch argwöhnischem Blick er ihre körperliche Reaktion streifte, schob sie ihre rechte weiter vor zu seinen Fingern.

Was sie anblickte, war sicherlich keine Wut. Es war auch nichts der Wut Entgegengesetztes, weder Zärtlichkeit noch

Bedauern. Ich bin der Letzte, der dich verurteilen dürfte, teilte sein wie Wasser klarer Blick mit, und der Erste, der dich verstehen muss.

„*Your secrets are safe with me*, wie die Amerikaner sagen", sagte er tröstend, „darauf kannst du dich verlassen."

„Und deine sind sicher bei mir." Sie wusste, dass es bedeutungsvoll klang, aber sie wusste auch, dass sie dieses Mal die Wahrheit sagte. An diesem Tag hatte er in sie hineingesehen, und in Zukunft wird sie in ihn hineinsehen. Und was immer sie sehen und erfahren wird, wird bei ihr bleiben. Adam wird der erste Mann sein, den sie nicht verraten wird. Und nicht, weil jemand der erste Mensch sein muss, dem gegenüber man völlig loyal bleibt, nicht, weil sie diese Fähigkeit gern sich selbst oder ihm beweisen würde, sondern weil sie sich schon nicht mehr vorstellen konnte, dass sich auch das Band zwischen ihnen beiden als bloße, vom Hunger untermauerte Illusion herausstellen würde. Sie waren wahrhaft, dachte sie, und das war genug.

Sie schaute in Richtung See. Der zarte Morgen ging in den Mittag über.

„Ich muss gehen", sagte sie und stand vom Tisch auf. Adam reagierte sofort auf ihre Bewegung und küsste sie noch einmal, bevor sie zum Badezimmer ging, um die Reste der Nacht von sich abzuwaschen.

„Ich weiß, dass du das musst." Er lächelte. „Aber, Ana, wir haben gesagt, dass –"

„Haben wir, ja", ihr Gesicht hellte sich auf, „zwei Mal, haben wir gesagt."

Wieder umarmten und küssten sie sich, und in der Intensität der Umarmung und der Hingabe des Kusses schien ihr abschließender Dialog eine Farce zu sein. Er schien es nicht nur, er *war* eine Farce.

6. Dezember 1985

Knirschend hielt sie unmittelbar hinter seinem Auto, das er nicht geparkt, sondern mitten in der Einfahrt hatte stehen lassen. Wie einen Krankenwagen oder einen Lieferwagen, kombinierte sie und strich sich mit der Handcreme die Haare glatt, die die trockene Luft im Opel Kadett schon zu Beginn der Fahrt nach oben und zur Seite getrieben hatte. Sie atmete schnell und verzog vor Wohlgefühl das Gesicht, wie nur Säuglinge das Gesicht verziehen können, die Lippen zogen sich im linken Mundwinkel zu einem Lächeln auseinander und zuckten im rechten, die linke Wange war rot gefärbt, die rechte erblasst, das rechte Auge zu einem Spalt zusammengepresst, das linke so weit geöffnet wie Wohnungsfenster bei einer Hitzewelle. Mit der Linken fuhr sie zwischen den Dingen im Auto und den Dingen in ihrer Handtasche hin und her, suchte das Parfüm, fand es, suchte den Lippenstift, fand ihn, suchte die Autoschlüssel und fand sie genau dort, wo sie sie gelassen hatte. Im Zündschloss. Dummerchen, Äffchen, Teenager, warf sie sich unter Kichern leise vor, meinte es aber nicht ernst. Die Zerstreutheit passte ihr nicht, aber sie akzeptierte sie. Sie genoss den übergeordneten Grund.

Der an die Fensterscheibe klopfte und sich vorbeugte, um an sie, die kalte, aber nicht mehr eisige, seine Wange zu drücken, sie in die Form von gequollenem Teig quetschte und so heftig lachte, dass die Vibrationen seines Lachens das Glas dramatisch anlaufen ließen und das Auto zum Zittern brachten. Draußen war es ein paar Grad unter null, bei der alpinen Luftfeuchtigkeit bestimmt fünf oder sechs Grad minus, aber er, bekleidet mit Cordhose und Wollpullover, spürte, bei der Hitze, die sich tief in seinem Körper ausgebreitet hatte, tief in seinem Innersten, nur das angenehme Prickeln des sonst so frostigen Wetters. Lange, wirklich lange hätte er so warten können, dass sich in dem Blechkäfig auch ihr Lachen legte, lange, bevor er sich aufrichten und ihr Platz machen würde, damit sie die Tür öffnete und heraustrat, lange, bevor ihm einschießen würde, und es auch tat, dass er diesen Unsinn – sein Gesicht an die Scheibe kleben, die Zunge zeigen, quieken – zum ersten Mal in seinem Leben machte – er hatte sie weder als Kind noch als Erwachsener seinen Kindern gezeigt – und dass es ihn, wie er erwartet hatte, überhaupt nicht erniedrigte, ihn überhaupt nicht kleiner machte, ihm überhaupt nichts wegnahm, sondern ihn im Gegenteil locker und weich und liebevoll durchströmte und ihm in Form von Entspanntheit und Weichheit auch zurückgegeben wurde. Als er ihr Platz machte, sprang Ana nämlich nicht von ihrem Sitz auf und stürmte hinaus, sondern lehnte sich zurück und sah ihn entspannt an.

Denn Entspannung ist doch nichts anderes als die Ausdehnung der subjektiven Zeit, wenn das Leben mit dem zum Einklang kommt, was jeder schon lange gebraucht hat, ohne aber, fixiert auf eine falsche Geschichte, zu wissen, was das überhaupt sein könnte.

„Mein Gott, du bist da", rief er aus, als sie endlich aus dem Auto stieg. Sie stand vor ihm, noch größer, noch schlanker als sonst. Der teure grüne Pullover schien ihre Brüste fast zum Verschwinden zu bringen, unter den Knöpfen ihrer Hose konnte er die Knochen ihres Beckens sehen. Natürlich, dachte er, ich verstehe dich, Ana, mir steht der Sinn auch nicht nach Essen, Beißen und Kauen und Brechen und Zerreißen und Zerkleinern, was für Störungen genau genommen, ein Ersticken der wahren Sinnlichkeit genau genommen. Wertlos im Vergleich mit allem, was der Körper wirklich zu leisten imstande ist.

„Wie ich sehe, hat es nicht nur mich erwischt." Sie lachte, als er sie in seine Arme zog. Sie klammerte ihre Arme um seine Taille, zu fest. Als würden sie auf einem Motorrad eine Straße unter Felsüberhängen dahinrasen und jedes Lockerlassen gefährlich sein.

„Nur dich", flüsterte er und küsste ihr Haar, ihre Stirn, ihre Wangen, Nase, Augen und Mund, „könnte ich essen. Ich habe dich unendlich vermisst." Er beugte sich hinunter, vergrub sein Gesicht in ihren Nacken und beschnupperte sie, wie sie überrascht, aber zufrieden feststellte: Das Erinnerungszentrum des Gehirns, hatte sie einmal in einem Buch gelesen, das sie zu redigieren hatte, hat sich aus dem Geruchszentrum entwickelt. Adam interessierten nicht so sehr die Nuancen ihres Dufts, die holzige Note, die blumige Note, die Zitrusnote, die billige Note, die luxuriöse Note, Note, Note, sondern er suchte nach seinen Eindrücken, er prüfte, was an ihr gleich geblieben war und was sich in den Tagen, in denen sie sich nicht gesehen hatten, und in den Wochen, in denen sie sich nicht gespürt hatten, verändert hatte, was kleiner war, was größer war, was enger war, was weiter war.

Und alles blühte voll auf. Er presste seine Nase unter Anas kleines, leicht abstehendes Ohr, und dort fand er das Herbstlaub, das auf dem Schirm des schwachen gelben Lichts in der Luft tanzte und, als würde ein Orchester plötzlich aufhören zu spielen, innehielt und zu Boden fiel, die frühen Sommermorgen, wenn alle Details der Landschaft klar umrissen sind und Schönheit deshalb noch möglich, allzu möglich scheint, die Sommerabende, die an der ruhigen Meeresoberfläche abprallen und in der Spiegelung am Himmel Besserung, Erneuerung verheißen, den Augenblick, als er auf der Schreibmaschine den ersten Buchstaben anschlug, den Augenblick, als er den letzten anschlug, die Spaziergänge in den winterlichen Wäldern, als er außer dem Knirschen von Schnee und Eis und dem eigenen schneidenden Atem nichts hörte und die Stille als Zeichen verstand, dass sich das Stück des Planeten, auf dem er ging, abgespalten hatte und in einer Leere schwebte, die die Zeit aufhob, dass er nie mehr zurückzukehren brauchte, mehr noch, dass er nie mehr zurückkehren könnte, den Wind, der hinter seinem Rücken die Wetterfahne auf dem Gipfel der Brana drehte und vor ihm die scharfen Ränder der Realität aufweichte oder gleich ganz ausradierte, einer Realität, von der er so oft argwöhnt, dass sie es ihm nicht recht machen will, es nicht möchte oder einfach nicht kann. Er presste seine Nase so lange in sie hinein, dass die Haut unter ihrem Ohrläppchen und am Kinn feucht wurde, und er zog sie von ihrem Nacken erst weg – heraus vielleicht? –, als sich ein Tropfen von der Scheidewand löste. Seine liebsten Eindrücke waren in diesem Geruch, dachte er und richtete sich über ihr auf, die langsam ihr *ich habe dich auch vermisst* aussprach, seine liebsten Dinge waren in diesem Geruch, ganz real, schloss er und streichelte ihr Haar.

„Wir haben es geschafft", sagte er und zog sie plötzlich an der Hand zur Hütte. Über ihr sah die Wand der Komarča weniger nach einem zufälligen Naturelement aus, mehr nach einer Mauer, die der Mensch nach gründlichem Überlegen für einen bestimmten Zweck errichtet hat. „Ich kann es kaum glauben. War es schwierig für dich?"

„Überhaupt nicht", sie gab seinem Ziehen nach, achtete dabei aber auf die gefrorenen Pfützen, „ich habe im Büro gesagt, dass Sergei und Boris gleichzeitig krank geworden sind und ich mich um sie kümmern muss, wer soll es sonst tun, und Sergei habe ich vorgeschwindelt, dass ich bis Montag die letzten Korrekturen eines umfangreichen Buches abgeben muss und deshalb länger im Büro bleiben werde, was genau genommen nicht weit weg von der Wahrheit ist, denn ich muss das Buch am Freitag abgeben." Sie sprang über die Schwelle und schloss die Tür erst, als die Kälte hineinzudringen begann.

„Und bei dir, war es schwierig, dich wegzuschleichen?" Sie trat hinter ihn – er stand an der Küchenspüle – und drückte ihr Gesicht an ihn. Die Wolle stach, konnte sie aber nicht vertreiben, im Gegenteil, sie wühlte sich so hingegeben zwischen die Fasern, dass sie einige davon einatmete. „Ich muss", fuhr sie mit erstickter Stimme und Hustenreiz fort, „spätestens um sieben zu Hause sein."

„Und ich schon früher", er schenkte ihr ein Glas Wasser ein, „spätestens um fünf."

„Okay", sie beugte sich ein wenig zurück, um ihren Durst zu löschen, und kehrte sofort wieder zwischen seine Schulterblätter zurück. Sie wird auf die Antwort warten müssen, so viel wusste sie schon über Höflichkeit, aber sie brauchte keine. Jetzt verlangte sie nur ihn, dort, losgelöst von dem Leben, das ihn definierte und über ihn entschied, sie brauchte die Vorstellung, wie falsch auch immer, von seiner unabhängigen Existenz, nein, nicht nur das, sie brauchte die Vorstellung, dass Adam nur für sie und von ihr existierte. Verhält es sich nicht mit allen Menschen so? Würde es uns nicht glücklich machen zu fühlen, was heißt zu fühlen, zu *wissen*, dass wir niemand mit jemandem teilen müssen? Dass der andere das Beste und Größte nur *für* und *von* uns ist?

Rasch kehrten ihre Gedanken zu ihm und sich zurück: „Was wollen wir machen? Die Sonne geht auf, hast du bemerkt, die erste Sonne nach zwei Wochen, das ist ein gutes Zeichen, wir könnten einen Spaziergang um den See machen." In die Wolle eingesponnen, schnurrte sie vor Behagen, und Adam antwortete ihr unverzüglich: Er drehte sich um, fasste sie um die Mitte und hob sie hoch, sodass sie für einen Moment mit den Füßen in der Luft zappelte und vor Überraschung einen Schrei ausstieß, und es machte ihr nichts aus, hilflos zu schweben und zu zappeln, und sofort, als er sie auf den Boden hinunterließ, vermisste sie das Gefühl und sprang hoch, damit er sie auffing und noch einmal hochhob.

„Ja, prima Idee, aber du wirst dich wärmer anziehen müssen, mit Bohinj ist im Winter nicht zu spaßen", er stellte sie wie ein zerbrechliches Schmuckkästchen auf den Tisch, „hast du etwas mit?"

Aus ihrem prallen Rucksack zog sie Sergeis ausgediente Jacke – ihre hatte sie nicht mitbringen dürfen –, in der sie ein paar Augenblicke später aussah wie eine Clownin, über die schon lange niemand mehr lacht, die alle nur noch bemitleiden – außer ihnen beiden natürlich, die über die Szene bis zum unschönen Rotwerden laut lachten und sich so, aufgeblüht und verzerrt, noch immer gefielen, noch immer ausnehmend gut gefielen.

Sie flogen aus der Tür, eingemummelt bis an die Augen, wie Kinder gern an den Strand oder direkt ins flache Wasser fliegen, und der Flug wurde erst langsamer, als sie das Ufer erreichten, wo sich der See weit vor ihnen öffnete, wie man vor Umarmungen die Arme öffnet, und sie verstummten angesichts des Aquamarins, das unter der fahlen Dezembersonne stellenweise ins Dunkel überging, zwischen den Bogenlinien der Berge, die, an schweigende Verzauberte gewöhnt, seit Jahrtausenden auch selbst schwiegen, an der Luft, die nicht nur atmen ließ, sondern inspirieren konnte, und sie gaben sich erst die behandschuhten Hände, dann zogen sie sie aus, denn durch das Leder konnte nichts sein, was sein musste, nichts von dem, was sie austauschen und einander geben wollten, und sie hatten sich viel zu geben, so viel, dass sich ihre Hände vereinigten und zwischen ihnen vereint baumelten, als sie ihren Spaziergang auf dem schmalen, für zwei sicher zu schmalen Weg auf der spärlich belebten Seite des Sees fortsetzten und mit ihren freien Händen die Fichtenzweige abwehrten, von denen in Kristallen gefangene Nadeln abfielen und zu Boden segelten und den Pfad überschütteten, dass er über und über glitzerte, und plötzlich schien ihnen, dass sich in diesem schmalen, aber dichten Streifen Wald etwas Großes Bahn brach, vielleicht etwas nicht besonders Bewegliches – ein Bär? Ist es ein Wolf? Hättest du lieber einen Fuchs? Wie wär's mit einem Luchs? Was wissen wir denn über Luchse, Ana? Und was passiert mit den Schlangen im Winter, Adam? Schlafen die auch, Adam? Würde ein Hirsch erschrecken oder sich verteidigen, Adam, obwohl wir ihn nicht anders angreifen als durch unsere Anwesenheit? – und sie verlangsamten den Schritt und damit wurden auch ihre Worte leiser und, ungelenk vor Verwirrung, blieben sie schließlich stehen und starrten auf das Glitzern der Bäume, das ein bisschen wallte, ein bisschen flimmerte und ein bisschen pulsierte, und sie konnten nichts erkennen, geschweige denn den Wald vor lauter Bäumen sehen, ha, ha, aber je länger sie starrten, desto ausgeprägter wurde das Splittern, Knacken und Rascheln und, *sssss, sssss*, zwischen den Zweigen des Gebüschs kam auf dem gläsernen Erdboden eine einsame Bachstelze herangeschlittert und sprang die Kristallkrümel an, die sehr leicht hätten Nahrung sein können, es aber nicht waren, und sie rissen ihre

Hände im Lachen los, das, was sie nicht wissen konnten, über ihnen, Richtung Pršivec, in einem Donnern widerhallte, sich zwischen ihnen aber, soweit sie es fühlen konnten, zu einem Lied fügte, zu einer Hymne vermutlich, die sie weiter trug und tiefer, ins Tiefste, genau genommen dorthin, wo der andere zu deiner Haut wird, dorthin, wo sich Realität und Fiktion zu einer Halluzination vermischen, die sich niemand aneignen kann, die niemandem *besonders* gehört, sondern beiden *zusammen*, und die deshalb genau das Stärkste und genau das Schönste ist, und das wurden ihretwegen, wegen der Liebe, auch Adam und Ana, und er könnte, er könnte wirklich, rief er, den Pršivec über uns wegheben, Ana, ihn zerreißen, zertrümmern, zerschlagen, zerbeißen, Ana, natürlich könntest du das, antwortete sie, aber, sie zog die Schuhe aus, traust du dich für den Anfang mit mir ins Wasser, Adam, bis zur Hüfte, bis zur Hälfte des Oberschenkels wenigstens, sie richtete sich auf und knöpfte ihre Hose auf, und er tat es ihr gleich, sodass der Cord um den hohen Schaft der Stiefel fiel, die er, den Blick an ihren unerträglich weiten Blick geheftet, aufschnürte, und einen Augenblick später standen sie sich gegenüber und schlenzten ihre Hosen auf den Pfad und gleich darauf Jacken und Strümpfe, und, oh, unter ihnen die Nadeln, Tausende von Nadeln, die sie mit ihren Schritten und ihrem Lachen zertraten, einem nervös befreiten Lachen, einem panischen Lachen, einem Lachen der Freiheit eben, auf dem sie in das kalte, ruhige Wasser des Sees hineinhampelten, zuerst mit steifen Zehen und gefühllosen Fersen, und dann, noch immer lachend, noch immer wahnsinnig, die Augen zugepresst, mit erstarrenden Füßen tiefer glitten, schon die Waden und Knie eintauchten, und es sie nicht brannte oder schmerzte, es war ihnen nur, als hätte man sie in einen spanischen Stiefel gesperrt, was für ein Druck, spürst du ihn, Adam, natürlich spürst du ihn, sie ergriff seinen Unterarm, und auf dem sandigen Seegrund, der im Sommer nachgab und im Winter hart wurde, gingen sie vorwärts, und das Wasser wollte und wollte einfach nicht bis über die Knie reichen, und vom Ufer, das von den dicken Wurzeln der Nadelbäume durchzogen war, entfernten sie sich mindestens dreißig Meter, und verdammt, sang Ana, als sie sich hinhockte, dass das Wasser nicht nur ihre Oberschenkel, sondern auch ihr Gesäß und ihre Hüfte erfasste, verddddammt, schlotterte sie, als etwas wie ein Messer, etwas Scharfes sicher, in ihrem Rückenmark explodierte, und in den Lenden, hinter den Augen, in der Brust einschnitt wie ein Orgasmus, soll doch alles zum Teufel gehen, er folgte ihr und ging in die Hocke, weil er es eilig hatte zu demselben leuchtenden Rot, das auf ihren Wangen aufblühte und in die Stirn schoss und sich in der Luft über ihr wie eine kochende Substanz verflüchtigte, weil es egal war, es würde alles trocknen, er klapperte, bis ihm das Wasser bis zum Hals stand und er seinen empörten Schrei in einen Jauchzer vermummte und sofort wieder aufstand, den Pullover – mein Gott, wie ist der schwer – kurz ausdrückte und Ana, deren bloße Haut sich deutlich blau färbte, an der Hand zurück Richtung Land zog, sie mit hirschartigen Sprüngen zog, dass sie spritzten und sprühten wie ein Märzmonsun an der Südküste Indiens, und sie sich atemlos am Ufer zusammenfanden, wohin die Wellen ihres Sturmlaufs sanft plätscherten, sich an den Armen fingen, sich aber sofort behände auf den Hintern drehten und hinsetzten und die nackten Beine für einen Moment zu sich heranzogen, zu einem Knäuel, um sie, die geschockten, so an den Leib zu pressen, und, betäubt von der Kälte des Sees, die durch die nasse Kleidung noch immer in sie hineinfuhr, saßen sie auf dem genauso kalten Boden, und Adam griff nach ihren Jacken, ihren Hosen und Strümpfen, die wie Weihnachtsschmuck in den Büschen hingen, und rieb Anas Haut mit seiner zum ersten Mal getragenen Daunenjacke ab, zog ihr Hose und Stiefel an, und während sie sich mit ihren abgestorbenen, ungeschickten Fingern abmühte, die Schnürsenkel zu binden, sie unter den Fingerkuppen überhaupt erst einmal zu fühlen – sie sind wie Zahnstocher, wirklich, Adam, ich kann nichts mit ihnen tun –, zog er sich auch selbst an, und zur Hütte, nein, *nach Hause*, nach Hause!, sie schnellten sich mit dem Elan glücklicher Menschen ab, stolpernd, strauchelnd, sich nicht um die nächsten Schritte sorgend, denn wenn etwas Glück ist, dann muss es genau das sein, sich nicht um die nächsten Schritte zu kümmern, eine Bewegung ohne Dimensionen und ohne Gravitation, die noch lange nachpulste, als sie in die Küche gelärmt kamen, in die sich das ganze Licht ergoss, das der Dezember zu bieten hatte, das ganze Licht auf einmal, und sich an den Ofen klebte, in dem das Feuer, wie eine schlechte Metapher, nicht aufhörte zu schwelen, noch lange, nachdem sich in ihren Körpern die Wärme wieder eingenistet hatte – denn die Wärme, die war die ganze Zeit über da gewesen – und in ihren Bäuchen wie ein Licht zu flackern begann, noch lange, nachdem sie die Sprache wiedergefunden und sich gegenseitig ihre Faszination und Begeisterung mitgeteilt hatten, noch lange, nachdem ihre Rückkehr zur Sprache nichts als eine melodische Unterbrechung der Poesie gewesen war, noch lange, nachdem sie deshalb erneut in Schweigen verfallen waren, um ihre ganze Musik freizusetzen, und noch lange, lange nach dem Crescendo, als sie wirklich genau wussten, was sie noch mit Bedeutung erfüllen wollten und wie unpräzise bei all dem diese Phrase, *diese Phrase*, klingen würde, und sie statt bei ihr Bedeutung suchten bei:

„Joj“, sagte Ana.

„Hjoj“, sagte Adam.

„Ojo-o-joj“, sie kicherten beide und stießen einander mit den Hintern auf der schmalen Ofenbank, rutschten näher zueinander und hielten sich umarmt. Ihren Kopf, von dem sie noch nicht die Kapuze abgenommen hatte, lehnte sie an seine Schulter, auf der nackten Wange spürte sie das nasse Polyester und darunter ahnte sie die feuchten Gänsefedern, die, so dachte sie, bestimmt bald anfangen würden zu stinken. An ihrer Stirn sprudelten und schmatzten seine Lippen – in Küssen, Küsschen und in leisem Singen – Erschütterungen, kleine Vibrationen wanderten herum zu ihrem Hals, zu ihrem Nacken und tief hinunter zu ihren Lenden, wo es sie schon fast unangenehm kitzelte. Aufrüttelte. Mit ihrer Hand suchte sie seine und fand sie an ihrer ebenso feuchten Hüfte verheddert im faltigen Stoff ihrer Hose. Sie hätten beide ausgewrungen gehört, war ihr erster Gedanke, aber selbst eine solche Grobheit, dachte sie weiter, hätte ihnen nichts anhaben können. Keine Grobheit wäre *dazu* in der Lage, sie presste die Augen zusammen und schnupperte an dem säuerlichen Textil.

„Was die Hirsche angeht“, murmelte er, „so gibt es vermutlich Gründe, warum Bergsteiger ihnen aus dem Weg gehen, wenn sie sie im Wald röhren hören.“ Die Hand an ihrer Hüfte beruhigte sich, und er zog Ana noch näher an sich heran.

„Glaubst du?“

„Ja, das glaube ich“, antwortete er, „bisher habe ich nur einen röhren gehört, und da war ich nicht einmal besonders tief im Wald. Ein schreckliches Geräusch, sage ich dir, wie ein Würgen, nein, wie ein menschliches Erbrechen.“

„Und was hast du da gemacht?“ Der säuerliche Geruch wurde schwächer. Sie legte beide Hände an seine Brust.

„Ich habe es mit der Angst gekriegt und bin umgekehrt, zurück auf den freien übersichtlichen Teil des Wegs. Ich wusste nicht, was ich zu erwarten hatte, na ja, ich habe wohl das

Schlimmste erwartet, ein Hirsch ist nun mal kein Haustier, du weißt ja, was für ein Geweih er hat." Er presste ihre Finger, die zu seinem Schlüsselbein hinaufkletterten.

„Ich weiß nicht, was ich getan hätte, vielleicht wäre ich weggelaufen, vielleicht wäre ich stehen geblieben beziehungsweise erstarrt." Sie überließ sich dem Druck.

„Dafür weiß ich es." Er senkte seine Wange auf ihre Stirn.

„Sag es."

„Du würdest warten, dass er näher kommt, du würdest mitten auf dem Weg stehen bleiben und tatsächlich hoffen, dass er herangeschaukelt kommt, du würdest ihn sehen wollen, und der Moment würde dir so wichtig, so besonders vorkommen, dass du überhaupt keine Angst vor ihm hättest, du würdest vergessen, Angst vor ihm zu haben, du würdest dich verhalten wie die Kriegsfotografen, die diesen verdammt bedeutungsvollen Augenblick trotz der potenziellen Bedrohung einfangen und ihn dann in die Welt hinausschicken, um zu beweisen, das passiert wirklich, das ist die Realität."

Sie lachte. „Glaubst du? Komme ich dir so verrückt vor?"

„Ja, das glaube ich." Auch er lachte. Er nahm ihre Hände weg und entwand sich ihr, damit er aufstehen konnte. „Vielleicht wirst du nicht verrückt werden, aber du wirst dich erkälten, wenn du nicht die nassen Sachen ausziehst. Komm, ziehen wir uns aus, hängen wir sie zum Trocknen auf."

„Du hast recht", sie nahm ihre Kapuze ab und breitete ihre Jacke auf der Bank aus.

2. April 1986

Ausgestreckt auf dem Bett streckte sie die Beine in die Luft und zog sich ihre Strümpfe an. Auf die Seite gedreht sah er zu, wie sie mit den langen, schmalen Füßen in der Luft kreiste und die Zehen zusammenkrampfte und streckte, mit denen zusammen auch die Adern und Muskeln der Beine tanzten. Als sie ihre Strümpfe angezogen hatte, kriegte sie einen Lachanfall, sie knickte die Beine abwechselnd in den Knien ab, sodass ihre Waden mit einem Klatschen von den Oberschenkeln zurückprallten, und streckte die Arme aus, sodass sie mit den Händen ins Leere flattern konnte. Sie lachte stoßweise, wie jemand, der unter Sauerstoffmangel leidet oder eine Überdosis Antidepressiva zu sich genommen hat. Ein erwachsener Körper und ein mädchenhaftes Verhalten: Sie war nicht dic Erstc, dic sich in dcr Intimität cinc Art vergangener, aber noch nicht überholter Koketterie und Verspieltheit erlaubte, die im erotischen Kontext Kindlichkeit evozierte. Er dachte, dass wir Menschen das aus einer alten, in Wirklichkeit kindlichen Verlegenheit und zugleich erwachsenen Entspanntheit heraus tun, aber der Gedanke verging sofort, als Ana ihn an den Händen fasste. Sie zog ihn zu sich und unter sich, zwischen die Decken, ins Kitzeln, ins Balgen, in feuchte Küsse. In ein Lachen ohne Ursache. Aber mit einem ekstatischen Grund.

„Au“, stöhnte sie plötzlich und legte sich die Hände auf den Bauch, „das hat aber wehgetan.“ Das Spiel hörte sofort auf. Die Ekstase auf Anas Gesicht wurde von einer Grimasse abgelöst, und ihn durchfuhr, dass selbst ein solches Umschalten liebenswert kindlich ist. Aus der Macht in totale Verletzlichkeit. Abhängigkeit.

„Die Menstruation kommt, das ist es“, sie rollte sich auf die Seite. Er antwortete ihr mit einem flüchtigen „wahrscheinlich“ und stützte sich auf einen Ellbogen. Er streichelte über ihr atemloses gerötetes Gesicht und ihre Hände, die sie unter die Rippen presste.

„Es wird doch zu ertragen sein, nicht?“, fügte er rhetorisch hinzu. Er legte sich auf eine Strähne ihres Haars, das ölig roch, während sie schwieg und darauf wartete, dass der schmerzhafte Krampf nachließ. Im Akzeptieren von körperlichem Unbehagen war sie geübt, wie es jede Frau ist, Adam hingegen war in seiner Ignoranz gegenüber weiblicher Schmerzerfahrung ein wahrer Patriarch, dachte sie. Ihre anklagende Reglosigkeit nutzte er dazu aus, um mit der freien Hand – die Augen zugepresst! – zu ihren kleinen, noch immer nackten Pobacken zu fahren und mit der glatten, geschmeidigen Haut zu spielen, die die Verbindung zwischen den Rundungen markierte. Sie stieß mit dem Po entschlossen in ihn hinein und sah ihn böse an.

„Entschuldige, ich bin wirklich debil“, schoss er heraus und verlagerte seine Finger sanft auf ihren Nabel. In der Bauchfalte ertastete er ein erstes Muttermal, darunter ein zweites und drittes, und dann noch ein viertes. Keine Frau, die nackt zu erforschen er Gelegenheit gehabt hatte, war so übersät gewesen wie sie. In traubenförmigen Konstellationen, an einigen Stellen so dick, dass die Haut vollgekritzelt zu sein schien. Es fiel ihm schwer, den Gedanken zu verwerfen, dass ihre Muttermale wirklich nur ein *Mal* waren. Dass die Natur sie nicht aus Zufall auf so besondere Weise gekennzeichnet hatte, sondern aus gnädigem Kalkül: Dieses außergewöhnliche Geschöpf sollte außergewöhnlich geschmückt sein. Es fiel ihm schwer, diesen Essentialismus zurückzuweisen, aber jedes Mal, wenn er ihn überkam – und das war nicht selten –, musste er schmunzeln. Er würde sich ganz in sie einhüllen und sich, bedeckt mit ihrem weißen, gepunkteten Körper, in den Abend, in die Nacht, in den Morgen wiegen – und das *war* real und wesentlich.

Sie drehte sich auf die Seite, sodass seine Hand schlaff auf die Decke glitt, und tastete auf dem Boden nach ihrem Höschen. „Um dich zu blockieren", sie lachte, während sie sich vorsichtig – der Krampf hätte in jedem Moment wiederkommen können – anzog. Noch vorsichtiger, fast schon unsicher, vergrub sie ihr Gesicht in seiner Brust und stieß einen Laut aus, ein Quieken, das zugleich ein Murmeln war, das sie jedes Mal ausstieß, wenn sie ineinander versanken. Sie lauschte auf sein Herz, das unermüdlich für seinen großen, aber immer ein wenig trägen Körper schlug. Auch sie wollte von ihm umhüllt einschlafen.

Geschickt schob er ihr Haar in den Nacken, um sie noch näher an sich zu ziehen. Er küsste ihre verschwitzte Stirn und leckte sich die salzigen Lippen. Sie klebte sich mit dem Gesicht zwischen seine Haare und zupfte an denen, die sie mit den Fingern erreichen konnte. Für jedes deiner Haare habe ich ein Muttermal, hatte sie einmal zu ihm gesagt. Dann passen wir perfekt zueinander, hatte er ihr geantwortet.

Ihre enges Ein- und Ausatmen war immer der vorletzte und zugleich innigste Akt vor dem Abschied. Nicht nur ein totales Aneinanderlegen, auch eine totale Absorbierung. Von Düften, Texturen, Berührungen, Küssen, Worten, Erlebtem,

Empfundenem. Wenn sie das Maximum eingesogen hatten, war der allerletzte Akt leichter zu vollziehen.

„Wann sehen wir uns das nächste Mal? Wo können wir uns treffen?“, fragte dieses Mal Ana.

Ihr letzter Akt war in seinem Ablauf identisch mit dem gewöhnlicher Paare. *Richtiger* Paare. Er schloss das Versprechen einer Fortsetzung und Vertiefung ein. Einer Entwicklung. Wir werden uns auf jeden Fall treffen, die Frage ist nur, wann und wo. Du hast deine Verpflichtungen, und ich habe mein Leben, und wir werden die Schnittpunkte finden. Aber der Kontext ihres Ablaufs war, anders als der gewöhnliche Kontext, begrenzt. Wo öffentlich anerkannte, *richtige* Paare einen Park zur Verfügung haben, hatten Ana und Adam einen Garten. Ein Gärtchen. Ein schrecklich privates Gärtchen, aus dem nichts zu hören war und in den man nicht hineinsehen konnte. Der für andere unkenntlich bleiben musste. Der Kontext ihrer Beziehung, die sie nicht mehr als bloße Affäre bezeichnen konnten – obwohl sie das im Nachhinein betrachtet war, wenn man den Kontext bedenkt –, war von bewusster Planung und Disziplin geprägt. Du irrst dich, hatte Adam unlängst zu Ana gesagt, wenn du sagst, dass unsere Beziehung wie eine Partie Schach ist: Schach ist Improvisation auf der Basis von Regeln, unsere gemeinsame Zeit hingegen sind Regeln auf der Basis von Improvisation, erklärte er. Und die Regeln waren Hotelzimmer, die sie nur am Nachmittag nutzten, obwohl sie für die ganze Nacht bezahlt hatten. Ljubljana hatten sie wegen der allzu großen Exponiertheit schon im Dezember verlassen, die Karnevalsatmosphäre lockte schließlich auch jene Augen- und Ohrenpaare auf die Straßen, die ihnen am gefährlichsten werden konnten. Sie mussten anderswo nach Lösungen suchen. Im Umland von Ljubljana, in wenig aufregenden Orten wie Vrhnika und Logatec, und sogar in

Städten in anderen Regionen, in Škofja Loka und Kamnik. Die Regel war, jedes Städtchen höchstens drei Mal aufzusuchen, denn würden sie die Quote überschreiten, würden sie ihr Gefühl, die Kontrolle zu haben, verlieren. Die Regel war, die Fahrtzeit zu berücksichtigen und sich überzeugende Erklärungen und Ausreden für jene Stunde oder auch nur Viertelstunde zurechtzulegen, die sie zu spät nach Hause kamen, oder für die eineinviertel Stunden, die sie von ihren Verpflichtungen abzwicken mussten. Die Regel war, ihren oder seinen Namen nicht zu erwähnen. Jeden Bezug zu unterlassen, Unbekümmertheit zu spielen. Die Regel war, an einem Nachmittag in der Woche, in knappen vier oder fünf Stunden, geschützt zwischen Mauern oder, wenn die frühwinterliche Dunkelheit noch anhielt, exponiert in den Straßen, Parks und Cafés fremder Städte, alles zu konsumieren und einander zu bekennen, was ein vollblütiges Paar konsumieren und sich in kleinen Happen, ausgestreut im Überfluss der offenen Zeit, bekennen würde.

Das Höchste *von allem* konnten sie nur an jenem Freitag im Dezember in Bohinj erleben. Das war für sie eine *skené*, die höchste Bühne, die sie vor der Welt errichten konnten, und die Welt reagierte auf ihren Auftritt nicht mit Pfiffen und Buhrufen. Eine Bühne, auf der ihnen erlaubt war zu denken, dass es um ihr ganzes, ununterbrochenes Leben ginge. Auf der ihnen erlaubt war, nur zu improvisieren.

Um also ihren Kontext einzuschränken, mussten sie zuerst und ganz grundsätzlich sich selbst einschränken. Genau das, was in der Liebe am schwierigsten einzuschränken ist. Ihre Impulse. Das Chaos einbremsen. *Ich möchte dich genau hier umfangen, gebadet im Licht einer Straßenlaterne, ich möchte dich küssen und mich an dich kuscheln inmitten einer Menschenmenge, die an einer Bushaltestelle wartet, ich möchte dich an-*

lächeln und dich genau so ansehen, wie dich auch meine Augen sehen, schön und schrecklich, ich möchte, dass wir unsere Köpfe unter der sengenden Sonne zusammenstecken und dasselbe Buch lesen, unter dem wir unsere Hände verflechten. Die Leidenschaft einbremsen. Der Schock der Verliebtheit, nach dem die früheren Klarheiten trüb werden und aus dem Nichts neue, durchdringend scharfe Wahrnehmungen erstehen, hatte sich bei ihnen im selben Sturz mit der Notwendigkeit vermischt, alles zu kontrollieren, was den wunderschönen Schock in ein unschönes Trauma verwandeln könnte. Die Enthüllung natürlich.

Aber obwohl die Selbstbeherrschung manchem das Schwerste zu sein scheint, war sie für sie nicht schwer. Sie wunderten sich, manchmal sprachen sie es aus, mit welcher Leichtigkeit, wie schnell und ohne viel Analyse sie in ihre neuen Umstände geschlüpft waren. Wie, welche Ironie, zwei Polizeimenschen, die sich gänzlich auf die Anforderungen ihres geheimen Spezialauftrags abstimmen. Es war eine Übereinkunft über die Modalität – so muss es sein, weil es so ist –, aus der sie Visionen eines gemeinsamen Lebens verdrängten, auch wenn die Nähe sie durchwegs dazu zwang. Ihre Gespräche flogen oft in die berauschende Gegenwart und weiter in die Zukunft, aber sie kamen jedes Mal, ganz gleich wie wild sie voneinander beflügelt waren, zu dem Schluss, dass sie einfach noch nicht genug wussten, um eine wirkliche Entscheidung über die Zukunft zu treffen. Sie klangen unheimlich vernünftig, aber sie waren einfach nur verwirrt und träge. So verwirrt und träge, wie jemand ist, der weiß, dass die Konsequenzen seiner Handlungen und Entscheidungen unaufhaltsam auf ihn zugerollt kommen. Eine Konfrontation? Nein, nur ein Gleichgewicht sollte es sein, ein gegenwärtiges, wenn auch kompliziertes Modell einer Beziehung, in Zeiten hineinprojiziert, die erst noch kommen würden. Verlängert bis an den Rand des Möglichen, ohne dass sie ihn hätten überschreiten oder verschieben müssen. Der Ehebruch würde als Ehebruch andauern, und Adam und Ana würden sich ihre Freiheit noch lange in kleinen Dosen nehmen.

Wenn man dazu, dass du die Möglichkeit eines anderen Lebens nur kostest, dass es dich nur streift – wie dich bei einem Waldspaziergang ein zerrissenes, feuchtes Spinnennetz zufällig streift –, wirklich Freiheit sagen kann.

Trotzdem gilt, dass der Mensch der Zukunft, die notwendigerweise kommt, wenn auch zunächst unmerklich und noch unter Bedingungen, die er selbst gesetzt hat, nicht länger auszuweichen vermag, sie als seine Gegenwart akzeptieren muss, schoss ihm durch den Kopf. Und dass die Gegenwart die stärkste Dimension zu sein scheint, sozusagen ewig, ein Stalagmit, der unaufhörlich, aber unsichtbar wächst. Wir können vieles kontrollieren, aber nicht die Zeit, ahnte er, und dieser Ahnung, damit sie nicht zu Bitterkeit werde, nahm er die Schärfe, indem er sich noch enger an Ana schmiegte. Er atmete tief und angespannt ein, sodass sie spürte, wie seine Rippen sie wegschoben. Sie ahmte ihn nach, aber das Zittern überwog.

„Nächste Woche", murmelte er nach einer Weile in ihr Haar, „werde ich keine Zeit haben."

Im Nu schmiegte sie sich wie ein Katzenjunges an ihn: Sie zog die Beine an und machte sich ganz klein. Wieder ihre Lieblichkeit und Kindlichkeit. Das primitive oder, vielleicht besser, ursprüngliche Sicherheitsbedürfnis war weder in ihren Worten noch in ihrer Körperhaltung jemals zu erkennen gewesen. Im Gegenteil, aus ihrer Sprache war es nahezu verbannt, gleichgesetzt mit Schwäche, für die man sich schämen muss. Aber gleichzeitig hatte es sich zur Gänze in ihrem Körper festgesetzt, der sich dem Schutz überließ und Hingabe signalisierte. Ein Körper, der unaufhörlich bettelte, der unaufhörlich, fast schon unmöglich intensiv, nach Anschmiegen, Streicheln, Kosen verlangte.

„Und weshalb nicht?", meldete sie sich von irgendwo unter seinem Kinn.

„Die *Revija*", spulte er wie beiläufig ab, „nächste Woche werden wir jeden Tag, jeden Abend Sitzungen haben." Sie hörte, wie sich sein Herzschlag beschleunigte. An der Hüfte spürte sie das Zucken seiner Hand.

„Ich verstehe", Sorge schlich sich ungewollt in ihre Stimme, „was ist denn los?"

Seine Finger glitten über ihr Gesicht und hinauf bis zum Scheitel. Sie suchten einen Weg durch das verknotete Haar. Zur Stirn und zurück. Er fühlte, wie die Wärme der Vorfrühlingssonne, die den ganzen Nachmittag durchs Fenster geschienen hatte, auf ihre Füße, auf ihre Waden und Schenkel, auf Arme und Bauch, langsam verging. Als er sich schließlich auf die Ellbogen stützte und aufsetzte, war das Licht schon fast verschwunden. Und als auch sie sich, die Arme um die Knie geschlungen, an das Kopfteil lehnte, war von seinem Bild im Spiegel gegenüber dem Bett nur noch die Silhouette geblieben. Ein Mann mit gesenktem Kopf. Sein langer dunkler Arm suchte eine Stelle. Eine Position zum Abstoßen. Er hielt in ihrem Schoß inne, um sich jetzt auch seiner Sicherheit zu vergewissern.

Bisher hatte sich ihr grundsätzlicher Antagonismus ja nie als gefährlich gezeigt. Als bedrohlich. Der Gegensatz zwischen ihnen – sie eine Regime-Figur, er eine Anti-Regime-Figur – lag völlig offen, denn in seiner Gutartigkeit konnte er so liegen. Eine Fülle von harmlosen Informationen, die sie treuherzig austauschten, Informationen, die keinen Druck und kein plötzliches Unbehagen verursachten: ein Kollege, der mehr von seinem Hunger nach Ansehen als von der Idee geleitet wird. Eine Kollegin von der *Revija*, die unsäglich unangenehm und kleinkariert ist – diese nervöse Stimme, Ana! –, die aber die Einzige ist, die ihr Projekt voranbringen könnte. Und der Typ, der so fürchterlich redet – während des Gesprächs hat er mich vollgespuckt! – und noch fürchterlicher schreibt. Vitomil und Sofija, die sich direkt nach Revolutionären sehnen, um sie zu entlarven, sich aber am Ende mit einer Handvoll Männer begnügen müssen, die sich nur deshalb verdächtig verhalten haben, weil sie ihre Homosexualität vor der Welt verbergen wollten.

Unbedeutende Kleinigkeiten waren das, Kleinigkeiten, über die sie genüsslich lachten, sich lustig machten oder die ihnen als Ausgangspunkt für ernsthafte Überlegungen über das Wesen von Macht und menschlichen Beziehungen dienten. Sie waren dankbar, weil sie inmitten der Unvereinbarkeit einiger ihrer Handlungen und Entscheidungen entspannt sein konnten. Sie waren dankbar, weil sie in ihrem Antagonismus atmen durften, sodass sie sich nicht mit neuer, schwererer Verantwortung belasten mussten, die sie in Sorge gestürzt hätte. In Panik. Und schließlich dankbar, dass sich die Geheimniskrämerei, die ihre Beziehung bestimmte, die sie aber trotzdem als äußerlich erlebten, nicht in den Mittelpunkt drängte. Wir sind wie Liebende aus rivalisierenden Familien, hatte Ana neulich zu ihm gesagt, denen aber im Unterschied zu vielen literarischen Varianten nichts Böses passieren kann. Er hatte gelacht und ihr überzeugt zugenickt, denn auch ihn hatte das Wirken glücklicher Zufälle, das mit einem Gefühl der Notwendigkeit erfüllt, nicht unbeeindruckt gelassen. Mit einem Gefühl der Selbstverständlichkeit, wobei natürlich vergessen wird, wie empfindlich und zart genau genommen jedes Gleichgewicht ist.

Es ging nicht darum, überlegte sie, dass ihr gegenseitiges Vertrauen plötzlich auf dem Spiel stünde, sollte das mythische Außerordentliche tatsächlich zwischen ihnen einschlagen. Das war keine Frage von Adams Angst vor Verrat oder seiner Labilität. Es war Ausdruck ihres übereinstimmenden Bewusstseins, dass, je größer das Geheimnis, je weitreichender und geballter die Information, desto stärker es ihnen anzusehen sein würde.

„Von einigen Dingen habe ich dir schon erzählt", er räusperte sich plötzlich. Er hatte ihr schon gesagt, dass er die Petition zur Gründung der *Revija* nicht mit unterschrieben habe. Für diese Feigheit hatte er sich bei den Kollegen, die seine Unterstützung erwartet hatten, auch feige herausgeredet. Mit einer plötzlichen Krankheit, mit seiner Neigung zu Gastritis, die ihn, *wahrscheinlich erinnert ihr euch noch*, nicht zum ersten Mal daran gehindert habe, bei wichtigen Angelegenheiten anwesend zu sein. Natürlich gab es keine Krankheit, es gab nur eine Abneigung gegen die Leute, die die Petition vorgeschlagen hatten, und einen Zynismus gegenüber jeglicher Form von Zusammenschluss. Sollen sie sich doch zusammenschließen, dachte er, wenn sie es nur ohne ihn tun, den die Konflikte unterernährter Narzissten verwirrten und erschöpften. In der ursprünglichen Petition hatte er von Anfang an verschiedene persönliche Psychopathologien, eine ausgeklügelte hochstapelnde Konzeption, aber keinen echten politischen Willen erkannt. Klar, dass es den nicht gab. Wie er feststellte, als er die *Revija* nach zwei Jahren endlich in den Händen hielt, hatte ihn von der Petition nicht die moralische Exzellenz, sondern Beleidigtsein und Wut abgehalten. Štefan und Alojz hatten ihn, obwohl sie schon lange, bevor die Petition im Umlauf war, über die Notwendigkeit der Erweiterung und Demokratisierung des publizistischen Raums diskutiert hatten und obwohl sie wussten, dass er schon seit Langem ein Ventil für seine liberalen Überzeugungen suchte – die Phase, in der er mit dem Liberalismus nur geliebäugelt hatte, hatte er adoleszent schon längst verschmerzt –, nicht zur Gründung der *Revija* eingeladen. Sie würden sich also mit seiner prinzipiellen Unterstützung und vielleicht gelegentlichen Beiträgen zufriedengeben, hatte er daraus geschlossen. Selbst ein Narzisst, hatte er folglich überall Geister von Narzissten und echte narzisstische Gespenster gesehen. Bis sich die Wirkung dieser Erkenntnis, vermischt mit dem Gefühl der Niederlage, völlig gelegt und er sich doch mit Vorschlägen für diesen oder jenen Essay in der Redaktion gemeldet hatte, hatte es mehrerer Monate bedurft. Und – sein erster Essay für die *Revija* wurde zu einem tragenden Pfeiler, der ihn dem Zirkel der Intellektuellen entscheidend näherbrachte. Von dieser Bestätigung genährt, schrieb er von nun an nicht nur regelmäßig für die *Revija* und traf sich häufig mit ihren Mitgliedern, seine Inspiration fand ihren Ausdruck auch in der Idee zu einem neuen Roman, der ersten nach zwanzig Jahren, die allem Aufschieben und Analysieren standhielt und an die er deshalb glauben konnte. Sie entsprang nicht seiner neu erwachten politischen Aktivität, *das musst du wissen, Ana,* sie entsprang einem Selbstverständnis, das schon vorher erblüht war; schließlich kann keine Romanidee ohne Selbstverständnis erblühen, zumindest keine gute, überzeugende und relevante Idee. Als er seine Ressentiments gegenüber den Gründern der *Revija* endgültig überwunden hatte, erkannte er nämlich, zu welcher Art Mensch ihn seine Kleinkrämerei gemacht hatte, wegen der er die Handlungen anderer Leute oft, aber selten zu Recht, als Versuche der Demütigung und Abwertung interpretiert hatte. Unaufhörliche, hartnäckige Gefühle der Bedrohung, der Zurückweisung, der Ausschließung, manchmal schwach, manchmal siedend heiß und zerstörerisch. Ihm wurde klar, dass er leicht – allzu leicht, genau genommen – zu einem schrecklich isolierten Menschen mit weit offenen, wässrig erschrockenen Augen werden könnte, der, gefangen in Selbstmitleid, in der Zimmerecke, seinen Untergang erwartet. Er war von einer düsteren Vorahnung besessen, gleichzeitig aber auch von der Hoffnung, mehr noch, von der Überzeugung, dass sie nicht eintreten werde, wenn er sie dafür anderswo aktualisierte. Er beschloss, seinem potenziellen Leben eine Figur zuzuschreiben, erzählte er ihr, einen Mann, der seine Isolation loszuwerden versucht, indem er sie *anderswo* aktualisiert, und dieses Anderswo wurde auch für die geschriebene Figur die Kunst. Es war komisch, wirklich, erklärte er ihr weiter, dass ihm die Idee für den Roman genau zu dem Zeitpunkt der Verwicklungen mit der *Revija* gekommen sei, so verdammt spät und unter so banalen Umständen, aber der Mensch kann sich den Zeitpunkt und den Verlauf seiner Reifung oft nicht aussuchen. Dafür konnte er sich nur aussuchen, bei dem zu bleiben, was er als Quelle der Wiedergeburt erkannt hatte, um an der Energie teilzuhaben, die ihn weit vorantrieb. Er fand sich in genau demselben Vorwurf wieder, den er anfangs anderen gemacht hatte: Bei der *Revija* hielt auch ihn nicht in erster Linie der politische Wille. Ihn hielt Sentimentalität.

Er rieb sich die Augen und fuhr sich mit den Fingern grob durchs Haar und kratzte sich noch grober an den Schläfen. Obwohl es im Zimmer dunkel war, schaltete keiner von ihnen das Licht ein. Es kam ihnen anonym vor und deshalb leichter. „Ich habe dir schon gesagt“, fuhr er fort, und wieder fuhr er sich grob durchs Haar, „dass es bei der *Revija* eine Reihe von Leuten gibt, die das kritische Schreiben satthaben. Nur zu schreiben.“ Er räusperte sich ebenso grob, außerhalb des Hörsaals nicht daran gewöhnt, in mehr als ein paar zusammenhängenden Sätzen zu sprechen. Er führte seine verirrte Hand zurück in ihren Schoß, damit sie sie mit ihrer eigenen bedecke. Sie war schweißnass und kalt, so hatte sie sie noch nie gefühlt.

„Ich höre oft genug, dass sich jemand beschwert, sie würden bei der *Revija* der Regierung ähnlich werden, die habe sie mit ihrem Projekt", er hielt inne und suchte schmatzend nach dem Wort, *„isoliert."*

Wie eine Taube rutschte er nervös herum, um einen bequemeren Sitz zu finden. Unbequem ist es für uns in jedem Fall, da können wir nichts tun, dachte Ana bei sich, äußerte aber nur ein sanftes *alles wird gut.*

„Sie irren sich nicht, keineswegs", er fand eine passendere Position, „die Parteigenossen schreiben sehr gern, das war schon immer so, seien es nun Reden oder Begründungen, und sehr gern schreiben wir auch in der *Revija.* Allen Kritikern ist klar, dass diese Ironie eine natürliche ist, dass sich die Macht bei denen konzentriert, die schreiben und auch gelesen werden." Er sah sie von der Seite an, und sie erwiderte seinen Blick. Seiner fragend und selbstironisch, ihrer bejahend und warm.

„Es ist also nicht verkehrt, wenn wir auch bei der *Revija* schreiben und gelesen werden, aber für manche von uns ist das nicht genug. Allzu schnell kann es passieren, dass wir in einem Salon feststecken, dass wir uns entweder selbst einschließen oder dass uns andere in ihn einschließen. Hunde, die bellen, beißen nicht, du weißt. Nötig wäre eine Art Aktion, eine Art Intervention in die Gesellschaft, sagen sie weiter, und sind dabei, wenn schon nicht Kinder, so doch zumindest entfernte Nachfahren der Revolution. Wir sehen alle, welche Wirkung von dem ausgeht, was tatsächlich unter den Leuten passiert, aber ich kann nicht behaupten, dass auch all diese zahllosen Essays, die da veröffentlicht werden, die Menschen wirklich erreichen. Ja, natürlich“, er winkte mit der Hand ab, „Zeitschriften und Ideen kursieren, aber was ist eine Idee ohne Gesicht?“ Seine erhöhte Stimme klang nicht so wie sonst, und im selben Moment erkannte sie seinen Hang zum Dozieren. Als er über die Assoziation, die er hervorgerufen hatte, laut lachen musste, antwortete auch sie mit lautem Lachen.

„Erinnere dich, Ana, was für ein sympathisches Gesicht Tito hatte!“, presste er noch durch den letzten Lachanfall heraus. „Wie sympathisch er jahrzehntelang verheimlicht hat, dass er genau genommen keine Idee hatte. Aber einige Leute bei der *Revija* haben viele Ideen, auch große, haben ihnen aber noch kein Gesicht gegeben, obwohl ich fürchte, dass keines von ihnen besonders sympathisch sein wird.“ Er lächelte und schwieg kurz. Das Zimmer war von schwerer Dunkelheit erfüllt. Auch das Leben auf der anderen Seite der Mauern schien erloschen zu sein. Kein Lichtbündel einer Straßenlaterne, keine Andeutung eines trägen abendlichen Verkehrs, kein gedämpftes Gemurmel von Menschen. Die abendliche Lethargie kleiner slowenischer Orte, die nur wenige zum Verweilen einladen. Sie beide zum Beispiel. Aber Adam und Ana durften nicht bleiben. Sie rückten gleichzeitig zum Bettrand hin und läuteten mit den baumelnden Beinen zum Aufbruch.

„Allem, was die Leute von der *Revija* der slowenischen Gesellschaft zu geben haben, müssen sie auch ein Gesicht geben, eine feste Adresse oder ein Gebäude, wenn du so willst“, beeilte er sich zu sagen, als er endlich die Strümpfe über seine ziemlich kalten Zehen gezogen hatte. „In den letzten Monaten haben sie, haben *wir,* wenn ich genau sein soll, mehrere Optionen diskutiert, von denen eine hängen geblieben ist. Ich weiß, dass du weißt, welche für einen Zirkel von Intellektuellen und Schriftstellern am vielversprechendsten ist.“ Er ging zum Schalter und machte Licht. Der Raum wurde in ein aggressives Gelb getaucht, unter dem sie müde und alt aussahen. Er bemerkte den Ernst, der auf Anas Stirn lag.

„Wir können keine Musikgruppe oder künstlerische Bewegung gründen", witzelte er und beobachtete sie aufmerksam, „aber wir können den Moment nutzen, den die Kunst gesetzt hat, den sie uns unwissend und ungewollt an die Hand gegeben hat." Er bückte sich nach seiner Hose, die hingeschlängelt an der Tür lag, während sich Ana die Bluse zuknöpfte. Sie wusste, natürlich wusste sie, welche Möglichkeit sich den Schriftstellern als Erste bietet. Sie wusste auch, wie politische Parteien geboren werden. Wie sie immer eine bestimmte – nicht unbedingt dominante – Atmosphäre einfangen, sie in Flaschen abfüllen und den Menschen ihre Essenz, die zugleich die primitivste und erhabenste ist, anbieten beziehungsweise zurückverkaufen.

„Weißt du", er nahm sein Hemd vom Stuhl und strich es über den Unterarm gelegt glatt, „dass wir über Parteien reden, bedeutet noch nicht, dass so bald welche kommen werden. Die allgemeine Einschätzung, wenn du mir den Parteijargon verzeihst, ist, dass es für die Gründung einer demokratischen Partei noch etwas zu früh ist. Ja, natürlich dröhnt die Gegenkultur vom Wunsch nach Veränderung, manchmal schon fast ödipal, weil es eben junge Leute sind, aber nach der allgemeinen Einschätzung muss man warten, bis die breite Masse mehr solche Zeichen erkennen lässt." Seine Anspannung, in eine gesteigerte Röte getaucht, legte sich und wich einer Schalkhaftigkeit. Er bemühte sich besonders Anas wegen – damit ihr der Drahtseilakt nicht allzu schwer fiel.

„Nach meiner Einschätzung, die ich allerdings mit niemandem geteilt habe", er lächelte, „ist das schon fast der Fall, nur wir sind noch nicht so weit. Wir wissen nicht, was uns passieren kann. Die höchste Risikostufe, wenn du mir den Ausdruck erlaubst, ist die, dass sie das Wirken unserer Bewegung unterdrücken, und auch wenn das überhaupt nicht nach echtem Risiko klingt, möchte niemand die Chance verlieren, die historische Veränderung mit seinem Namen unterschrieben zu sehen. Wir wissen alle sehr gut, dass wir in diesen Prozessen austauschbar sind, dass die Geschichte, wenn du mir auch diese ungeschickte Bemerkung erlaubst, die ganze Zeit über Variationen ein und derselben Ideen an das Ufer der Gesellschaft spült. Aber der Wunsch nach Autorschaft ist eine unerträglich zersetzende Kraft. Autor wird derjenige, der zur richtigen Zeit am richtigen Ort ist, bei der *Revija* sind sie allerdings hinsichtlich dieser beiden Dimensionen ein wenig verwirrt."

Er sprang zum Tisch, auf dem zusammen mit ihren obligaten Kosmetika auch eine Auswahl an Getränken aufgereiht war. Er nahm eine Flasche Tonic und schenkte ihnen zwei Gläser voll, die er sofort, als er sich umdrehte, großzügig über den Boden verschüttete. Rasch gab er ihr ein Glas mit dem, was an Erfrischung übrig geblieben war. Die nasse freie Hand wischte er am Kopfkissen ab und fuhr sich damit wieder durchs Haar, aber nicht mehr grob, diesmal nur – entschlossen.

„Siehst du, Ana, dieses Verschütten", schloss er, nachdem er sein Glas leer getrunken hatte, „ist eine gute Metapher dafür, wie die *Revija* funktioniert. Sie haben gute Absichten, verlieren sie aber immer wieder vor lauter nervösem Egoismus. Viele von ihnen würden gern mit etwas Härterem als dem geschriebenen Wort zuschlagen, aber am Ende bleiben sie doch beim geschriebenen Wort. Fürs Erste, denke ich. Nächste Woche beginnen wir mit den Diskussionen über die Beiträge zu einem nationalen Programm, zu einer demokratischen

Verfassung, wenn du so willst. Sie sollen nächstes Jahr veröffentlicht werden." Er steckte das Hemd in die Hose und zog, auf und ab gehend, den Gürtel fest. Er blieb am Fenster stehen. „Nächstes Jahr wird ein besserer Zeitpunkt sein für den Beginn von etwas Bedeutendem."

Von der raschelnden Decke aus sah sie ihm zu, wie er sich melancholisch an die Fensterbank lehnte und auf die Straße hinaussah. Ja, es war Melancholie und keine Ängstlichkeit, was sie beim Sinken eines der Arme der Waage auch selbst verspürte. Nur für einen Moment vermisste sie das Schicksal, das so oder so nie das von ihnen beiden gewesen war. Sie hatten es sich herbeigeträumt. Dieses Gleichgewicht. Das Recht auf Wohlgefühl. Einen sicheren Horizont ohne Veränderungen. In der Melancholie steckte aber auch Erleichterung, eine wirklich perverse Erleichterung, die sie abschütteln wollte: Sie stieg vom Bett, griff nach ihrer Hose und zog sie an, griff nach ihrer Jacke und zog sie an, fand ihre Schuhe und zog sie an. Die führt nur zu Enttäuschung, diese Erleichterung, wiederholte sie, als sie vor den Spiegel trat, um ihren Zopf zu flechten. Sie legte die Strähnen in gleichmäßigem Rhythmus, die linke, die rechte, die mittlere, und als sie das Geflecht mit einem Gummiband befestigte, war sie schon wieder ganz locker. Sie trat hinter Adams Rücken, lehnte sich an ihn an und umarmte ihn zärtlich. Es war eine Belastung – das Wissen in sich zu tragen, ihn zu schützen, *sie beide* zu schützen –, aber es war auch Egoismus. Adam hatte zu ihr nicht nur von seiner Wahrheit gesprochen, sondern auch von den Aussichten, von den ganz realen Veränderungen, die auch sie betreffen würden. Sie konnte sich des Gedankens nicht erwehren, dass sie *vor allem* sie betreffen würden.

„Der Beginn von etwas sehr Bedeutendem", hauchte sie, zwischen seine Schulterblätter versunken.

21. April 1986

Sie rechnete mit einer Zugabe zu ihrem Konzert, mit dem Hupen des Autos hinter ihr, mit dem Blinken des Blinkers, mit dem schnellen Schließen der Autotür. Mit einem Halt an der Tankstelle. Sie rechnete damit, dass sie sich dieses Mal an die kühle Wand des würfelförmigen Gebäudes lehnen und darauf warten würde, dass er sie küsste, dass er er sie um ihre Taille fasste, dass er ihr von seiner Erregung und Liebe zuflüsterte. Die nächsten acht Tage bis zu ihrem Wiedersehen würden so kürzer erscheinen. Wenn auch nur um eine Stunde. In der Verliebtheit ist das die Stunde, die zählt. Sie bedeutet zu wissen, wie sich der Geliebte fühlt, was der Geliebte denkt und was der Geliebte ist. Sie rechnete mit dieser Stunde und wünschte sie sich und verstand selbst noch nicht, wann die Verliebtheit zu diesem konzentriert pulsenden Gefühl angeschwollen war, das jede Geste Adams, jeden Tick, jede unfertige Äußerung oder inkonsequente Handlung, sogar seinen Körper, zu einem Fantasieerlebnis erhob. Sie verstand nur, wie er es auch verstand, dass die Verliebtheit eine Sehnsucht ist. Sie zwingt zum Überbrücken notwendiger Entfernungen. Zur vollständigen Verschmelzung und Harmonie, und sei es an der unansehnlichen kalten Wand einer Tankstelle. Verliebtheit fordert, dass sie er wird und dass er sie wird, dass sie sich auflösen in eine klebrige zähflüssige Substanz. Dass sie sich in einen Sumpf ergießen.

Aber die Aufgabe ist nicht lösbar. Zwar drängt Verliebtheit zur Verschmelzung, aber einer Verschmelzung, die Muffigkeit und Einsinken, Verwischen der Form und Aufheben des Inhalts bedeutet, hält sie nicht stand. Das Bewusstsein ist für eine reine Verliebtheit immer infantil genug, aber für eine wirkliche Verschmelzung schon lange zu alt. Liebende werden am stärksten von dem angetrieben, was ihnen das Gefühl zu überbrücken aufgibt, und Adam und Ana, das war klar und offensichtlich, liebten sich auch – aber nicht nur – wegen der Entfernung, wegen der Länge des unausgefüllten, aber potenziellen Bandes zwischen ihnen. Wegen der leeren, aber nie öden Landschaft, in der sie ihre Verbindung nicht als engen, fauligen Sumpf, sondern als Meer malten. Als duftendes, belebendes, weites Meer. All das, dachte sie, als sie auf die gerade Hauptstraße einbog, die das dunkle Feld schnitt und dann an den Häusern vorbeiführte, wusste sie vermutlich, hoffte aber um nichts weniger als auf diese Stunde. Sie wollte mehr als eine, sie wollte viele.

Doch die acht Tage bis zum Wiedersehen mussten lang bleiben: Obwohl sie den Hotelparkplatz keine paar Minuten nach ihm verlassen hatte, holte sie ihn nicht ein.

Sie ließ die Scheibe um Daumenbreite hinunter – es ist noch zu kalt, sagte Sergei immer wieder bis zum Sommer – und atmete ein, was die Dunkelheit ihr zu bieten hatte. Über ihr nur die sanft funkelnden Sterne und der geheimnisvolle graue Rand des leeren Mondes. Die Kühle, die ihr das Haar zerzauste und ihre Wangen tätschelte, barg vorfrühlingshafte Freude. Eine Freude, die sie bei anderen sehen konnte, vor allem bei Frauen, die plötzlich farbenfroh und lächelnd anzusehen waren, aber in sie hatte sie Frühling um Frühling einfach keinen Weg gefunden. Ihre Kehle war verkorkt und undurchlässig gewesen, aber jetzt spürte sie plötzlich, wie die

Freude in den Käfig des Wagens eindrang – und sie ganz überflutete. Bis zu diesem Abend hatte sie einzuschätzen gewusst – so wie es alle einzuschätzen wussten, die zumindest mit halbgeschlossenen Augen durch die Welt liefen –, dass das Regime mit der Zeit zerfallen würde, sie hatte aber nicht geahnt, dass es so bald geschehen würde. Dass es nicht mehr die Frage einer Dekade war, die sie im Zorn begraben würde, sondern von wenigen Jahren. Die sie aushalten könnte. Sie ließ die Scheibe ganz hinunter, und im Auto dröhnte es vom heftigen Aufbäumen der Jahreszeit. Sie atmete die erdige Feuchtigkeit ein, die von den unlängst gepflügten Äckern aufstieg, und wurde von dem Gedanken an die Schande heimgesucht, die unweigerlich kommen würde, aber es tat nicht weh. Sie stellte sich Menschlichkeit vor – die über die neuen Zeiten erfreuten Menschen würden die Fehler, die in der alten Zeit begangen worden waren, leichter verzeihen oder vergessen. Sie stellte sich außerdem vor, dass sie die Scham letztlich zu ertragen wüsste. Dass sie sie mit Ehrlichkeit sprengen würde, mit genau dem Mittel, das man sie gezwungen hatte zu begraben – und wer würde Ehrlichkeit bestrafen, wer würde sich über sie lustig machen können? Frühling ist Wachstum, und jedes Wachstum ist naiv: Sie stellte sich vor, dass trotz der komplizierten Situation die ganz einfachen Dinge ausreichen würden. So wie es sich die ihr fremden Menschen gern vorstellen. Friedliche Menschen.

Friedlich sah von Weitem auch das Haus aus, *ihr* Haus, ein bleich beleuchteter Quader unter anderen bleich beleuchteten Quadern. Als sie schließlich im Hof anhielt, hörte sie es brummen. Sie erkannte die Musik, die vom Wohnzimmer aus die Wände hochkroch und ganz bis an die Haustür drang. *Modro i zeleno, u naručju vremena, bolje da pričam o sebi, bolje da idem u nove promene, i samo putem promene.* Als Sergei die

Platte gekauft und sie am selben Abend zum ersten Mal abgespielt hatte, hatten Mutter und Sohn sie mit einem Tanz ins Leben begleitet, mit einem wilden Drehen, *das ist Rock 'n' Roll,* hatte die Mutter geschrien, und der Sohn hatte, ohne die Sprache zu verstehen, den Mund geöffnet und sie nachgeahmt, *modro in zeleno, una račju vremena, bolje, da priče o sebi, bolje, da odidem unove pro mene, in samo potem pro mene.* Auch sie selbst, dachte sie, während sie Jacke und Schuhe wegräumte, hatte den Text damals nicht verstanden, obwohl sie die Sprache gut konnte. Sie hatte einfach nicht zugehört, denn jeder hört nur dem zu, was ihn anspricht: wie ein Schläfer, der erwacht, wenn er jemanden neben sich spürt.

Aber jetzt hörte sie zu. Sie schloss die Augen, lehnte sich an die Wand neben der Tür zum Wohnzimmer und lauschte. *Kako da ostanem isti? Kako da sačuvam sebe od promene?*

Der Frühling hatte nicht nur gegeben, der Frühling hatte sich den ganzen Raum genommen.

„Wie ich sehe, gefällt dir das Stück immer noch." Sergei hatte plötzlich die Tür geöffnet. Mit leicht gerötetem Kopf lehnte er im Türrahmen und starrte sie spöttisch an. Sie konnte nicht sagen, ob die Anordnung ihrer Körper, ähnlich den Anordnungen in den romantischen Filmen der Fünfzigerjahre, einen Kuss einleitete oder eine Drohung bedeutete. Oder vielleicht beides. Aus Sergeis Entschlossenheit spritzte oft eine Aggressivität, die ihm als Zwanzigjährigem gut zu Gesicht gestanden hatte, die aber nach seiner Wendung ins Erwachsensein ins Komische abzubröckeln begann. Sie schnaubte unwillkürlich und glitt mit einem leisen „noch besser" unter seinem Arm durch.

Sie trat ins Wohnzimmer, und Sergei folgte ihr. Schnell, fast in Panik, musterte sie die Einrichtung, über die die Klänge von *Olovne godine* hinströmten. Sie brauchte eine Beschäftigung.

Wie so oft brauchte sie eine Ausrede, damit ihr Abend nicht *ihr gemeinsamer* würde. Sie musste eine Distanz schaffen, die unvermeidlich scheinen würde. Vielleicht der Staub auf der Anrichte und auf dem Tisch. Vielleicht Boris' Spielsachen, die, auf dem Sessel, auf dem Teppich und am Kamin verstreut, gefährlich würden. Man kann ausrutschen, sich stechen, Plastik und Textil können Feuer fangen. Und die vollen Aschenbecher. Vielleicht die angetrockneten Kaffeetassen, abgestellt an unvorhersehbaren Stellen, die zerkratzten Gläser, aus denen der Cognac dunstet, die Krümel vom gestrigen Abendessen und heutigen Frühstück. Vielleicht die verstreuten Zeitschriften und Bücher, deren Seiten sich wellen. Aber es gab nichts, was nach einer Korrektur rief. Sie musterte das Zimmer und registrierte die Ordnung.

„Du und Boris, ihr habt wahrscheinlich noch nicht gegessen", sie versuchte ihre Nervosität zu verbergen und ging Richtung Küche, „Abendessen gibt's in etwa einer Stunde."

Sergei stellte den Plattenspieler leiser, *moje vreme od sada, moje vreme od tada, uvek isto vreme*, und folgte ihr mit untypisch kurzen, hörbar schlurfenden Schritten. Erst als sie den Deckel vom Topf nahm, der auf dem Herd stand, und unter dem Abzug der Dampf des noch immer warmen Eintopfs aufstieg, hörte sie ihn antworten: „Wir haben schon gegessen, aber auch du kannst gleich essen, du musst es dir nur aufwärmen."

Ohne sich von der glänzenden Küchenplatte wegzudrehen und ihm ins Gesicht zu sehen, wusste sie, welchen Gesichtsausdruck er hatte. Eine Figur aus einem Lustspiel. Eine Figur, die darauf wartet, dass sich sein unvorbereiteter, naiver Gegenspieler selbst in der Falle verstrickt. Eine Figur, die die Nervosität ihres Gegenspielers genüsslich verfolgt. Sie verstand, dass Sergei das Muster, zu dem sie Zuflucht suchte, durchschaut hatte und die Barrieren einriss, die es ihr ermöglichten, es zu erfüllen. Er war ihr zuvorgekommen und hatte dafür gesorgt, dass sie an diesem Abend *tatsächlich* allein sein würden.

Sie ließ die Hände über dem Topf und dem Herd schweben, als wollte sie einen Zauber beschwören. Sie seufzte, aber vorsichtig. Leise. Sie verstand, dass sie in die Inszenierung einer neuen Vorstellung eintrat, aber noch wollte sie sich nicht darauf einlassen. Wenn sie die Zeichen ignorierte, wenn sie sie vernachlässigte, würde sie das Unvermeidbare verhindern, dachte sie. Sie sah über ihre Schulter und lächelte Sergei, der erwartungsvoll an der Kücheninsel lehnte, warm an: „Lieb von dir. Ich bin wirklich ziemlich hungrig."

Sie spielte ihren üblichen Part – Ana ist in die Zubereitung des Abendessens vertieft –, aber der lief langsamer ab als sonst. Nach dem üblichen Drehbuch hätte Sergei jetzt gehen müssen, tat es aber nicht. Er setzte sich auf den Barhocker und beobachtete sie, aufmerksam wie ein Wächter, der von der Zinne der Festungsmauer aus den Innenhof bewacht. Würde es genügen, wenn er Lockerheit bemerkte? Vertrautheit spürte?

„Erzähl mal", sie platzierte mit einer fast galanten Geste Teller und Löffel auf der Küchenplatte, „wie war dein Tag?" Sie wickelte ein Geschirrtuch um die Topfgriffe und nahm sich drei Schöpfer Suppe. Im Waschbecken spülte sie ihre Hände und trocknete sie mit einem Küchentuch ab, das sie über die Arbeitsplatte hängte. Trivial, dachte sie, benimm dich trivial. Rede trivial. Gib eine Zusammenfassung: „Mein Tag wäre langweilig gewesen, wenn mich nicht Taras völlig aufgelöst im Verlag aufgesucht hätte. Meine Korrekturen waren ihm zu frech, am meisten hatte ihn getroffen, dass ich zum Schluss geschrieben hatte, ich hätte Zweifel, ob das Buch in dieser Form schon veröffentlichungsreif sei."

hatte Sergei einmal zu ihr gesagt. Du warst die erste Frau, die mein Hunger nicht erschreckt hat, hatte er gesagt, die erste, die ihn Gier genannt hat, aber darin war nichts von einer Verurteilung, von Spott oder Neid. Und du, hatte Ana erwidert, warst der erste Mann, der mich nicht durchschnittlich haben wollte, der mich in der Größe behalten wollte, in der er mich bekommen hatte. Der erste Mann, der mich wachsen sehen wollte und der keine Angst hatte, wenn sich herausstellte, dass ich über ihn hinauswachsen könnte. Sie hatten alles abgesegnet, was sie ihrem Ziel näher brachte, Sergei Anas und Ana Sergeis Denunziantentum, Sergei Anas und Ana Sergeis Täuschungsmanöver, Sergei Anas und Ana Sergeis Verstellungen. Bis zur letzten Faser hatten sie ihren Willen verflochten und die Paarung ihrer Egoismen zur Liebe gekrönt.

Und als sie sich an diesem Abend gegenübersaßen, wussten sie nicht einzuschätzen, warum und wann sich ihre fundamentale Bindung gelockert hatte. Sie suchten nach der Bruchstelle und irrten sich, denn das Ende tritt nicht ein, sondern schleicht sich an, nicht unvermittelt, sondern allmählich. Vielleicht, dachte Ana, während ihre Hände unter den Tisch glitten, wo sie ihren Ehering abnahm, ihn ein paar Mal zwischen den Fingern drehte und ihn auf Zeige-, Mittel-, Ring- und Kleinfinger steckte, war ihr Band verschlissen, weil es nicht aus mehreren Strähnen, sondern aus einer einzigen bestand. Weil sie nichts hatten, womit sie es hätten ersetzen können. Ein Ring für so viele verschiedene Finger. Gemeinsam, dachte sie bedrückt, hatte sie nur die Erinnerung an die ersten, glorreichen Takte weitergezogen und gehalten.

Die Erinnerung kann, wenn der Mensch nicht aufmerksam ist, und aufmerksam ist er nie, leicht den Anschein von Wirklichkeit annehmen. Weil die Wirklichkeit oft nichts anderes ist als die Dialektik von Erinnerung und Traum, schließt sich der Kreis; es war klar, dass sie darüber hinauszusehen vermochten, klar, dass sie in dem feststeckten, was es überhaupt nicht mehr gab.

Auch Sergeis Hände glitten unter den Tisch, und schon waren sie nicht mehr Mann und Frau, sondern ein kubistisches Gemälde: ein eckiger Torso gegenüber einem anderen eckigen Torso, ein runder Kopf gegenüber einem anderen runden Kopf, ihre Hälse und Gesichter starr. Nur die Uhr an der Wand, die mit ihrem Ticken den Abend zerteilte, nur die Uhr – ein Ding – ließ das warme Leben anklingen.

„Es fällt mir schwer zu verstehen, Ana", Sergei faltete die Hände unter dem Tisch, „dass du geglaubt hast, dass ich dieses Mal nichts bemerken würde. Gerade dieses Mal, wo es länger dauert als gewöhnlich und es dich mehr als gewöhnlich verändert." Trotz seiner Reglosigkeit fielen ihm die Haare über die Augen. Er strich sie nicht weg, denn so, das war ihm bewusst, sah er noch kühler aus. Mehr noch. Ihn verrieten nur die winzigen Schweißperlen, die für einen kaum wahrnehmbaren Moment auf seiner Stirn glitzerten, und die Augen, die – vielleicht irrte sie sich? – besorgt aufblitzten.

Zögernd schüttelte sie den Kopf. „Ich habe doch nicht geglaubt, dass du nichts bemerken wirst, nur –" Nur, wollte sie sagen, sie hatte *gehofft,* dass es ohne Konfrontation ablaufen würde, ohne seine Intervention. Wie es, nicht nur für sie, auch für ihn, jedes Mal bisher abgelaufen war, weil sie Respekt von Treue trennten und ihren Stolz eingesetzt und an die erste Stelle gesetzt hatten; statt auf die Kontrolle über den anderen zu setzen, auf Ressentiments, hatten sie auf den freien Willen gesetzt, auf die Fähigkeit, sich selbst zu kontrollieren. Flirtereien hatten sie nicht beleidigt, weil sie jeder Affäre selbst ein Ende gesetzt und mit dem Ende die ursprüngliche Hierarchie willentlich wiederhergestellt hatten. Sie wussten, dass sich die Bedeutung auch mit der Zeit festigt, und je kürzer die Affären waren, desto leichter war es, hinter ihnen aufzuräumen. Wie bei sich selbst, so in ihrer Ehe. Es zählte, dass sie ungeachtet dessen, wer die Liebhaber und Liebhaberinnen waren – oder vielleicht gerade deshalb –, jedes Mal aufgeräumt und die Hierarchie wiederhergestellt hatten. Der Status zählte auch hier.

Aber Ana hatte ihr Modell überzogen und entwertet. Noch bevor Sergei die Gelegenheit hatte, ihr jetzt blasses, unvertraut ruhiges, fast ergebenes Gesicht zu betrachten, war er sich bewusst geworden, dass er tief unten geblieben war. Dass es nicht mehr darum ging, welchen Platz sie ihm zuschrieb, sondern wie viel dieser Platz in ihrem Leben galt. Das Zurückbleiben beleidigte ihn nicht nur, sondern, das musste er sich eingestehen, schmerzte ihn zutiefst. Nicht nur, dass er an seinem Bild in ihren Augen hing, er hatte dieses Bild auch schrecklich gern. Er wollte es nicht verlieren, dieses Bild, er wollte sie nicht verlieren, die es gestaltet hatte. Er scheuerte mit den Händen entschlossen über die Oberschenkel, als wollte er seine Sentimentalität wegreiben. Er glitt noch weiter an die Stuhlkante vor und legte seine erwärmten Handflächen auf die Brust.

„Es hat keinen Sinn, dass wir uns in die Analyse versenken, denn die wird nichts lösen und nichts entscheiden“, fuhr er fort, als er bemerkte, dass Ana in Schweigen versunken war. „Wir wissen beide, dass etwas Ernsthaftes geschehen ist“, sagte er schnell und korrigierte sich noch schneller, „dass zum ersten Mal etwas Ernsthaftes *geschieht.*“ Die Haare auf seiner Stirn saugten neue Schweißperlen auf. Die Augen reagierten auf die Nervosität mit einem zerplatzten Äderchen. „Ernste Situationen erfordern einen ernsthaften Zugang, und ich möchte als Erstes wissen, was du zu tun gedenkst.“

Überrascht starrte sie ihn an. Sie hatte eine Sturzflut erwartet. Vorwürfe, Streit, endlose Verhandlungen, als hätte sie vergessen, dass alles, was Sergei in seinem Erwachsenenleben tat, den Stempel der Vernunft trug. Nichts, sei es noch so erstickend oder schmerzlich, überstieg die hohen Mauern des Abwägens. Wenn ihr seine Rationalität im letzten Jahr auf die Nerven gegangen war, weil sie den Raum für Experimente und kreative Fehler beschnitten hatte, war sie ihm in diesem Moment unendlich dankbar dafür. Nicht nur der Raum war geschrumpft, zwang er sie zu erkennen, sondern auch die Zeit für Experimente war längst abgelaufen. Der Stalagmit war sichtlich gewachsen. Die Zukunft suchte die Gegenwart zum ersten Mal mit ihren Forderungen heim und ließ sich nicht abweisen.

„Sergei", sagte sie. Adam, dachte sie und senkte den Kopf. Boris, zwickte der Druck in ihrem Kopf. Es kamen die Tränen. Die ersten hielt sie zurück, sie waren am leichtesten zurückzuhalten, aber es folgten Hunderte weitere. Das warme salzige Wasser trocknete auf ihrem heißen, geröteten Gesicht zu Bahnen, bevor es auf den Tisch, auf den Boden tropfen konnte. Die Qualen ihrer Wahl quollen wie Magma an die Oberfläche.

Denn wer wählt, wählt nicht nur zwischen Gegenständen oder Menschen. Ein Mann und eine Frau, die sich in der Umkleidekabine eines Bekleidungsgeschäfts vor den Spiegel stellen, wählen nicht nur zwischen noch nie getragener Kleidung. Zwischen mittelmäßigem Schnitt, der an Schultern, Taille und Hüfte anliegt, und sauber gesäumten Ärmeln, die die Arme lang und elegant aussehen lassen. Zwischen einer Farbe, die mit den Augen kommuniziert, und einer, die offensiv, aber attraktiv mit dem Haar kontrastiert. Zwischen einem Qualitätsstoff, der eine Reihe von Jahren halten wird, aber an den

Knöcheln unschön knittert, und einer billigeren Kunstfaser. Der Garderobenspiegel reflektiert die Materie, doch Mann und Frau sehen viel mehr als das – und stehen da und drehen sich und können sich nicht sattsehen, auch wenn hinter dem Vorhang Unmut laut wird. Sie sehen eine Aura oder einen Geist: die Möglichkeiten ihrer selbst, die sie mit schön gesäumten Ärmeln oder einem durchdringenden Grün sein könnten.

Wer wählt, wählt auch Fiktionen, deren erster Ausdruck bestimmte Gegenstände oder Personen sind.

Und Ana hatte sich mit Adam eine Fiktion herbeigedacht, die sie sich im Kontrast zu der Frau ausmalte, die sie mit Sergei geworden war. Im Kontrast zu der Frau, die sie nicht mehr sein wollte. Trotzdem wusste sie nicht – sie konnte es nicht wissen, denn das weiß niemand –, ob dieses andere, das in der Fiktion aufgekeimt war, ihr überhaupt Glück bringen würde. Wer wählt, ging ihr durch den Kopf, als sie die letzten Tränen in den Ärmel wischte, muss wagen wollen, und sie würde eine andere schon damit werden, wenn sie wagen *würde.* Das wagen würde, was sie nie gewagt hatte und was nur die mutigsten Menschen wagen. Die Vorstellung von sich selbst.

Sie hob den Kopf und holte Atem, um etwas zu sagen, als Boris leise in die Küche gelaufen kam und sich vorsichtig gegen ihren Rücken warf. Er war der Leopard und packte die Antilope, die er durch die Savanne getrieben hatte, und Ana hätte auf ihrem Stuhl zusammensinken, sich auf den Boden hocken, vor Schreck schreien und animalisch keuchen müssen. Sie hätte laut lachen und ihrem Sohn das Haar zerzausen und ihn in die Schulter kneifen müssen: Sie hätte zuerst und vor allem Mutter sein müssen. Sie hätte zuerst Mutter sein und wissen müssen, dass sie über ihr Leben nicht selbst verfügte, weil sie nicht allein in ihm auftrat. Jede Mutter, so hämmerte es hinter ihrer Stirn, muss darauf achten, wie und warum sie das Schicksal ihrer Kinder für sich vereinnahmt, und die Verantwortung für ihr Wohl übernehmen. Oder ihr Unglück. Ihre Wahl war eine falsche und verlogene Wahl, hämmerte es noch stärker, eine unerträglich harte und entfremdende Wahl. Boris miaute und kratzte und zupfte an ihr, und seine kindlichen Stöße gegen ihre Schulterblätter taten weh, und sie hätte Mutter sein und ihn sanft umarmen, ihn küssen und zur Ruhe wiegen müssen. Ihn wählen.

Aber Ana war wie erstarrt. Sie schwieg und schluckte ihren Speichel herunter. Sie wartete, dass der ungeduldige Boris sein Spiel auf Sergei hinüberwälzte. Sie wartete, dass mit dem Speichel tief in sie hineinfloss, was sie nicht aussprach: Ich will Adam.

23. April 1986

Am linken Tischrand lagen aufgeschlagen drei dicht beschriebene Schreibhefte, die er – wie für ein Foto – fächerförmig angeordnet hatte. In der Mitte stand die Schreibmaschine, deren Führung in eine neue Zeile geschoben war, am rechten Rand lagen pedantisch ausgerichtete Papierstapel. Das waren die Grundelemente in Erwartung einer thermischen Reaktion. Eines Ereignisses. Von was auch immer. Aber Adam, auf irgendwelche Abfälle konzentriert, kehrte ihnen den Rücken. Mit der Linken kratzte er an der Rückenlehne des Kunstledersessels, dem man den Missbrauch der letzten Monate bereits anmerkte; er sah aus wie ein Fundstück von der Mülldeponie. Er rauchte die fünfte, sechste, siebte Zigarette und betrachtete die abgerissenen Stofffetzen, die sich auf dem Boden angesammelt hatten. Er schob sie mit dem Fuß unter die Kommode, dann streifte er die Fetzen von den verschwitzten, klebrigen Socken und den Fingernägeln. Die Flocken, die sich in seinem Schoß angesammelt hatten, deutlich braun auf der blauen Unterlage seines T-Shirts, schüttelte er in den Papierkorb und wiederholte das Ritual wieder und wieder. Wenn die Platte zu Ende war, stand er auf und wechselte sie. *Ručni rad,* Wechsel, *Beskonačno,* Wechsel, *Tangenta*, Wechsel, *Sledovanje* und Stille, in der er überlegte, dass es nicht darum ging, dass er an diesem Abend, einem Abend nach einem Tag mit starken Kopfschmerzen, an dem sehen bedeutete, den Schmerz zu füttern – eine bittere Homöostase –, und hören nichts anderes war als zu erfahren, wie das Bewusstsein von der Welt abrutschte, irgendwo nach innen, in die Seele, ins Gemüt, in den Charakter, nicht schreiben *konnte.* Stille, in der ihm klar wurde, dass die Physiologie rein gar nichts damit zu tun hatte. Am Abend zuvor und am Abend vor diesem und in der vergangenen Woche und in dem Monat, der dahingegangen war, hatte er keinen Schmerz gefühlt, aber jedes Mal hatten wieder die Abfälle dominiert. Die vollgemüllten Abende hatten sich gehäuft und gehäuft, obwohl er völlig gesund war. Obwohl er Zeit hatte, die er noch vor Jahren, eingespannt in Verbindlichkeiten und Pflichten, nicht hatte aufbringen können. Nein, durchbohrte es ihn, als er über das Plattenregal gebeugt stand und nach dem neuesten Album seiner Lieblingsgruppe suchte, es ging wirklich nicht mehr um die Frage von *Können* oder *Vermögen,* sondern um Tieferes. Es ging um das *Wünschen,* er hörte auf zu suchen und legte sich die Hand auf den Bauch, als ob er damit die Angst fassen könnte. Es ging darum, er ballte die Hand zur Faust, was nichts half, die Angst war voll und rund und ganz bei ihm, dass die Sphäre der Regeln die Sphäre der Ausnahme, was kreatives Schaffen nun einmal ist, leicht für immer zerstören konnte, wenn niemand da war, der sich kreatives Schaffen wirklich *wünschte.* Die Sphäre der Ausnahme wird in erster Linie durch das Wünschen freigesetzt und erst dann durch alles, was höher ist, also näher an der Oberfläche, aber zugleich geringer ist als das Wünschen, durch Sehnen, Wollen und durch Können und Vermögen. Und er, er ließ die Faust am Körper sinken und sah zuerst zum Sessel, auf seine Abfälle, und dann in die Dunkelheit des Waldes, weit jenseits des Fensters, er *wünschte* sich wirklich, nicht mehr zu schreiben.

Nicht das *Meisterwerk.* Er hatte ihm nichts hinzuzufügen. Er wollte nichts korrigieren. Nichts rief ihn zum Verbessern oder Vervollständigen. Das *Meisterwerk* galt in diesem Moment nichts mehr. Er hatte es lange geliebt und daran geglaubt, aber plötzlich war es ihm als Fehler erschienen. Plötzlich hatte er aufgehört, es zu lieben und an es zu glauben.

Er lehnte sich an den Fensterrahmen und versenkte sich noch tiefer in die Unschärfe der Bilder. Seine Finger glitten quietschend über das Glas, als würde er sich in einem Zug von einem geliebten Menschen verabschieden. Seine Finger ließen eine geschwungene Schweißspur zurück, über die er gedankenverloren noch einmal hinfuhr. Draußen rauschten die Wipfel der Bäume, die Fichten, Eichen, Buchen, mitsamt ihren Schatten wild auf, und ihm war, als wollte die Dunkelheit die Scheibe durchdringen, ihre Schwere durch sie hindurchpressen. Direkt in sein Arbeitszimmer kriechen und ihn ersticken.

Sein Wunsch zu schreiben, überlegte er, als sich auf dem Glas infolge seines warmen, stoßweisen Atems der Dampf niederzuschlagen begann – Dampf, der gegen die scharfe schwarze Luft auf der anderen Seite ankämpfte –, sein Wunsch, Kunst zu machen, war eine Erfindung der Einsamkeit. Der Vereinsamung vielleicht. Entstanden als Versuch, die Einsamkeit zu füllen und sie zugleich unberührt zu lassen, dachte er den Gedanken sauber zu Ende und zeichnete ein paar Kurven auf die beschlagene Scheibe. Er schreibt nicht, weil er seine Gedanken mit der Welt teilen möchte, es aus verschiedenen Gründen aber *nicht kann.* Es geht zum Beispiel nicht darum, dass er sich nicht genug verstanden fühlt und dass er in dieser Situation Tausende Nächte gelitten hat. Es geht auch nicht darum, dass er in seine Kunst, als würde er Eier legen, einfach das hineinlegt, was *seine* Welt nicht verstanden hat, nicht verstehen wollte oder nicht verstehen konnte, und er seine

Gedanken so auch einer Welt zur Verfügung stellt, die nicht nur seine ist. Wenn er schreibt, sucht er keinen Kontakt, der ihn zum Menschen macht. So einer ist er nicht. Nein, der Einsatz ist höher, furchtbar hoch, sagte er sich und atmete in seine Kritzelei, sodass sie der Dampf überflutete. Er schreibt, sinnierte er weiter, weil er seine Gedanken mit der Welt genau genommen *nicht teilen will:* Die Gedanken teilen oder austauschen oder veredeln ist das Letzte, worum es ihm geht. Er möchte der Welt seine Gedanken nur tief, brennend einprägen, sie in sie hineinbohren, seine Ideen wie mit einer riesigen Luftpumpe der Welt einpressen, genau zu den Bedingungen, die er selbst gesetzt hat. Und dieses Einprägen ist viel weniger als ein Kontakt. Dieses Hineinbohren ist nur der Anschein von Kommunikation, denn für ein wirkliches Gespräch müsste er in der Welt bleiben, auf sie ein wenig, ganz wenig eingehen, aber er tut das Gegenteil, sobald er seine Gedanken in die Welt geworfen hat, kehrt er zurück in seine Einsamkeit, in seine verzweifelte, unüberwindbare und unverrückbare Singularität. Er schreibt also nur, wurde ihm klar, als er eine neue Dampfzeichnung begann, wenn er allein ist. Wenn er nicht mitten im Leben ist – wenn er nicht wirklich an ihm teilnimmt –, insofern leben bedeutet, unter zufälligen Bedingungen zur Welt zu wollen und an die Welt heranzukommen. Er schreibt nur, wenn er ausnahmsweise einmal *daneben* schwebt.

Er sollte parallel zum Leben laufen, seine Finger glitten über das Glas und korrigierten hastig die verblassenden Striche der kleinen Zeichnung, deuteten Haar, Augen, Nase und dieses schiefe, aber intensive Lachen an. Als würde er von einem Dampfschiff, das einen träge, fast müde sich dahinwälzenden Fluss hinunterfährt, Tag für Tag ans Ufer blicken. Es beobachten, beschreiben, bedenken, bewerten, festes Land melden, das er während der Reise für kurze Zeit vielleicht auch mal betreten, in dem er sich aber bestimmt nicht länger aufhalten wird. Um nicht im Morast des Ufers zu versinken, fügte er hinzu und zeichnete noch ein Kinn, einen sanft gespitzten Bogen unter der Lippe mit einer kleinen Kerbe, und trat einen Schritt zurück. Aber er, spann er seinen Gedanken weiter, nachdem er einige Minuten lang dem Schrumpfen von Anas über die höchsten Baumkronen gestürztem Porträt zugesehen hatte, er hatte das Land nicht nur *betreten* – auf der Suche nach Erotik, nach Erregung –, sondern war tief ins Landesinnere *vorgedrungen* – auf der Suche nach Liebe, nach Zugehörigkeit – und hatte schon längst sowohl den Horizont als auch die Einsamkeit verloren. Mehr noch, gestand er sich ein, als in Anas Porträt auch schon das Haar, die Umrisse des Gesichts, Wimpern und Zähne verdunstet waren und er es mit langsamer, aber entschlossener Bewegung wegwischte, das *Meisterwerk* gar nicht beenden zu wollen, denn er hatte die Einsamkeit aufgegeben und sich dem Leben überlassen. Das, was war, seine Liebe zu Ana, hatte das weggespült, was hätte sein können, seine Kunst, und so, ins Leben hineingesaugt, konnte er weder Schriftsteller sein noch sich wünschen, einer zu sein.

Auf der verschmierten Fensterscheibe verzweigte sich der Dampf erneut und Adam starrte melancholisch auf die fließende Bewegung. Er war schließlich ein Mensch, der in Naturerscheinungen durchweg das Poetische fand, aber das wurzelte immer in ein und demselben: im Vergehen. Er hätte aufschreien können, denn als Naturerscheinung sah er auch das *Meisterwerk*. Auch das *Meisterwerk* war im Vergehen begriffen.

Er legte den Kopf zurück und setzte sich wieder an den Tisch. Er nahm den Haufen Papiere in den Schoß, der von

Anas Anmerkungen und Lob flammte und – was genau sollte er damit machen? Was genau wollte er? Sollte er ihn zu den anderen Abfällen werfen, unter den Schrank, in den Müll? Sollte er ihn in eine Mappe stecken und in eine Schublade legen, wo er jedes Mal, wenn er darin herumstöberte, auf sich aufmerksam machen würde? Und wie würde dieser vollgekritzelte Haufen Papier überhaupt auf sich aufmerksam machen? Wie ein kleiner Schnitt zwischen den Fingern, der brennt und eine Woche lang stört? Wie eine Prellung, die so pocht, dass man für kurze Zeit nicht auftreten, sich nicht aufstützen kann? Wie ein Bruch? Wie eine Narbe?

Er wiegte den Papierstapel, wie ein Käufer in einer Metzgerei ein Schnitzel wiegen würde, um sicherzugehen, dass er nicht betrogen wurde. Er schnüffelte an ein paar zufälligen Seiten und legte den Stapel in das Regal hinter dem Sessel, neben die ersterbende Blume, aber in Augenhöhe. Die neue Position des *Meisterwerks* wertete er als noch immer bedeutend, besonders, sogar allegorisch, aber mit Sicherheit war sie nicht die wahre: Wird er zu ihm, wenn die Wirkungen des Lebens nachlassen und das vergeht, was vergehen muss, noch zurückkehren wollen? Wird er diesen unglücklichen Haufen mit dem klingenden Titel erneut liebgewinnen und an ihn glauben? Was könnte einen Autor, der sein Werk vergehen sieht, überhaupt dazu bringen, wieder daran zu glauben? Mit den Fingern wischte er den Staub von den Rändern des *Meisterwerks,* dann fuhr er mit dem Hemdärmel über sein Titelblatt. Er liebkoste das Papier, aber es war für ihn schwer vorstellbar, dass er später jemals wieder zu ihm zurückkehren würde. Um genau diese Geschichte zu beenden und genau diese romanhafte Prämisse zu entwickeln, die er mit seiner Erfahrung in schneidende Kristalle zerschlagen hatte – die unmöglich zu handhaben sind. Noch schwerer konnte er sich vorstellen, den

Widerspruch, in den er gestürzt war, jemals wieder ertragen zu können – ein Werk autorisieren zu können, das im völligen Widerspruch zu seiner Erfahrung geschrieben war, also eine Idee zu hegen und zu pflegen, die von der Wirklichkeit, und zwar von *seiner* Wirklichkeit, in einem Sprung gefangen und gefressen worden war wie die kleinste und langsamste Beute. Wie soll er sich in überzeugter, *religiöser* Weise an eine Figur binden, die nichts anderes ist als die Summe *seiner* eigenen Potenziale und die beschlossen hat, ihn durch die Kunst von seinem Leiden zu erlösen, wenn er selbst, Adam, sich doch auf ganz andere Weise zu befreien versucht hat, durch die Liebe, durch das Leben? Wenn es der Kunst, trotz der auf sie gesetzten Hoffnungen, mehr noch, trotz der Tatsache, dass sie seinen persönlichen Visionen und seinem literarischen Stoff zugrunde gelegen hat, nicht gelungen ist, ihm die innere Ruhe zu verschaffen?

Er schüttelte den Staub von seinem Ärmel auf den Boden und drehte sich auf seinem Sessel ruckartig um zum Schreibtisch. Natürlich, auch die Schreibhefte gehörten weggeräumt und die Schreibmaschine irgendwo verstaut, wo sie, eisern finster, ihn nicht beim Gewissen packen würde. Zögernd stand er auf, packte ergrimmt Schreibmaschine und Schreibhefte, als würden sie mit ihrer stummen Anwesenheit immer noch größeren Schaden anrichten. Die Schreibhefte warf er auf der gegenüberliegenden Seite des Arbeitszimmers auf den Boden, zu den Zeitschriften, die sich neben dem Sessel angesammelt hatten, die Maschine stellte er in den dunkelsten Schrank und bedeckte sie mit einem weißen – totenweißen? – Tuch. Als er sich wie vom Strick losgerissen in den Sessel zurückwarf, raste sein Herz bis in den Hals und darüber hinaus, hinter den Augen und in der Stirn. Auch der Raum selbst vibrierte unerträglich.

Er hatte sich geirrt, furchtbar geirrt, und der Irrtum hatte ihn, er blinzelte und presste die Armlehnen, als hätte er Angst, vom Sessel zu rutschen, am wenigsten Stolz und am meisten Mut gekostet. Die Hingabe des Literaten hatte er sich bisher nämlich gern als Hingabe an das Konditionale vorgestellt, und die Literatur als die höchste und zugleich tiefste Spekulation über das Mögliche und Erwünschte, die keines Segens des Lebens bedarf, die im Leben auch keiner Nachprüfung bedarf. Keiner Bestätigung. Das braucht sie weder im Moment des Entstehens noch für den endgültigen Inhalt oder die Form: Literatur, so glaubte er gern und laut, kann ganz *allein* gehen – sie vermag ganz allein zu gehen! –, weiter und höher als die Konzepte individueller Leben und auch sozialer und politischer Gegebenheiten, sie lockert und erweitert sie und sie versteht es, solche gelockerten und erweiterten besser zu reflektieren und schließlich zu verstehen. Denn Literatur, so war er lange Zeit fest überzeugt gewesen, entsteht nicht als Destillat gelebter, erfahrener Wirklichkeit, sondern als Destillat aus Antizipationen, Visionen und Prophezeiungen ebendieser Wirklichkeit, sei sie eine persönliche oder kollektive, und ihre Wahrheit, so wiederholte er gern jedem, der es ihm erlaubte, entspricht deshalb nicht getreu der Lebenswahrheit und kommuniziert nicht direkt mit ihr, das hat sie einfach nicht nötig, denn für die Literatur bedeutet die Energie des Gelebten oder Erfahrenen weniger als die Energie des Erdachten oder Erträumten.

Er war also überzeugt gewesen, er war schrecklich überzeugt gewesen, dass alles Mögliche passieren könne, dass *ihm* alles Mögliche passieren könne, die Fiktion aber, ihre magische These, ihre glorreiche Wahrheit, würde jedes Mal die Führungsrolle übernehmen. Jedes Mal Sieger bleiben. *Überleben!*

Er fingerte die Blechdose mit den Zigaretten aus der rückwärtigen Hosentasche und öffnete für einen Moment die Augen. Der Tabak brannte an, und der Rauch verteilte sich in seinem Körper, langsam und durchdringend wie Magma, und verschloss ihm wieder die Augen. Seine Lunge, seine Leber, seine Nieren und sein Herz, das nicht mehr rumpelte, erwärmten sich. Entsetzlich hoch hatte er die Literatur angesetzt, dachte er, und verstreute die Asche wahllos auf die verstreuten Hefte und Zeitschriften, verflixt hoch, kaum etwas anderes konnte sie noch erreichen, trotzdem, trotz des Hinaufhebens, hatte sie sich stark mit seinem Leben verflochten, so stark, genau genommen, dass er ohne seine stützende Einbeziehung nicht weitermachen konnte. Gegenüber seinem Roman fühlte er eine starke Lebensverantwortung – die Wahrheit seiner Literatur wollte um jeden Preis mit der Wahrheit seiner Erfahrung übereinstimmen – und fand sich in einem Paradoxon wieder, das anspruchsvoller war als das, das er für die Literatur allzu lange postuliert hatte: Wenn er als Schriftsteller weder im Leben sein konnte noch durfte, er hielt den Rauch in der Lunge zurück, dass ihm schwindlig wurde, dann müsste er ins Leben doch zumindest mit seiner Literatur eintreten.

Er spuckte den Rauch in den Raum und hustete scharf, sodass die Asche über seine Kleidung wehte. Er sah sich verwundert um, ließ die grauweißen Flocken aber trotzdem kleben und Flecken bilden. Die Zigarette brannte zwischen seinen Fingern, die über den Sesselrand hingen, zu Ende und erlosch, und er warf sie auf den Boden. Das war eine niedrige, traurige Position, das wusste er, und Ordnung war ein armseliges Mittel gegen die Traurigkeit. Er suchte auch kein Mittel gegen sie, er ließ sich einfach in ihr versinken. In dem abgenutzten Kissen in seinem Nacken. In der Decke unter seinen

Oberschenkeln. In der schwarzen Ritze des Sessels. Tief, tief drinnen, wo er doch allein sein musste.

Er wedelte ungeduldig mit der Hand vor dem Gesicht. Sein Kopf schwankte nach links und rechts. Und nach links und rechts. Es war, als hätte sich ein dünner, klebriger Schleier über ihn gelegt und kitzelte ihn am ganzen Körper: Er schwitzte. Er röchelte, als ob ihm unter der klebrigen Wolke die Luft fehlte. Er versuchte, Texturen zu fühlen, welche auch immer – Holz, Leder, Metall, Stein, Marmor –, und Formen – Kugeln, Quader, Würfel. Der Tastsinn war ausgelöscht, er erkannte nur noch – Watte? Baumwolle? Es war weich und zart, das mit Sicherheit. Und weiß, er sah weiß, ein bodenlanges Kleid mit weiten, glockenförmigen Ärmeln, was für ein Klischee, Ana, sie lachten, aber sie war schön darin und kam auf ihn zu und er – saß? Stand? Lag? Nicht wichtig, denn Ana lief, und er sah die kleinen Zehen, die sich über dem Sand krümmten, der zu Schlamm geworden war, der zu Sumpf geworden war, und plötzlich hatte das Wasser sie abgeschnitten, sodass sie wie eine Büste an der Oberfläche blieb, eine Büste, die ihm entgegenschwamm, schaukelnd mit den Wellen des trüben Wassers, das sich in den See ergoss, in den Bohinjer See, den hellgrünen, herb grünen See. Der Wind kam vom Pršivec herab wie durch einen Trichter und zerzauste sein Haar, und sein Kopf schwang wieder links, rechts, rechts, links, und er bändigte sein Haar, konnte aber die Wellen nicht bändigen, die in Ana hineinplätscherten, die in ihrem Rücken heftig schmerzten, die auf ihren Schenkeln brannten, auf Armen und Becken, und sie schrie auf, zornig, durchdringend, und es wehte immer stärker, und er hätte näher bei ihr sein müssen, und er stieg ins Wasser, ins schrecklich kalte Wasser, knapp über dem Gefrierpunkt, es floss gerade noch, und seine erfrorenen Füße umfloss Blut, zuerst hellrot, dunkelrot, dann schwarz, und es roch nach Ana, nach Bergamotte, Zitrone, Orange, weiten Zitrusfeldern, und seine Hand griff hinein in diese dichte, berauschende Flüssigkeit, und seinen Arm hinunter rannen Tränen wie Honig, und als sie Anas offene, gepeitschte Brüste berührten, gab es ein Quietschen und das Zirpen wuchs schnell an zu einem Knistern und ging über in ein Knallen, und er fasste sich an den Kopf, damit er aufhörte, hin und her zu schaukeln, nach links und rechts, und er kratzte an seinen geronnenen Tränen, die bis unter die Achsel liefen und hinauf in den Nacken und sich auf den Bauch ergossen, und die Welle warf auch ihn um, sodass er in einer Wasserblase wirbelte, sodass sich die Farben, Rot, Weiß, Grün und Schwarz, mischten, und auf einmal sah er nur noch Blau, Dunkelblau vielleicht, aber das Knallen hörte nicht auf, im Gegenteil, es nahm eine Melodie an, nein, nein, nur eine Kadenz –.

„Adam, bist du da?" Vera klopfte eine Salve an die Tür. Als würde sie im Arbeitszimmer Zuflucht vor dem Sturm suchen. Als würde sie den Sturm ins Arbeitszimmer bringen. Und der Wind – aus seinem Traum? Den Vera gemacht hat? – übersiedelte sofort in seinen Magen. Mit den Armen fasste er, damit das Wehen aufhörte, um seine Mitte.

„Komm, mach auf." Sie lärmte erneut, sie lärmt vor der verschlossenen Tür, dachte er plötzlich nüchtern und krümmte sich noch mehr zusammen. Er hatte sie abgeschlossen. Er *schloss* sie Abend für Abend *ab*, vor ihr, vor den Kindern, vor seiner Familie: Das war eine Spur, die ihm unter all den Spuren, die er fleißig und sorgfältig gelöscht hatte, entschlüpft war, wie eine wachsame, gefährliche Moräne der schärfsten Harpune entschlüpft.

„Adam!", schrie sie schließlich, obwohl auch Asja und Bor im Haus waren, denen, das musste sie wissen, ihr Schreien mit

Sicherheit Angst machte. Mehr als das, wurde ihm bewusst, sicher hatten sie es richtig verstanden. Er musste es eindämmen.

„Sofort", murmelte er. Er schälte sich aus dem Sessel – es war kaum noch sein Körper – und ging mit Mühe durch das Zimmer, um den Schwindel zu beruhigen, die Augenlider zu lösen. Seine Hand glitt über den Lichtschalter, und das Licht ging an, sodass er sich in dem kleinen antiken Spiegel sah, der neben der Tür hing. Verfremdung und Dissoziierung, so steht es also damit, überkam es ihn, als er das Porträt betrachtete, dem die Kopfspitze fehlte und dessen Augen konkav verzerrt waren. Was bist du denn noch, wenn du schon kein Schriftsteller bist, fragte das Spiegelbild. Ein Schreiberling? Ehemann? Vater? Gehörst du Vera, gehörst du Ana? Liebhaber? Betrüger? Ehebrecher? Mediokrer Professor? Politiker? Politikaster? Er presste den Finger auf die Mitte des Spiegels, als wollte er ihn in einen Teig bohren.

Aber der Spiegel antwortete nicht, und er schwieg auch nicht. Er sah und gab das Bild eines aus dem Gleichgewicht geworfenen Mannes zurück. Das Bild eines Mannes, der sich nervös reckt. Dem es immer schwerer fällt, seine familiäre Realität zu leben, die aber seine dominierende und einzige öffentlich gelebte Realität ist. Das Bild eines Mannes, dem es immer schwerer fällt, zwischen Vera und Ana umzuschalten; Vera, die für ihn Anlass und Ausdruck seiner Lebenskompromisse war, dieser ungeheuer starren Festlegungen, und Ana, mit der er wie mit einem Abbild seiner Ambivalenz lebte – einer Vielfarbigkeit, die der Wahrheit näher kam als jede andere Definition. Er trat einen Schritt zurück, soll sich das Bild klären, dachte er, und tatsächlich, das Gesicht war plötzlich wieder seines, das Kinn wieder kantig, die Lippen gerade und schmal, die Wangenknochen untypisch hoch, fast weiblich, die Augen grün und tränenfeucht, die Augenbrauen buschig dicht, aber die aschfahle Angst legte sich noch deutlicher über alles. Dass er sich in der Zeit verlieren würde – dass er seinen Verstand verlieren würde –, wenn er weiterhin versuchte, eine emotionale Situation in den Griff zu kriegen, die sich einfach nicht in den Griff kriegen lässt. Wenn er weiterhin alles daransetzte, die Kluft zwischen Eindeutigkeit und Ambivalenz zu überbrücken, sich bemühte, das Unvorhersehbare vorhersehbar zu machen und die Vorhersehbarkeit auszuweiten. Dass es ihm nie um die Bewältigung seines Doppellebens gegangen war, wurde ihm bewusst, als er noch einen Schritt zurücktrat. Es ging um die Bewältigung einander ausschließender Leben.

Vor dumpfer Fassungslosigkeit hätte er schreien können, doch er unterdrückte den Schrei mit zwei tiefen Atemzügen, ein und aus. „Jetzt, jetzt komme ich", sagte er zur Tür gerichtet und schloss auf.

„So etwas, Adam", Vera trat ein, „du hast so fest geschlafen, dass es fast zehn Minuten gedauert hat, bis du mich überhaupt gehört hast." Ohne ihn mit dem Blick auch nur zu streifen, trat sie direkt an den massiven Eichentisch. Vorsichtig schob sie den Sessel zurück, als würde sie mit Glas hantieren, und setzte sich mit der Berechtigung eines Generals vor der Schlacht. Schließlich, dachte sie, hatte sie den Sessel in Auftrag gegeben. Die Regale, der Spiegel, die Kredenz, der Teppich, der verdammte Plattenspieler und die Blumen – für all das hatte sie gesorgt. Sogar der Tisch, sie überkam Bitterkeit, war nach ihrem Entwurf entstanden, nach einer Zeichnung, in die sie die romantische Vorstellung eines Ehemannes, *ihres* Mannes, eingewoben hatte, der das letzte, wichtigste Satzzeichen seines bedeutenden Romans in die Tastatur der Schreibmaschine klopft. Die Vorstellung von einem Ehemann, der – ähnlich wie der Held seines Werks – den inneren Frieden erlangt, nicht dauerhaft, aber haltbar genug, um endlich auch ihn selbst zu tragen. Und ihn, vielleicht nur für Wochen, vielleicht aber für Monate oder Jahre, schließlich für andere zu öffnen. Ihn zu einem Menschen zu machen, den Vera unter allen Schichten Adams nicht nur ahnt, sondern sieht. Zu einem Menschen, auf den Vera, die betrogene und verführte Ehefrau, in Adam wartet und in ihm liebt.

Eine betrogene Ehefrau, die aber keine Rachelust verspürt. Keinen heiligen Zorn und keine Verzweiflung. Auch keine Trauer. Sie wusste, dass sie bei Menschen, bei geliebten oder nicht, nicht mit Gerechtigkeit und Entgegenkommen rechnen konnte. Sie war nur erschöpft, denn das Einzige, womit sie *wirklich* rechnete und was sie *wirklich* erwartete, war Dankbarkeit. Nicht wegen ihrer Güte und Achtsamkeit, ganz und gar nicht, sie war sich bewusst, wie leicht beides übersehen werden konnte. Schon ein Windhauch konnte ihre Wirkungen hinwegfegen. Sie hoffte auf Dankbarkeit – ja, sie hoffte, das musste sie sich eingestehen –, denn obwohl sie in ihrem Leben mit ihm und in ihm keine wirkliche Größe erlebt hatte, war sie bereit, an sie, an die Größe, zu glauben. Sie für ihn aus ihm auszugraben wie eine verschüttete antike Stadt. Aus Liebe und wegen der Liebe.

Aber vielleicht war sich Adam ihrer Unerschütterlichkeit nicht wirklich bewusst und konnte deshalb nicht dankbar werden? War es vielleicht, noch schlimmer, ihr unüberwindliches Vertrauen, dass in ihm *trotz allem* seltene Gaben ruhen, was ihm zusetzte und in ihm brannte? Vielleicht war auch er – unglücklich, beleidigt – sich bewusst, dass gewaltsamer Glaube und Vertrauen in den anderen oft nur der Ausdruck des Versuchs sind, die Ahnung zu übertönen, dass diese anziehende Substanz im anderen nicht vorhanden ist? Dass dort nichts ist, was sich nicht auch in vielen, allzu vielen anderen behaupten würde: Formlosigkeit, ein allgemeines Grau also.

„Weißt du", sie räusperte sich und beugte den Kopf über die auf dem eichenen Rand tanzenden Finger, „ich wäre dir fast aufgesessen, es ist dir gut gelungen. Alles war gleich, es fühlte sich jedenfalls so an, wenn ich mich genug anstrengte." Sie zog ein frisches Taschentuch aus der Tasche und wischte den Staub vom Tisch, sie verwischte das Rechteck der Sauberkeit, das die Schreibmaschine hinterlassen hatte. „Ich glaube, dass die Wechsel schwierig waren, und ich versichere dir, dass du sie jedes Mal mit vollem Einsatz vollzogen und dich ihnen gewidmet hast, wie sich ein Schauspieler seiner Rolle bei der Premiere eines Stückes widmet. Ich glaube, dass du davon überzeugt warst, dass der Mensch das wird, was er spielt, und dass du, wenn du mit Gesten, Handlungen und Worten einen mustergültigen Ehemann und Vater gespielt hast, das zumindest für andere auch jedes Mal wieder werden müsstest. Aber natürlich hast du dabei, Adam, nicht den Fluch des Details berücksichtigt, dessen also, was die Figur zum Menschen erhöht, des Details, das niemand bei sich selbst zu erfassen versteht und das ironischerweise nur von anderen erkannt *und vermisst* werden kann." Sie streifte die Schuhe ab, zog die Beine an die Brust, umfasste sie und legte das Kinn auf die Knie, sodass sie wie ein kleines Mädchen aussah, das eine Schauergeschichte erzählt. „Einmal, ich denke, es war im Januar, habe ich mich an die Tür gelehnt, um dich tippen zu hören, und ich hörte Musik." Die Worte blieben ihr zwischen den Zähnen stecken und klangen, als würde sie an ihnen nagen und beißen. „Er entspannt sich, dachte ich mir. Dann lehnte ich mich ein zweites und ein drittes Mal an die Tür und tat es von nun an jeden Abend, und jedes Mal – Musik. Gedämpft, aber doch deutlich. Ein Detail, siehst du, Adam, ich *weiß* nämlich, dass du nicht schreiben kannst, wenn Musik läuft, ich weiß, dass dich jeder Reiz stört, sei er nun künstlerisch oder nicht. Alles wird für dich zu Lärm. Selbst harmlose Bilder und Szenen werden zu Lärm."

„Aber –"

„Aber", kam sie ihm zuvor, „natürlich hätte ich zu dem Schluss kommen können, dass du redigierst, und dass Redigieren eben ein anderer Prozess ist als Schreiben." Sie löste die Hände und verharrte mit der Rechten, als er mit dem Mund schon ein neues „aber" bilden wollte, in der Luft. „Aber du hast weder redigiert noch geschrieben, Adam." Sie warf den Kopf zurück, um die Tränen aufzuhalten; sie wollte ihm keine einzige schenken. „Hinter der verschlossenen Tür spielten nur Liebeslieder, Adam. Und so habe ich es gewusst, Adam." Zum ersten Mal an diesem Abend sah sie ihm in die Augen. Dunkle, geschwollene Augen.

Er erschrak und fuhr zusammen. Er sah auf das ausgebreitete Schafsfell, auf das schmutzige lockige Weiß – schmutzig wie Anas Traumkleid, überkam es ihn –, und genau in der Mitte des Arbeitszimmers rieb er seine Hände, dass sie brannten und rot wurden. Er ist das Opfer eines sektiererischen Rituals, dachte er, und er fand für einen Moment Trost in der abseitigen Geistreichelei. Es ist nicht so schlimm, sagte er sich, es ist keine Katastrophe. Geschweige denn eine Tragödie. Dieses Ereignis ist nicht exklusiv genug, um tragisch zu sein, es kommt überall vor, die ganze Zeit, sinnierte er und trat aus der Mitte des Zimmers auf Vera zu, aber nicht ganz bis zu ihr. Im Winkel zwischen Tisch und Plattenspieler hielt er inne wie ein Alzheimer-Patient, dessen Propriozeption plötzlich versagt hat. Eine neue Geistreichelei, ein neuer Trost. Er sah auf seine aschebefleckte Kleidung und den von Zigaretten verbrannten Ärmel – eine wirklich demente Mode – und betrachtete seine Hände, die, abendlich weich geworden, ekelhaft schweißig glänzten. Wenn es nicht so schlimm ist, wanden sich seine

Gedanken, weshalb weiß er dann noch immer nicht, was er tun oder sagen soll? Und wenn sich keine Katastrophe abgespielt hat, geschweige denn eine Tragödie, weshalb dann diese Lähmung?

Er lehnte sich gegen die Wand. Die kalkige Kühle machte ihm Mut, die Kühle Veras war schneidend. Sie starrte ihn noch immer an, bleich, wie Menschen, die an der Bushaltestelle auf das Regenwasser starren, das von der Straße in die Kanalisation läuft. Sie starrte ihn an und spürte, dass der Zeitpunkt gekommen war, wo sie dieses Letzte für sich erkämpfen konnte, was für sie zwischen ihnen zu erkämpfen möglich war. Dieses Letzte, was sie als Erstes für sich hätte einfordern müssen: Respekt. Denn auch die Dankbarkeit, nach der sie lechzte, würde Adam nicht vom Verrat abhalten. Respekt möglicherweise aber doch. Vielleicht.

„Ich weiß auch, wer diese andere Frau ist." Sie holte Atem und fuhr mit den Fingern leicht und gemessen über ihre Schenkel, Glätten, Glattstreichen wurde zum Imperativ. Als ihre Finger bis zu den Knien geglitten waren, wallte ihr Magen auf und es brannte in ihrer Kehle.

„Ich kenne sie nicht, diese Ana, aber uns kenne ich zu gut", sagte sie und zeigte auf den schmalen Büßerstuhl, der hinter den Tisch gezwängt war. Er solle sich setzen, teilte sie ihm mit ausgestreckter Hand mit. Sie sei bereit, alles zu geben, ließ sie ihn wissen.

„Lieben heißt sich entscheiden, Adam", begann sie. „Einen *Mann* zu lieben ist die schwerwiegendste Entscheidung, Adam, die eine Frau in ihrem Leben fällt. Es ist, als würde sie versuchen, einen Rasen mit einer Pipette gleichmäßig und präzise zu bewässern. Du weißt, dass du nie zu einem Ende kommst, nicht einmal bis zur Hälfte. Du weißt genau, dass die Tropfen unzählige Halme und Stängel immer wieder verfehlen werden und du gezwungen bist, an Ort und Stelle hocken zu bleiben und zuzusehen, wie die Erde durstig aufsaugt, was du mit unermesslicher Mühe tropfst. Einen Mann zu lieben, das will ich dir mit dieser Metapher sagen, Adam, ist die Entscheidung, zu wenig zu lieben", sie hielt inne. „Immer zu wenig. Diese Entscheidung", fügte sie rasch hinzu, „besingen wir, *besingt ihr.* Wir nennen sie, *ihr nennt* sie Stabilität. Und ihr irrt euch nicht, Adam, denn was ist Stabilität anderes als die Bereitschaft, allmählich nicht länger mehr zu fordern. Zu viel, mehr, weniger, nichts. Stabilität als Zufall", sie wedelte mit der Hand ungeduldig vor ihrem Gesicht in der Farbe der Kapitulation herum, wenn im Zimmer die Luft drückend wird und das Zimmer keine Fenster hat und die Nachbarzimmer auch nicht, um einen Durchzug zu erzeugen. „Das weiß ich, Adam, und das weiß auch Ana", sie legte die Hand aufs Knie, „das wissen wir alle, oder fühlen es zumindest alle, nur wir haben zu schweigen gelernt. Aber es gibt Unterschiede zwischen uns Frauen, Adam, freudige und bittere. Graduelle Unterschiede, je nach dem Grad der Veränderungen von Zeit und Umständen. An der Spitze stehen Frauen, die es erst geben wird oder die es überhaupt nicht geben wird", sie lachte. „Frauen, die beschließen, keine Männer zu lieben, weil ihnen der Überschuss schon von Anfang an zu dominant erscheint, um in ihm überhaupt ein erfrischendes Moment erkennen zu können. Es bedeutet ihnen nichts. Es wird ihnen nichts bedeuten. Ihnen folgen Frauen, die es alle schon gibt. Zuerst Frauen, Adam, die von einer Woge ungefilterter und kurzsichtiger Gefühle automatisch zu ihrem Entschluss getragen werden. Verliebtheit. Doch die Woge verebbt und mit ihr auch die Entschlusskraft. Von den im unerbittlichen Wind hoch gehenden Wogen aus ist es unmöglich, den immer gleichen, flachen Horizont zu erkennen. Reglosigkeit. Dann sind da die

Frauen, Adam – ich habe sie gesehen, ich habe sie alle gesehen", rief sie aus, „die sich auf der Woge nicht nur verlieben, sondern sich wild – und tief! – binden. Bindung mischt sich mit Liebe, ahmt sie fleißig und beharrlich nach und gibt sich schließlich ihren Namen. Die Frauen aber vergehen nur noch. Schönheit, Jugend und innerer Gehalt verlassen sie", sie senkte den Blick, „sie treten nur noch durch ein Wunder hervor, wenn es ein Wunder ist, den einsamen Tod zu akzeptieren. Es ist schwer, gebundene Frauen zu verstehen, Adam, genauso wie es schwer ist, diejenigen zu verstehen, die den Entschluss fassen zu lieben – auf die unterschiedlichste, banale und kaum glaubliche Art und Weise! – und sich darin als Ganze einrichten. Es ist also schwer, mich zu verstehen, Adam, die ich nie nachgegeben habe, obwohl es mir, so wie allen anderen auch, schwerfällt, dich zu lieben. Meinen Willen, den Entschluss zu akzeptieren, immer wieder zu ihm zurückzukehren, schäme ich mich zu erklären, aber jetzt sind wir hier, Adam, bis hierher hast du uns gebracht", sie durchbohrte ihn mit dem Blick und strich eine Strähne zurück, die ihr in die Stirn gefallen war. „Bei mir, weißt du, deckt sich der Grundkonflikt, also die Anforderung der Liebe zu einem Mann, völlig mit seiner Lösung, denn genau du bist mein Lebensprojekt. Mich leitet nichts anderes als mein Größenwahn, die Vorstellung, dass du, wenn ich meinen ganzen Elan auf dich ausstrahle, wenn ich ständig auf dich achte, ja, wenn meine Liebe auf dich *achtet,* für mich groß und weit werden wirst und ich in deiner Weite endlich meine Erfüllung finde. Es ist ähnlich, weißt du, Adam, wie bei anderen Frauen, die ihre Talente pflegen oder ihre Karriere verfolgen. Auch sie investieren in zunächst rudimentäre Formen, in ihre Stimme, ihre Schrift, ihre physische Bereitschaft oder ihre Führungsqualitäten, um eines Tages virtuos zu werden. Bei mir ist es allerdings ein bisschen anders, denn ich investiere nicht direkt in mich, sondern in Erweiterung dessen gerade in dich, die ich dich verkümmert bekommen habe und wollte, dass du wächst. Dein literarisches Talent, deine akademischen Ambitionen, deine politischen Ambitionen, alles, alles, alles, Adam. Ein wenig *bist* du gewachsen", beeilte sie sich hinzuzufügen, „aber nicht genug, und obwohl ich weiß, obwohl ich in den letzten Jahren *erkannt* habe, dass du nie dort sein wirst – oben, höher, ganz oben –, bin ich hier, Adam, und ich gehe nirgendwohin."

Auf ihren Wangen und um ihre Augen war kein Dunkel mehr, nur noch rosa Spuren ihrer Erregtheit. Sie ließ ihren Oberkörper gelöst in den Sessel zurücksinken und beobachtete, wie sich seine Brust spannte. Sie hatte sich mehrmals gefragt, ob seine Wut sie daran hindern würde fortzufahren. Mehrmals hatte sie sich selbst mit Nein geantwortet.

„Ich bin ein Klischee, Adam, ich weiß, dass ich das bin", sagte sie im selben Moment, als sein Adamsapfel aufhörte zu wüten. „Zumindest die Variante des Klischees einer Frau, die für einen Mann alles tut. Und dennoch scheint mir, Adam, dass wir es anders nennen sollten, Klischee einer Frau, die *aus* einem Mann alles macht", sie lachte bitter und nervös. „Aber rümpfe nicht die Nase über das Klischee, Adam, denn auch wenn wir nicht wollen, dass wir zu Klischees werden oder von Klischees beherrscht werden, müssen wir doch akzeptieren, dass sie das *sind,* seien sie noch so allgemeine, noch so präzise Ausdrücke möglicher menschlicher Schicksale, die in viel zu vielen Wiederholungen begründet sind. Auch du bist letzten Endes zum Klischee geworden – ein Mann, der sich in eine jüngere Frau verliebt", sie zuckte fast fröhlich mit den Schultern und winkte mit der Hand ab. „Aber mich interessiert, Adam, wie sehr du über die Substanz deines Klischees nachgedacht hast, also, wie sehr du tatsächlich Ana durchdacht hast. Was für eine Frau ist sie deiner Meinung nach? Wo glaubst du", sie zeigte mit einer eleganten Geste im Raum umher, „wo wird die Riesenwelle der Verliebtheit, die euer ganzes verdammtes *zu wenig* unter sich begräbt, sie letztlich hintragen? Wird sie dich verlassen? Wird sie sich binden? Hat sie das schon? Wird sie lernen, dich auch dann noch zu lieben, wenn sie deine wahren Dimensionen erkannt hat? Wird sie, wie ich, den barmherzigen Drang verspüren, dich größer zu machen?"

Ihre Haltung ließ eine wahnsinnige Konzentration erkennen und machte ihm noch mehr Angst. Sie holte laut Luft, um ihren letzten Schlag anzubringen. „Am meisten, Adam, frage ich mich, ob du möchtest, dass etwas außerhalb von dem passiert, was du am besten kennst. Was du gelernt hast zu akzeptieren und zu genießen." Sie stand langsam von ihrem Sessel auf und ging um den Tisch herum. Sie waren zwei, vielleicht drei Schritte voneinander entfernt, ihm schien, als würde sie mit ihrem ganze Gewicht genau auf seinem Magen stehen und sich spitz hineinbohren. „Ich frage mich, Adam", fügte sie hinzu, „ob du es überhaupt ertragen könntest, wenn dich Ana nicht zu lieben verstünde, wie ich dich liebe. Wenn sie sich gerade dort von dir abwendet, wo ich beschlossen habe auszuharren. Bei deinem *zu wenig*, immer *zu wenig*."

Sie ging zur Tür, drehte sich aber, die Klinke in der Hand, noch einmal um. „Überlege, Adam. Entscheide dich. Sie oder ich, Adam. Entscheide dich rasch, bitte." Sie trat durch die Tür und hinterließ ein leises „*wenig* bist du gewachsen, aber ich werde immer hier sein, Adam, ich werde nirgendwohin gehen".

Und auch er, wie jeder, dem das Leben vor den Augen in tausend hässliche fransige Streifen zerfällt, wollte und konnte sich nicht bewegen. Wie ein Bajazzo sank er auf seinem Stuhl zusammen und weinte. Er weinte so stark, dass er wieder alles weiß sah. Schneeweiß, klar, blendend weiß.

25. April 1986

Sie blieb vor der schmalen Eingangstür stehen und nahm sich eine dünne Zigarette aus der Jackentasche. Das Reklameschild der Bar, die sie seit dem Ende ihres Studiums nicht mehr besucht hatte, blinkte defekt und warf in nervösen Abständen giftiges Grün und Schwarz auf ihr Haar, ihr Gesicht und ihre bloßen Hände. Zwei Straßenlampen an den Ecken der kurzen Gasse sprühten ein Kupferorange auf ihre Kleidung, und von den Fenstern der Bar ergoss sich ein homogenes fades Gelb in ihre Silhouette. Obwohl sie den Kopf gesenkt hielt und den Rauch zu ihren Schuhen blies, fühlte sie die Blicke der Vorübergehenden auf sich: So angeleuchtet, wurde ihr klar, musste sie zweifelhaft aussehen. Krank. Grotesk. Wie ein unbeabsichtigter, ungeplanter Schatten in einer Scherenschnittaufführung, ein Phänomen, das den Fluss der Geschichte unterbricht, die Beziehungen zwischen den Figuren stört, ein glückliches Ende unmöglich macht. Ein Phänomen, das sich nicht erklären lässt, sodass plötzlich alle gezwungen sind, sich mit ihm zu beschäftigen. So angeleuchtet, vertiefte sie ihren Gedanken, war sie richtig beleuchtet, aber diese Vertiefung weckte nicht das übliche Unbehagen. Sie sog den Rauch tief ein, ließ die Kippe fallen und trat sie entschlossen aus. Es dauert nicht mehr lange, dachte sie. Der Frühling, der sie vor wenigen Tagen erfasst hatte, war nicht abgeklungen, im Gegenteil, sie ahnte noch stärker, dass ihr Auftritt in der Inszenierung dem Ende entgegengehen, mehr noch, dass zusammen mit der Inszenierung auch dieses unvertraute, geheimnisvolle Genre enden würde. Es erwartete sie das erste Treffen in einer Reihe letzter Treffen, davon war sie überzeugt. Sie überließ sich der Zeit und vertraute darauf, dass sie ihr großes Erlösungs- und Entlastungswerk tun werde, wie nur Menschen vertrauen, die tief – unerschrocken, unvernünftig – lieben. Sie strich sich das Haar aus dem Gesicht und lächelte misstrauischen Studenten zu, die sie anstarrten, und dem reiferen Paar auf der anderen Straßenseite, das sie amüsiert von der Seite beobachtete. Sie ging über die schmalen Stufen zur Tür und drückte die Klinke.

Das *Jež* war im Inneren genau so, wie sie es in Erinnerung hatte. Eine Rauchwolke über dem Tresen, Rauchwolken über einem Dutzend Separees, Rauchwolken, die hinter geschickten uniformierten Kellnerinnen – königsblauer knielanger Rock, weiße Bluse, königsblaue Weste mit Goldknöpfen – aufwirbelten, Rauchwolken, die von den wenigen offenen Fenstern ins Freie gesaugt wurden, Rauchwolken, die von den wahllos angeordneten Spiegeln und Mosaiken und dekorativen bunten Glasvasen reflektiert wurden. Das *Jež* war mit seinem Interieur, seiner Musik und seinen Gästen nicht weniger als ein Symbol, das sowohl von Kroaten und Bosniaken wie von Serben und Montenegrinern verstanden wurde. Es war ein Schauplatz, der den Eindruck unterstrich, dass die südslawischen Völker viel Gemeinsames haben, nun ja, einen gemeinsamen Geschmack an ruralem Kitsch, an Tabak und melancholischen Sängerinnen und Sängern. Sie hatte gelernt, dass die beiden auf den Kontext achteten, wie es eigentlich alle Ästheten tun, und so war auch sie dafür sensibel geworden. Ihre Wahl, ging ihr durch den Kopf, als sie sich den Weg zu einem freien Separee in einer Ecke des *Jež* gebahnt hatte und sich auf die gepolsterte Bank setzte, war dieses Mal nicht ernst gewesen. Nicht gerade karnevalesk, schloss sie und lehnte sich an die kühle Wand, aber – locker.

Sie hatte die beiden nicht eintreten sehen. Sie bemerkte nur, dass wenige Minuten nach dem verabredeten Zeitpunkt unter den männlichen Gästen die vertraute Choreografie ablief, die Köpfe drehten sich wie in einer schlechten Komödie in dieselbe Richtung und neigten sich nach Vogelart zur Seite, die Hände stellten die Gläser ab und die Arme kreuzten sich abwartend vor der Brust. Ein paar Takte später standen sie vor ihr: Sofija mit festlich aufgestecktem Haar und mit schweren goldenen Ohrringen und Vitomil im schwarzen Rollkragenpullover, wie sie in früheren Jahrzehnten berühmte Philosophen getragen hatten, mit strengem, gelecktem Seitenscheitel. Sie genossen die Rindviehblicke, wie Diktatoren das Präsentieren ihres militärischen Arsenals genießen: das Aufhängen der Jacken, das Händeschütteln, der Gruß an die Kellnerinnen, das Platznehmen auf dem gepolsterten Holz, das Trommeln mit den Fingern und das Kreuzen der Beine, jede Geste wuchs sich zu einer Performance aus, die die anonyme glotzende Menge klarerweise anstachelte und Ana amüsierte. Im vorigen Jahrzehnt, dem Jahrzehnt von Vitomils Pulli, war die Klassenverachtung in dem Staat, der so tat, als gäbe es keine Klassen, latent vorhanden gewesen, während sich ihrer in den achtziger Jahren absolut jeder gern bediente. Ana beobachtete die Gesichtsausdrücke des gescheiterten Gesellschaftsexperiments mit Häme. Höhnisch.

„Was wollen wir trinken?" Sofija streifte die anonyme glotzende Menge mit einem letzten Blick. Sie blätterte in der gehefteten Preisliste, die in einer Art Briefbeschwerer steckte, und strich mit ihren schlanken Fingern über das Angebot.

„Sie haben Gin, also schlage ich Gin Tonic vor.“ Sie lächelte breit und warm, und dieses breite und warme Lächeln stand ihr, genauso wie ihr alle bisherigen schmalen und kühlen Falten gestanden hatten. Karnevalesk, dachte Ana, ist vielleicht gar nicht mal das falsche Wort, ihre beiden Polizeimenschen verströmten einen Subtext, den sie noch nie zuvor verströmt hatten. Lust auf Feiern?

Vitomil winkte mit Kopf und Hand der kurzbeinigen Kellnerin, die über die diskrete, aber herablassende Aufforderung nicht erfreut war. Sie streckte leicht die Nase in die Luft und kam näher. Langsam. Sie legte ihren Notizblock und den Stift protestierend auf den Tisch, an dem sie saßen, zog sich die Bluse zurecht, die schon tadellos glattgezogen war, und entfernte ein paar verirrte Krümel und Haare von ihrer Weste.

„Guten Abend, bitte“, sie nahm Notizblock und Stift auf, ohne die Gäste wirklich anzusehen.

„Drei Gin Tonic“, auch Vitomil bemühte sich um einen nicht gerade höflichen Ton. Die Antipathie zwischen ihnen war scharf wie eine Klinge, aber Sofija beschloss, sie noch zu verschärfen. Sie richtete sich fast bis zum Kinn der Kellnerin auf und setzte hinzu: „Sorgen Sie dafür, dass sie gekühlt sind, aber ohne Eis.“

„Gin ist aus“, antwortete die Frau lapidar und steckte den Stift hinter den Notizblock.

„Dann bringen Sie uns Whisky“, verlangte Sofija, „mit Eis.“

„Der ist auch aus.“ Anas Sympathien für die kurzbeinige rothaarige Frau nahmen zu. Für das Revier der billig eingerichteten Bar setzte sie sich mit der Hingabe jener ein, deren Revier im Untergehen begriffen ist. Sie starrte auf die verblichenen grünen Vorhänge, während Sofija und Vitomil jeder gereizt ihre Zigarettenschachteln öffneten.

„Was haben Sie denn überhaupt?“, übernahm Vitomil das Gespräch, zerknüllte die Plastikfolie und warf sie auf den Boden. Menschen lernen wir erst dann kennen, wenn sie nicht das bekommen, was sie wollen oder worauf sie ein Anrecht zu haben glauben, dachte Ana, aber – jähzornige Verwöhntheit? Sicherlich das Letzte, was sie von einem Paar erwartet hätte, das sonst so kontrolliert und überlegt über derart viele Reviere gebot. Die beiden schienen verwundbar zu sein, und ihre Verwundbarkeit – die sie mit erschreckender Seltenheit zu erleben Gelegenheit hatte – machte sie völlig gelöst: Ihr Lächeln ging über in ein befreiendes Lachen, wobei sie den Kopf schüttelte und ein paar Mal schamlos die Nase aufzog. Die Empörung des Trios neben ihr nahm sie wie durch eine Glasscheibe wahr, sie waren weit weg und verschmiert und irrelevant.

„Na gut, meinetwegen“, sagte die Rothaarige laut und unterbrach Anas Lachanfall ungeduldig. „An Schnäpsen haben Sie die Wahl zwischen Williamsbirne und Travarica. Dalmatinischem Travarica.“

„Dann bringen Sie drei *dalmatinische* Travarica“, entschied Sofija und lächelte süffisant, um die Vulgarität der Wahlmöglichkeit zu betonen; Dalmatien war für sie nichts anderes als ein Land ausgemergelter Esel und noch mehr ausgemergelter Inselbewohner.

Als die Kellnerin wortlos zum Tresen zurückging, widmeten sich die beiden Polizeimenschen Ana mit wissenschaftlicher Aufmerksamkeit. Sie sah sie ebenso regungslos an, als befürchtete sie, dass schon ein zu tiefer, um eine Spur zu scharfer Atemzug entscheidende Bedeutungen und Anzeichen aus ihren Gesichtern vertreiben werde, aber alles, was ihr zu erkennen gelang, waren Sofijas fragende und Vitomils ermutigende Miene. Ausdruckslos, stellte sie fest, wie zwei Zanni-Masken.

„So fröhlich haben wir dich schon lange nicht mehr gesehen, Ana“, bemerkte Vitomil und stützte sein Kinn auf. Die Maske war immer noch das Einzige, was er ihr zu sehen erlaubte – weit geöffnete Augen unter hochgezogenen Augenbrauen, nach oben gebogene Mundwinkel. Eine zufriedene, friedliche Fläche.

„Ihr müsst zugeben, dass es komisch war“, sie bemühte sich um einen vertraulichen Ton, „sehr komisch.“

„Wir geben es zu“, sie warfen gleichzeitig den Kopf zurück, sodass er den spitzen Adamsapfel und sie die weiße, knisternd gespannte weiße Haut des Halses zeigte. Mit ihren offenen Mündern, aus denen ein glucksendes Kichern drang, waren sie nicht mehr nur Masken, ihr Behagen überstieg alle Dimensionen. Und es war echt. Und noch bevor es Ana gelang, seine wahre Quelle zu bestimmen, ihm einen Namen zu geben und es zu verstehen, klirrten und schwappten vor ihnen schon die Gläser mit dem Schnaps. Sie sah die fleischige Hand, als sie die Rechnung auf den Tisch drückte, die im selben Moment von einer schlanken Hand genommen und an eine schwarz behaarte Hand weitergereicht wurde, die mit einer silbernen Armbanduhr beschwert war, die das Papier weglegte, nach hinten fasste, ein Portemonnaie aus der Tasche zog und glatte Geldscheine neben den Aschenbecher legte, damit die fleischige Hand sie wie gewohnt knicken und verstauen konnte. Ihr Ohr erreichten nur Bruchstücke des so schon abgehackten Dialogs, *sof-, fün-, -blick, dan-,* und sie fügte ihr eigenes *danke* hinzu, das hinter dem sich entfernenden Rücken der Kellnerin klang wie *bitte, bleiben Sie. Ziehen Sie es noch ein wenig in die Länge.*

Bitte, lassen Sie mich nicht mit ihnen allein. Das erste in einer Reihe letzter Treffen, ja, vielleicht, aber, so stellte sie fest, als sich hinter den Zannis die vertrauten zynischen Gesichter verfinsterten, dieses Treffen würde nicht so ablaufen, wie sie es erwartet hatte. Das Feiern würde mit Sicherheit nur ihnen beiden zufallen, die Last mit Sicherheit nur ihr. Es war nie anders gewesen, wie könnte es jetzt anders sein? Sie nahm das Glas, sah sich im Raum um und spielte einen Mann, der den Schnaps wie eine Medizin trinkt, sein Kinn in die Luft reckt und die Augen schließt. Sie hatte die Augen länger geschlossen als der erfahrene alte Mann, sie wartete darauf, dass sich das Brennen bis zum Magen hinunterarbeitet und von dort, vom Zentrum aus, den Körper weich macht. Das Bewusstsein weich knetet. Was immer auf sie einstürzen muss, es soll ins Weiche fallen, beschloss sie. Es wirkte schneller als erwartet.

„Ana, jetzt, wo du ihn so hinuntergekippt hast, können wir aber nicht mehr anstoßen", sagte Vitomil mit gespitztem Mund, „und wir wollten doch so gerne mit dir anstoßen." Er sah Sofija an, reichte ihr den Travarica und hielt seinen eigenen hoch, zufrieden, wie sie ihn noch nie gesehen hatte, und wieder erkannte sie das Kind in ihm – in ihnen. Das Triumphieren eines Kindes, wenn es sich, schwach sozialisiert, der Unterdrückung noch nicht wirklich schämen kann, wenn der Wille zu schaden am reinsten, am rohesten ist: Sie zwinkerten sich zu – wie es sie amüsierte! – und stießen an, Stielgläser gewohnt, ungeschickt, halb mit den Fingern, halb mit dem Glas.

„Egal, Ana", säuselte Sofija, als sich die Gläser wieder getrennt hatten, „alles Gute für dich und deinen Adam!"

Sie sank an die Wand zurück. Sie starrte in ihre harten Gesichter. Wenn sie sie überrascht hätten und sie in den Schläfen und zwischen den Rippen und im Magen den Druck verspürt und sich immer wieder gesagt hätte, *ich habe es nicht erwartet, ich habe es nicht vorhergesehen* – aber sie hatten sie nicht, sie hatte es nicht. Wenn sie sich naiv gefühlt hätte, wenn sie genau in diesem Moment ihre Dummheit erkannt hätte – aber das tat sie nicht, das hatte sie nicht. Sie starrte in ihre harten Gesichter und dachte, wie viel es gibt, was jeder, der sein Leben verändern oder neu leben will, ignorieren muss und will. Wie viel Wagnis, wie viel von Sergei, Boris, Vitomil und Sofija musste und wollte sie selbst nicht beachten, und mit welch unerträglicher Leichtigkeit – Seichtigkeit, Seichtigkeit – hatte sie es getan; als hätte sie in einer einfachen physikalischen Berechnung den Widerstand nicht beachtet und das Resultat zum einzig möglichen erklärt. Sie hatte ihr Leben vorangetrieben, und vorantreiben heißt immer, das Außergewöhnliche erfahren, die Ausnahme genießen, und wer sich voranbewegt, wie sich Ana voranbewegt hat, gierig, wütend und überdrüssig, wird alles Etablierte mit Gewalt beiseiteschieben, und das Etablierte wird ihm nichts schuldig bleiben wollen. Oftmals nimmt es einen neuen Anlauf, um erneut loszustürzen, sich erneut hineinzubohren. Auf den etablierten Sergei würden die etablierten Vitomil und Sofija folgen, *hatten folgen müssen,* das hatte sie insgeheim die ganze Zeit über gewusst, aber welchen Wert hatte ihr Wissen im Vergleich zu den Aussichten, die das Nichtbeachten bot?

Sie winkte der rothaarigen Kellnerin, hob ihr leeres Glas, deutete darauf und streckte zwei Finger in die Luft: Sie brauchte noch mehr von dem Weichmacher. Die Rothaarige erkannte sofort den Grad der Dringlichkeit, kam mit dem Bestellten zum Tisch wie der Feuerwehrmann zum brennenden Gebäude und überreichte ihr den Travarica wie eine Verbündete, eine Mitverschwörerin. Sie leerte das Glas auf einen Zug und stellte es getröstet, ihr Körper war im Nu nur noch ein leises Knacken und Knistern, vor sich hin. Auch ihre Stimme knisterte: „Wie lange wisst ihr es schon?"

„Oh", Sofija winkte mit der Hand ab, „schon seit Dezember." Sie sah sie mitleidig an, wie eine Gouvernante, die soeben die geistige Beschränktheit ihrer Schülerin erkannt hat. „Vitomil und ich sind, nichts Böses ahnend, wie man zu sagen pflegt, durch das geschmückte Ljubljana geschlendert und haben auf dem Stadtplatz zuerst dich gesehen, wie du vorm Antikvariat standst. Vitomil schlug vor, dass wir dich begrüßen sollten, aber ich wollte nicht, ich wünschte mir, du wirst es nicht glauben, doch etwas Anonymität. Also machten wir einen großen Bogen ums Antikvariat und bemerkten von den Stufen des Rathauses aus, dass du Gesellschaft bekommen würdest, zumindest nach dem breiten Lächeln und dem nervösen Auf-und-ab-Gehen zu urteilen, das typisch ist für Menschen, die eigentlich loslaufen wollen." Mit der rechten Hand fingerte sie unachtsam eine Zigarette aus der Packung, sodass sie sie fast zerbrach, und steckte sie sich ebenso gleichgültig zwischen die Lippen: Sofija, Königin der theatralischen Gesten, Meisterin der Kunstpause. Und obwohl Ana wusste, was als Nächstes kommen würde, und auch, was die Spürnase mit ihrer Indifferenz erreichen wollte, konnte sie die jäh aufsteigende Wut, die sie unter dem alkoholischen Knistern verspürte, nicht eindämmen. Sie muss in ihren Augen aufgeblitzt haben, dachte sie, denn Sofija grinste süffisant und fuhr noch genüsslicher fort: „Wir hatten uns nicht geirrt, du erwartetest wirklich Gesellschaft. Und was für eine unglaublich respektable Gesellschaft das war!"

Sie grinsten beide. Sie suchte nach einem Kommentar, der dem genüsslichen Spiel der beiden ein Ende setzen, nach einem Zynismus, mit dem sie sich von dem Ereignis distanzieren könnte, fand aber nichts. Das konnte sie nicht, musste sie sich eingestehen, das wäre vergeblich gewesen, denn mit Zynismus würde sie sich selbst keinen Gefallen tun, sondern ihnen, das heißt der Phantomvorstellung, die sie von ihrer jungen Informantin vielleicht – vielleicht auch nicht? – noch hatten. Was für eine Ironie, es brodelte in ihrem Magen: Um ihre hohle Würde verteidigen zu können, musste sie sich betrinken. Leicht angeschlagen tat sie mehr und agierte besser für sich als auf dem Höhepunkt ihrer Kraft. Aber, es kochte noch schlimmer in ihr, bedeutete das was? Hieß das, dass ein Mensch seine Würde nur verteidigen kann, wenn er untätig bleibt, wenn er stillsteht? Wenn er die innere Stimme, sein Bild zu zeichnen und zu korrigieren, überhört? Wenn er die zwischen sich und den anderen gespannten Verbindungen einfach lahmlegt, wenn er weniger Fremdes übernimmt, wenn er anderen weniger von sich darbietet? Wenn er für sich allein bleibt? Wie diese majestätischen roten Felsen in der australischen Wüste?

Sie schüttelte den Kopf und atmete unwillig aus. Es war ihr wirklich gelungen, etwas zu erreichen, aber betrunken war sie von Minute zu Minute mehr.

„Reg dich nur auf, ja", fuhr Vitomil pathetisch fort, „so unglaublich offensichtlich wart ihr, obwohl ihr euch, nehme ich an, dumm seid ihr nicht, bemüht habt, die Verbindung zwischen euch zu verbergen." Er stützte sich auf die Ellbogen und beugte sich vor, als wollte er seinen Kopf mit ihrem zusammenstecken, nicht vertraulich, vielmehr spöttisch. Er erklärte ihr, wie er und Sofija über die Natur ihrer Verbindung Mutmaßungen angestellt hatten, er erwähnte den Händedruck, der nicht stattgefunden hatte, und die Umarmung, zu der es nicht gekommen war. „Es ist klar", sagte er, „dass taktile Höflichkeiten am gründlichsten von denen vermieden werden, die sich vor den Folgen fürchten, die sich ihres Schattens, ihrer aufgestauten Leidenschaft bewusst sind, die sich bei einer Berührung, wenn auch nur für einen flüchtigen Moment, gern als eine etwas zu lange und zu enge Umarmung manifestiert, als Hand, die bis in die Mitte des Rückens gleitet, als Hände, die nach dem Mantel greifen, als Stirn, die sich sanft an ein Kinn lehnt. Das Heikle an der Situation hattet ihr entschärft", er drehte das Glas zwischen den Fingern, „aber euer Lächeln, Ana, das blieb. Und nicht nur das, Ana", er schnippte mit dem Finger ans Glas, „es war auch euer beschwingter Gang, ihr wusstet, wohin ihr geht und was euch, das sehnsüchtige Duett, dort erwartet. Ihr hattet es so eilig, dass ihr aufhörtet, euch vorzusehen, und deshalb nicht bemerktet", es zwang ihn zum Lachen, „wie Sofija und ich vorsichtig, aber keineswegs mehr heimlich, ein Dutzend Schritte hinter euch hergingen, bis wir uns endgültig von eurer Richtung überzeugt hatten. Zum Stari trg hinauf, ins Hotel", er grinste. „Bevk öffnete dir die Tür und lud dich zum Eintreten ein, welch ritterliche Galanterie im Herzen des Ehebruchs, und wir beide kehrten zu unserem ursprünglichen Ziel zurück, zum Markt, zu den letzten offenen Ständen. Salat und Radicchio warteten noch auf uns", er rieb sich die von der starken Anspannung wässrigen Augen, „und auf dem Weg nach Haus konnten wir nicht aufhören zu lachen."

Sie hatten gelacht, so viel verstand sie schon, weil ihnen nach all den Jahren bei der Polizei endlich etwas widerfahren war, was ihre Arbeit sinnvoll machte. Sie waren Zeuge eines Ehebruchs geworden, aus dem sie mehr herausholen konnten als nur einen Vermerk am Rande eines Dossiers. Oder ein Gefühl der Überlegenheit, das, so vermutete sie, inzwischen schon veraltet sein musste. Abgenutzt, denn in der menschlichen Welt ist nichts vor Verschleiß sicher. Sie sah sie an wie durch einen zähen Vorhang, der Alkohol hatte ihre Augenlider und ihren Hals geschwächt, und sie gönnte ihnen den Erfolg: Der Alkohol hatte auch die Hoffnung besiegt, dass die beiden Alten sich ändern würden.

Ein herrliches Gefühl, so eine unverhoffte Begegnung mit der Realität, dachte sie und winkte der rothaarigen Kellnerin erneut mit zwei Fingern, mit einem ironischen Siegeszeichen. Auch dieses Mal war die Rothaarige nicht saumselig, sie knallte den Schnaps mit der gleichen Ernsthaftigkeit vor sie hin wie zuvor. Ihre einzige Verbündete, so schien es Ana, die einzige Person in ihrem Leben, die nicht erst dann mit ihr sympathisiert, wenn sich mindestens die Hälfte der Ursachen für ihr Leid als konkret und berechtigt herausgestellt hat. Welch aufgeblasenes Bewusstsein, schien ihr im nächsten Moment, passend zu den anderen Desperados im *Jež,* bestimmt nicht zu ihr.

„Und warum habt ihr so lange gewartet?", sie stützte den Kopf auf den Arm, der langsam wegzurutschen drohte.

„Weil auch ihr beide schließlich Zeit brauchtet", Sofija zerquetschte ihre Zigarette im Aschenbecher. „Die Wahrscheinlichkeit, dass du etwas Entscheidendes herausfindest, ist mit der Affäre größer geworden, und Vitomil und ich sind erfahren genug, um zu wissen, dass Erotik und Vertrauen nicht aus derselben Familie stammen, dass Vertrauen erst noch auf die Szene geschlurft kommen muss, wenn es überhaupt jemals erwacht." Sie klang dozierend, eine Lektion in akademischer Psychologie für das Gesindel *ihrer* Familie. „Dass es zwischen euch beiden erwachte, tja, das war unsere vorauseilende Schlussfolgerung, unser Risiko. Denn wir wussten, dass euer *Werk*", das Wort wollte ihr nicht recht von der Zunge, „noch nicht abgeschlossen war, dass ihr euch noch immer in euren primären Rollen trefft, als Lektorin und als Autor, die vermutlich zerfallen würden, wenn auch eure erotische Beziehung zerfiele. Fünf Monate oder auch mehr sind genug, dass sich Menschen, vor allem, wenn sie sich in gewissem Sinne sattmachen müssen und wenn sie die ganze Zeit ans Limit gehen, etwas Wesentliches sagen und etwas Konkretes zeigen. Es genügt, wenn man in den Augen des anderen wächst, gerade weil man sich vor ihm erlaubt hat zu fallen."

Den Arm, mit dem sie sich abstützte, hätte sie am liebsten auf den Tisch sinken lassen, ihn abgewinkelt und den Kopf draufgelegt. Sie kapitulierte nicht – zumindest darin half ihr der Alkohol –, sondern verspürte nur, als sie in die beiden unvertraut fröhlichen Gesichter vor sich blickte, eine unerträgliche Müdigkeit. Das Absterben eines doppelten, dreifachen, vierfachen Lebens. Damit die Ströme erhalten bleiben und frei fließen konnten, das war ihr bewusst, durften sie nicht miteinander kommunizieren, niemals miteinander verschmelzen, zwischen ihnen mussten sich Ignoranz und Unwissenheit listig ausbreiten – und die Grenze und das Geheimnis musste Adam sein –, aber im letzten Monat war genau das passiert, die Ströme hatten sich getroffen und waren verwirbelt und wollten wieder auseinander, zurück in ihre ursprüngliche Form, aber, so dachte sie in ihrer Benebelung, sie konnten nicht mehr auseinander und zurück, denn auch die Zuflüsse können nicht mehr zurück, sie werden zu einem anderen Fluss, zu einem ganz anderen Wasser, und Ana konnte in diesem anderen, viel reißenderen und gewaltsameren Wasser nicht wirklich schwimmen, sie wünschte sich genau genommen, dass jemand sie – ja! –, dass Adam sie an sich ziehen und sie fließen würde wie nie zuvor.

Mit der Rechten wischte sie sich über die Augen und rieb an ihrer Schläfe. Übertreibungen sind weder in der Literatur noch in der Realität gut, dachte sie. Sie richtete sich auf, und das Separee begann zu flimmern.

„Und was kommt jetzt, liebe Sofija und Vito?", fragte sie sarkastisch.

„Hör auf, uns hinzuhalten", fuhr Vitomil auf, „das beleidigt uns. Du weißt sehr gut, weshalb wir hier sind, Anica."

„Und wenn ich euch nichts zu sagen habe? Und wenn eure Theorie über Vertraulichkeiten zwischen Adam und mir falsch ist?"

„Jetzt hör mal gut zu", Vitomil nahm eine drohende Haltung an und fauchte, „du wirst uns erzählen, was die *Revija*-Leute vorhaben, du wirst uns alle Details nennen. Wer, was, wo. Du weißt, was *folgt*, wenn du nicht mitmachst. Bist du überzeugt, dass du die Folgen erträgst? Jeder würde plötzlich wissen, wer und was du in Wirklichkeit bist. Nicht diese fähige und intelligente, verantwortungsbewusste und gebildete junge Frau, die sich als Vorbild für neue Mädchengenerationen geriert, wie man in der *Mladina* lesen konnte, sondern zuerst einmal junger *Abfall*. Würde dir dieses andere Leben gefallen, Ana? Das Leben von gewöhnlichem *Abfall*?"

„Es tut mir leid, Ana", beeilte sich Sofija zu sagen, „aber das wird es nicht. Es würde dir nicht gefallen. Die Menschen in diesem Staat sind zu erfahren, nein, Korrektur, zu zynisch, um einer Opportunistin aufzusitzen, die plötzlich sehend geworden ist und Buße tun möchte. Das können sie nicht anders verstehen denn als einen neuen Opportunismus, die Kleine würde sich jetzt gern uns anschließen, uns, den Ausgespielten, und gerade solche scheinbaren Kehrtwendungen verachten sie am meisten, solche Menschen sind für sie der *wahre* Abfall. Lieber haben sie Opportunisten, die bis zum Ende gehen, ohne auch nur einmal auszusteigen, und im Stillen bewundern sie gerade diejenigen, die sich zur Gänze in die Mathematik des Systems integriert haben und von denen es scheint, allerdings wirklich nur scheint, dass sie das System besser beherrschen, als dieses sie beherrscht."

Plötzlich hielt der Hals den Kopf nicht mehr. Sie sank nach vorn und fing ihren Unterkiefer schmerzhaft zwischen den Händen. Das Separee schwankte und drehte sich, nicht auf den Kopf, sondern in der Horizontalen, auf der Abzisse, der Tisch streckte sich, die Bänke streckten sich, das billige Mosaik der Trennwand streckte sich, und irgendwo zwischen die Dinge drängten sich die abgeflachten grotesken Gesichtszüge der beiden Polizeimenschen. Sie sank auch selbst; dass sie die Kontrolle über ihren Körper verloren hatte, merkte sie erst, als sie an der Schulter den scharfen Blechrand des Fensterbretts spürte und ihr der kalte Windhauch über den Nacken wehte, der unter den schlecht abgedichteten Fenstern hindurchblies. Es war, als könnte sie in ihr Inneres hineinhören, dem Glucksen ihres Organismus lauschen, der sich ergeben hatte und die Spannung lösen wollte.

Keinerlei Dimension, dieses *Abrutschen* auf die *x-Achse*, gelang ihr noch zu denken, keine Wahl. Nur Verlust.

„Ich kann jetzt nicht", brachte sie noch krächzend heraus, bevor ihr die Säure in die Kehle stieg. Sie stand schwankend auf und schoss gekrümmt am Tisch vorbei, der bald beengend nah, bald unangenehm weit weg war. Gekrümmt setzte sie auch ihre Schritte, sie glitt an den Männern und Frauen vorüber, die ihr – das wusste sie – verwundert, lästernd, schadenfroh nachsahen, und suchte mit schamhaft ausgestreckten Armen den Weg, entschuldigte sich zuerst leise, dann laut und ungeduldig für ungewollte Berührungen und leichte Stöße und fiel fast in die Toilettentür. Dieser ätzend riechende, schmale Raum, so stach es in sie ein, war der wahre Ort des Endes, das sie in den letzten Wochen erwartet hatte, diese demütigende Einsamkeit, das Knien und Würgen und Erbrechen und die vor Anstrengung nassen, verklebten Augen waren der wahre Lohn ihres Freiheitskampfes. Was mit dem Eingeständnis der Niederlage begann, wenn es auch ein glorreiches Eingeständnis war, musste mit einer Niederlage auch enden, ja, *musste*, beschloss sie, über die Toilettenschüssel gesunken, sie flüchtig mit der Brust berührend, denn die Atmosphäre des Anfangs bestimmt immer auch den Ablauf der Dinge, sie lässt sie nicht los und geht nicht von allein weg, sie ist unbedeutend, diese Atmosphäre, aber sie bohrt, sie bohrt die ganze Zeit, so wie selbst in der modernsten musikalischen Komposition das Thema die ganze Zeit unterschwellig bohrt …

Vielleicht würde sie sich weniger besiegt fühlen, wenn sie den Determinismus aufgäbe? Könnte sie die Lösung dann irgendwie anders sehen? Steckt darin so eine verdammte Botschaft? Ein spezielles Rüstzeug? Ist es wichtig, was hier steckt oder was nicht? Wozu die Besessenheit mit dem Sinn, wenn sie überhaupt nicht weiß, was *tun*?

Vielleicht wird sie genau dann wissen, was tun, wenn sie es getan hat? Der Augenblick der Erkenntnis als Moment der Verinnerlichung einer Entscheidung, die niemals rational geplant, sondern zufällig ist, auch das kommt vor. Ein Augenblick also, in dem Entschluss und Befriedung nur *im Anschein von Rationalität verschmelzen*, ein Augenblick, in dem – Ruhe, Ruhe, Ruhe.

„Ana, bist du da drinnen?" Sofija klopfte leise an die Tür. Sie klang auch betrunken. Oder Ana nahm es an. Sie drehte den Wasserhahn über dem Waschbecken auf, fing das Wasser in der Hand und klatschte es sich ins Gesicht.

„Ja", erwiderte sie, während sie noch einmal Wasser auffing, damit gurgelte, ausspuckte und sich den Mund abwischte. Sie kniete; als würde sie beten, nicht gerade zu Gott, aber zu seiner Variante, zur Zukunft. Sie starrte auf die Tür und ballte die Fäuste: Vielleicht, vielleicht wird mit dem nächsten Atemzug alles verschmelzen, was verschmelzen muss.

„Freut mich, dass du noch lebst", fuhr es vor der Tür spöttisch fort. „Vitomil und ich gehen, das Warten hat uns ermüdet.

Wir haben volles Verständnis dafür, dass du dich in so einem Zustand nicht entscheiden kannst, auch nicht hinsichtlich dessen, wo genau du lebst, deshalb sind wir bereit zu warten, bis du dich richtig entscheiden kannst." Beim letzten Wort rüttelte sie bedrohlich an der Türklinke. „Über den ersten Mai und noch etwas länger sind wir im Urlaub, sodass wir uns in etwa zwei Wochen hören können." Die Polizistin atmete resigniert aus, und etwas raschelte, wohl ihr Mantel. „Mach jetzt kein Drama, mach einfach weiter wie bisher."

Um Sofijas Abgang zu übertönen, drehte sie erneut den Wasserhahn auf, beugte sich über das Wasser und trank. Sie schluckte und trank, bis ihr das Wasser in die Bluse lief und sie mit seinem Prickeln weckte. Vielleicht, sagte sie laut, und das soll heute Abend das letzte Vielleicht sein, werden die Elemente meines Lebens nicht auf magische Weise verschmelzen, vielleicht werde ich nicht ein bisschen von allem haben, ein bisschen Boris, ein bisschen Reputation, ein bisschen Adam, ein bisschen Karriere, ein bisschen Würde, ein bisschen Behagen, ein bisschen Freiheit, ein bisschen Freiraum, sondern wird mein neuer Reichtum eines sein, und dieses ganz. Vielleicht, sagte sie leiser, denn sie drückte schon die Klinke der Toilettentür, lässt sich in solcher Reduktion die Schönheit finden. Sich lebendig fühlen.

Denn jetzt, als sie sich an den ausgelassenen Trinkern vorbeischob, tat sie das nicht.

14. Mai 1986

„Aber Adam, das verkompliziert meine Pläne“, sie verschränkte die Arme vor der Brust. „*Ziemlich* sogar.“ Sie runzelte die Stirn, sodass sich ihre dichten Augenbrauen zu einem geraden Strich zusammenzogen und die Iris ins Stahlblau des offenen Meeres changierte. „Ich weiß nicht, wie du dir das vorgestellt hast, aber die Absprache müsste –“, sie schnaubte und schüttelte den Kopf. Sie schnaubte noch einmal – soll man die Gereiztheit hören! – und stützte sich am Tisch ab. Um ihren Protest zu unterstreichen, schob sie ihren Stuhl mit den Oberschenkeln zurück, sodass Holz auf Holz ein lautes Knirschen von sich gab, ließ die Arme wie Stahlseile an ihrem Körper herabfallen – wären sie wirklich aus Stahl, hätte man sie donnern hören können – und ging mit schwerem, schleifendem Schritt zum Fenster.

Sie sah hinaus, irgendwohin auf die behaarten und kahlen Köpfe der wenigen vorüberhastenden Menschen, alte Menschen, die mit ihrem Beruf endgültig abgeschlossen hatten, junge Menschen, die noch nicht richtig gestartet waren. Wie sinnlos wäre es, ihnen zu predigen, dachte sie plötzlich, erwachsenen Menschen zu predigen. Über egal was egal wem zu predigen. Von oben mit dem Finger zu zeigen und den Mund zu öffnen. Als wäre das Bindemittel, nein, mehr als das, dachte sie ernüchtert, als wäre die *Grundlage* unserer

Entscheidungen eine schöne gefestigte Moral. Als wäre Moral nicht das, was als Letztes kommt, wenn überhaupt, etwas, was ganz am Rand steht, dort, wo kaum noch etwas *von mir* und viel mehr *von uns* ist. Als wäre das Zeigen mit dem Finger und das Öffnen des Mundes nicht nur einer der armseligsten – komischsten, tragischsten – Ausdrücke eines falschen Bewusstseins.

„Ach“, hauchte sie deshalb. In der Fensterscheibe blitzten für einen Moment ihre hinaufgezogenen Lippen auf, noch kein Lachen und auch kein Lächeln. Er konnte nur schwer beurteilen, ob sie angriffslustig, ironisch, zynisch oder gar versöhnlich hinaufgezogen waren, denn ihren Mund überkam sofort, als sie sich ansahen, Ernsthaftigkeit. Sie setzte sich seitlich, verschränkte die Arme und bohrte den Absatz ihrer Pumps in den Boden. Eine altbekannte Szene, überkam es ihn, ihr Negativ, ihre etwas dunklere, aber ebenso schwer wiegende Seite. Die entscheidende Seite.

„Wenn du mir jetzt schon das zweite Halbjahr verkomplizierst, kannst du mir da erklären, weshalb du den Roman nicht abgeben willst?“ Sie drehte den Absatz auf dem Holz, als wollte sie ein Loch bohren. „Diese“, sie suchte nach einem Wort, „*Überraschung* wird leichter zu akzeptieren sein, wenn ich sie verstehe.“ Sie stellte die Spitze ihres Schuhs auf den Boden, und ihre Hände tanzten mädchenhaft bittend in der Luft. „Du weißt, ich bin eine vernünftige Frau.“

„Es ist nichts Gravierendes“, log er. Eine sentimentale Frau hätte es vielleicht gefreut zu erfahren, dass sie zur Bremse eines Kunstwerks geworden war, dass sie seine Lust an der Geschichte besiegt und ihn im Augenblick zerschmolzen hatte, aber Ana, so konnte Ana doch nicht sein. So durfte sie nicht sein. „In den letzten Monaten ist mir, als würde ich aus einem Wasserhahn, der überhaupt nicht mehr am Rohr angeschlossen ist, weil es überhaupt keine Wasserleitung gibt, trinken wollen. Mich mit Gewalt satt trinken wollen."

Er zuckte zusammen: Wenn er Ana schon nicht die Wahrheit sagen wollte, könnte er ihr wenigstens die Metaphern ersparen. Könnte er den Mut fassen, um zumindest das, was er zu sagen bereit war, nicht mit einem Wust von Worten vollzustopfen. Er stand auf und stellte sich am Fenster zu ihr, die von der stärker, aber noch nicht durchdringend gewordenen Frühlingssonne beschienen wurde. Er sah sie einige Augenblicke schweigend an, und sie erwiderte seinen Blick, es war, als würde sie ihn mit dem ganzen Körper ansehen, als hätten auch ihre Brüste, ihr Bauch und ihre Schenkel Augen. Er berührte sie, vielleicht um den Austausch, der ihn ein ganz kleines bisschen erschreckte – warum? –, zu mildern, glitt mit dem Handrücken über ihren nackten, heißen, fast kochenden Unterarm und – die Berührung schmerzte ihn, nicht auf der Haut, sondern im Magen: Sie wirkte größer und breiter als er, riesig, und doch viel leichter, immateriell, als wäre sie unter einem gnädigen Licht aufgeflammt, als würde sie zu einer Halluzination zerstrahlen, die ihn im nächsten Moment erfasst und verschlingt. Niederreißt. Er starrte auf ihren Arm und versuchte mit den Fingern noch einmal daran zu zupfen, und sein Magen revoltierte wieder. Seine Hand sah gegen ihr munteres Rosa porös-grau aus, ihre Knöchel zart, seine grob und schwielig, ihre Fingerkuppen weich, mit kaum sichtbaren Abdrücken, seine schon leicht reliefartig, mit eingekerbten Mustern. Er starrte auf die Unterschiede zwischen den Texturen, Dimensionen und Farben und verspürte plötzlich Schmerz auch hinter den Augen und in den Nebenhöhlen und im Kiefer und am Gaumen und hob verwirrt den Blick.

„Ich fühle den Roman, seine Geschichte, seine Prämissen nicht mehr, Ana", er räusperte sich, „ich weiß nicht, was in der

Zwischenzeit passiert ist, aber wenn ich weitermachte, wenn der Roman tatsächlich erschiene, würde ich mich fühlen, als belöge ich nicht nur mich, sondern auch alle anderen.“ Er starrte auf die Topfpflanze, den sensiblen, aber aufrechten Ficus benjamina, und horchte auf das Nachklingen seiner Halbwahrheit. „Es ist überhaupt nicht so, dass ich den Roman schwach finde, wirklich nicht, es ist nur so, dass mir scheint, er ist nicht mehr *meiner*. Ich glaube, ich habe einfach zu lange an ihm geschrieben, fünf Jahre sind eine wirklich lange Zeit, ich kenne niemand, der so lange mit einem Text zugebracht hat, und dafür haben die Menschen vermutlich gute Gründe, vermutlich sagt ihnen die Intuition, dass sie sich doch ein bisschen beeilen, es nicht allzu sehr in die Länge ziehen sollen, denn sie wissen, dass sich Ideen, wenn sie nicht einfach zerfallen, früher oder später in ihr Gegenteil verwandeln, dass Ideen eine Art Halbwertszeit haben und in Worte gefasst werden müssen, bevor sie zerfallen.“ Wieder Metaphern, wieder eine Zuflucht, dachte er und riss den Blick von der hohen Pflanze los. Das Mitgefühl ließ ihre Augen an den Rändern rot anschwellen. „In dieser Zeit haben sich offensichtlich nicht nur meine Ansichten geändert, sondern habe auch ich mich auf entscheidende, bedeutsame Weise verändert.“ Anas Augenlider begannen zu flattern, aber über die Wangen floss nichts. Sie versucht, schloss er bedrückt, den Vorgang als sachliche Änderung zu verstehen, und nicht als tragischen Verlust.

„Ich kann mich nicht mehr mit dem Roman identifizieren. Es geht nicht, ich habe es versucht“, er fuhr mit der Hand vor seinem Gesicht hin und her, als wollte er die letzten, spärlichen Zweifel wegschieben, „aber er ist mir mit jedem Tag mehr entglitten.“

Sie wandte ihre geröteten Augen ab und schloss sie, damit die Sonne sie trocknete, beruhigte, erfrischte. „Bist du dir sicher, dass das nicht nur eine Art Defätismus ist, Angst, dass dein Werk nicht so angenommen wird, wie du es dir erwartet hast? Ich weiß, wie hungrig du genau genommen bist, und du hast mir erzählt, wie sehr dich die erste Niederlage getroffen hat. Vielleicht wirkt die Vergangenheit immer noch nach." Mit geschlossenen Augen tastete sie nach ihm und streichelte eine zufällige Stelle seines Körpers, den Bogen zwischen Brust und Bauch, und obwohl erneut diskret rasch und entschlossen, war diese Berührung zur Gänze mütterlich. Mochte er die aufmunternde und verständnisvolle Geste auch noch so sehr brauchen, ihn schmerzte ihre weiche Berührung um nichts weniger als die zuvor.

„Ich bin mir sicher, Ana. Ich habe alles durchdacht, ich bin dem auf den Grund gegangen, wirklich, und es ist keine Angst vor einer Niederlage. Oder Schande. Vielleicht fasse ich das Problem am treffendsten zusammen, wenn ich sage", er zog die Schultern hoch und hielt kurz inne, „dass ich keinen Funken Liebe mehr für meinen Stoff aufbringe. Von nun an würde es nicht mehr um den Roman gehen, sondern nur noch um mich, wenn du mich verstehst." Er stieß seine Hände mit solcher Vehemenz in die Taschen, dass er, wenn er weitergemacht hätte, sicher die Nähte zerrissen hätte. Er spürte, wie er in sich zusammensackte, wie eine durchweichte Sandburg, die von Augenblick zu Augenblick flacher, kompakter und damit undurchlässiger wird, und sah, wie Ana wieder wild angestrahlt wurde, diesmal mit rotorangen Lanzen, sodass sie über ihm, dem jetzt schon tief Zusammengesackten, noch majestätischer emporwuchs, noch höher aufschwebte.

„Ich verstehe, Adam", flüsterte sie und öffnete langsam ihre Lider. Mit halb geöffneten Augen blickte sie in den Lichtstrahl, schirmte ihre Augen mit der Hand unwillkürlich ab, dann drehte sie sich um und lehnte sich an die warme

Fensterscheibe. Noch eine altbekannte Szene, erkannte er, noch ein Negativ. Die chthonische Ana, aber nicht mehr geheimnisvoll, nur noch unheilvoll lockend.

„Ich verstehe dich voll und ganz“, sie hob ihre Stimme, „es ist die Verantwortung gegenüber dir selbst und gegenüber dem Text, nicht wahr? Gerade wegen dem, was du schreibst, habe ich zum Beispiel nie etwas zu Ende geschrieben, ich habe immer das Gefühl gehabt, dass die Worte, die ich hinschreibe, zwar gut gewählt sind, dass die Sprache schön und richtig ist, aber nicht ins Leben einsickert, beziehungsweise umgekehrt, dass das Leben nicht in sie einsickert. Wie jemand, der aus Angst, nicht klug oder erhellend genug oder was auch immer zu sein, seine Theorie nie auf ein reales Beispiel stützt. So ungefähr.“ Sie lächelte ihn an. Sie hat ihn überlegen und bedauernd angelächelt, dachte er für einen Moment, aber er korrigierte seine Einschätzung, nein, besser, seine *Projektion*, als sie fortfuhr, schnell. Sie hat versucht, seine Verlegenheit mit einem Lächeln zu lindern.

„Ich bin natürlich keine Schriftstellerin, du bist es. Dein Roman ist sehr weit von solch schlechter Theorie entfernt“, sie ging leichten Schritts zum Tisch zurück, „aber die Entscheidung ist allein deine. Ich werde ihn aus dem Programm nehmen und mich einem Ersatzautor zuwenden.“ Sie fischte eine dicke Mappe mit einer noch unberührten Kopie seines Romans aus der Schublade, wiegte sie in der Hand und glättete, als würde sie vor dem ersten Schultag den Kragen ihres Sohnes richten, die oberen Ränder. Wie banal Kunst in ihrer Embryonalphase ist, wie weit entfernt von Kunst sie genau genommen ist, nur ein Stück abgegriffener Materie, ein Haufen Papier, ein Haufen Stein, ein Rechteck aus Stoff, das einen Kontakt braucht, zwei, zweihundert oder tausend, mit jemandem, der nicht sein Autor ist, der es nie roh erlebt hat und nichts von seinem Grundgeschmack oder den Stationen seiner Entstehung weiß, dachte sie und hielt Adam die Mappe hin. „Ich hoffe, dass es sich ausgeht. Ich weiß nicht, wie weit dein Ersatz mit seinem Werk ist. Wenn du es mir nur zwei Monate früher gesagt hättest, wenn du –", sie schmunzelte – eine Predigerin.

Er nahm die Mappe. Mit einer Hand, mit den Fingerspitzen. Als ob er Abfall wegbringen wollte, als ob er *sie* zum Abfall bringen wollte. Warum auch nicht, fragte er sich wütend. Sollte er zu Hause gleich zwei fast identische Reliquien seiner Niederlage aufbewahren? Zwei eineiige Mahnungen an eine Zeit, als er über sich selbst, über das Leben und die Kunst vor allem viele Vermutungen hatte und Schlüsse zog, aber wenig wusste? Seine Kopie wird genügen, entschied er, klemmte sich die Mappe aber trotzdem unter die Achsel. Die wird in meinem und nicht in Anas Papierkorb landen, dachte er, etwas Symbolik schuldete er seinen Anstrengungen, die er hyperbolisch als Leiden bezeichnen wollte, ja doch.

„Danke, Ana", er drehte den Kopf wie ein verwunderter Hund über dem noch immer gebeugten Körper zur Seite, „das ist es dann also. Statt einem Romanschluss, Schluss mit *ihm*." Die spöttische Bemerkung, die aber doch wie eine bittere Frage klang, eine Bitte vielleicht, konnte Ana nicht täuschen. Sie zuckte mit den Schultern und spitzte den Mund. Mitgefühl und Respekt werden mitunter in Schweigen verpackt.

„Also Schluss", wiederholte er flüsternd und beobachtete gedankenverloren, wie sie ihren Notizblock vom Tisch nahm und mit dicken Strichen mehrere Einträge abhakte und durchstrich. Sie klappte ihn zu und legte ihn weg und setzte plötzlich einen Gesichtsausdruck auf, wie man ihn nur dann trägt, wenn man allein ist. Ihre Lippen lagen völlig gerade, nachdenklich gerade. Die Augen blickten verhangen, nicht auf die Gegenstände im Raum, sondern nach innen, auf den Solarplexus über dem Nabel. Auf den Wangen waren die bunten Farbtöne wie ausgelöscht, sodass nur noch fahle Blässe blieb. Weiß. Sie hielt mitten auf dem Teppich inne – er kennt auch diese Szene, es ist seine Szene, schoss es ihm ein – und legte sich ihren Zopf auf die Brust, sodass das schmale Schwänzchen direkt unter ihren Brüsten baumelte.

„Adam, ich weiß, das ist heute nicht ganz leicht für dich", sagte sie streng zur Tür gerichtet und ging auf sie zu. Sie nahm ihre dunkelgrüne Jacke vom Haken und zog sie an. Sie bedeckte den Zopf und knöpfte ihn sicher weg, dann drehte sie sich um, ruckartig, als würde sie von etwas Hartem zurückprallen. Als sie ihn ansah, schwankte er vor ihrer pulsierenden Entschlossenheit leicht zurück.

„Trotzdem denke ich, dass wir reden müssen. Können wir bitte einen Spaziergang machen?"

* * *

Das Vormittagslicht war knusprig wie eine Waffel, sie hätte schwören können, dass sie sie bröckeln hörte. In den Körper strömte es wohltuend ein, trotz der angeblich noch gefährlichen Strahlung, in die Augen aber drang es wie immer schmerzhaft ein, und zum ersten Mal trat ihre große, komische, unangemessene Sonnenbrille in Aktion, in der sich die ganze Umgebung spiegelte, nur ihr Gesicht nicht. Jackett und Jacke hatten sie über die Unterarme gelegt, die bereits schwitzten, noch bevor sie um die Hausecke gebogen waren, sie trugen sie mit der übertriebenen Sorgfalt von Menschen, die wenig haben und das, was sie haben, behandeln, als wäre es ihr Letztes. Die Schweißtröpfchen drangen auch schon durch seine Koteletten und auf ihre offene Stirn, und Erleichterung brachte ihnen nur eine kleine Bö, die, als sie um die Ecke der

Titova bogen, zu einem richtigen Windstoß wurde. Zum ersten Mal gingen sie direkt, an der Nationalgalerie und an der Modernen Galerie vorbei, durch die zentrale Unterführung und nicht durch den schmalen Durchlass hinter der Kirche der Heiligen Kyrill und Method, der bei Graffitikünstlern und Drogensüchtigen beliebt ist. Auf der anderen Seite war es zum ersten Mal Mai, zum ersten Mal war alles grün, pulsierende lebendige Blätter und hungrig geöffnete Blüten der Zierbäume und Sträucher. Rosa, gelb, orange, lila, rot. Zum ersten Mal auch ein klarer Himmel, so verdammt klar, dass man ihn weder blau noch weiß nennen konnte, ein Himmel, der von Zeit zu Zeit von einem Flugzeug gewaltsam zerschnitten oder von einem Vogelschwarm koordiniert eingenommen wurde, von spät eingetroffenen, hoch oben fliegenden Zugvögeln oder von lästig domestizierten Spatzen. Und Amseln, wie viele Amseln! Mit Würmern im Schnabel und wildem, flackerndem Blick. Mit menschlich neurotischem, nach Menschenart nie zufriedenem, erfülltem, gestilltem Blick. Und Eichhörnchen, natürlich auch sie, zuerst zwei, bald drei, das vierte war schon in der Baumkrone, das fünfte sprang auf eine Gruppe Studenten zu, die sich, die ukrainische Wolke ignorierend, auf den jungen Rasen gestürzt hatten und rauchten, tranken, schrien. Zum ersten Mal vor so vielen Augen, überkam es ihn, tagsüber unfehlbaren Augen, *hast du den gesehen, der hat aber Geschmack*, suchenden, wertenden und verurteilenden Augen, *ist der Typ nicht zu alt für sie*. Zum ersten Mal auf matschigen, schlammigen, dann wieder knochentrockenen Wegen durch den Park, zum ersten Mal gemächlich an den Brunnen vorbei hinauf, mit langen freien Strecken und dann wieder verdeckt unter Buchen. Zum ersten Mal so zu der Bank am kleinen Spielplatz – „Zur Kegelbahn vielleicht?“, hatte sie gefragt, aber er hatte keine Antwort gegeben –, wo sie von einer streunenden schwarzen Katze begrüßt wurden, die sich ein paar Mal an ihnen rieb und klagend miaute und dann ebenso unerwartet, wie sie aufgetaucht war, wieder davonhuschte.

So vieles, was sie zusammen zum ersten Mal erlebten, dachte sie. *Prima die, prima die*, dachte sie weiter, mit seinem ganzen Reichtum an Sonderrechten und Annehmlichkeiten, die aber auf der Wegnahme einer einzigen, und zwar dauernden beruhten. Als sie sich auf die Bank setzten, fühlten sie sich zum ersten Mal wie Reisende, die sich am Schnittpunkt ihrer Wege verabredet haben, Wege, die sie auf verschiedenen Kontinenten angetreten haben, Wege, die für sie heiß und feucht, für ihn kalt und windig gewesen waren. Bei der Bank waren sie tatsächlich gleichzeitig angekommen, aber jeder auf seiner eigenen Bahn, stellte sie fest, zum ersten Mal, sie wagte es kaum zu Ende zu denken, hatte beim Aufeinandertreffen keine Freude der Vertrautheit geherrscht, nur ihre Verlegenheit. Dicke, laut schmatzende Verlegenheit.

„Schönen Schatten haben wir da gefunden, obwohl er vermutlich voll strahlt", scherzte sie zögernd, während ihre Füße auf der niedergetretenen, zertrampelten Erde seinen entgegenrutschten. Mit dunkel geränderten Augen starrte er zu Boden, und ihre tanzenden Stiefel hätten ihn aufwecken müssen. Sie sollten ihn aufwecken.

„Uns geht es, das stimmt, ziemlich gut, keine Sorge, für uns kann es keine ernsthafte Gefahr geben", er faltete die Hände und schlug das rechte Bein über das linke, wobei er die Beine ein wenig nach links drehte, weg von ihr. Er sagte – mühsam und kehlig, es kam ihr vor, als hätte er auf dem Weg vom Verlag das Sprechen verlernt, als sei er seine eigene Stimme nicht gewohnt –, dass er diese Bank gar nicht gekannt habe, und klemmte die gefalteten Hände zwischen die übereinandergeschlagenen Oberschenkel. Ihr kam es vor – es kommt mir wirklich nur so vor, sagte sie sich –, dass er, schmal und klein zusammengefaltet, für einen Moment gezittert hatte, wie ein Arachnophobiker, der, nicht ganz wach, an der Decke seines Schlafzimmers eine Spinne entdeckt, eine winzige Spinne, die dasitzt und ruhig ihr Netz spinnt und ruhig etwas ausheckt. Es kommt mir nur so vor, sagte sie sich wieder, es ist keine Ängstlichkeit und keine Abwehr, er ist wirklich nur verlegen, wir sind wirklich nur verlegen, bekräftigte sie, zum ersten Mal *einfach so*, offen und öffentlich, zum ersten Mal *einfach so*, frühlingshaft und im Licht. Sie legte ihre Finger sanft auf sein Knie und lächelte, obwohl er sie nicht ansah. Ihr Lächeln hätte er allerdings spüren können.

Aber: Er bohrte seine Hände noch tiefer zwischen die Schenkel und krümmte sich noch mehr zusammen und rutschte noch ein Stück nach links, sodass ihre Finger auf das Holz rutschten. Wieder überflog ihn ein Zittern, wieder die Spinne, vielleicht hatte sie sich schon hinuntergelassen, und panisch zog sie die Finger, als hätte sie sich verbrannt, nein, als wäre ihnen zu kalt, zurück in den Schoß. Nichts war anders, nichts ist anders, wie es aussieht, stellte sie fest.

Sie schob ihr Becken auf der Bank weit nach vor, um ihren Kopf auf die Lehne zu legen, und sah, so hingestreckt, zu den Baumkronen hinauf. Die Zweige, obwohl der Wind auf ihren nackten Schultern kaum spürbar war, schlugen wild aneinander, sie gewannen, so dicht beieinander, eine Kraft und Geschwindigkeit, die sie beide, so weit auseinander, getrennt, nie erreichen würden. Ein Gleichnis der Nähe war das, urteilte sie und schluckte, ein schamloses, rücksichtsloses, ironisches Gleichnis der Nähe, sie schloss die Augen so fest, dass sie auf dem schwarzen Schirm schon nach wenigen Augenblicken bunt flackernde Muster sah, die sie, wie das Zentrum der Bitterkeit, unerbittlich in sich hineinzogen. Sie umfasste ihre Ellbogen und hielt sie so fest, dass sie sie in die Hände stachen. Welche Dummheit, welch sinnlose Berührung, sagte sie sich, stark und warm und schmerzlos könnte nur er sie umfangen.

„Ana, Vera weiß es“, er griff unversehens in ihr Taumeln hinein und bedeckte sein Gesicht, um dem Klang der Worte, dem Klang der Wahrheit vielleicht, *vielleicht*, Einhalt zu gebieten. „Sie weiß es mindestens seit Ende des Winters, sie hat mir vor etwas mehr als einer Woche gesagt, dass sie es weiß und was sie weiß.“ Er schloss die Augen und sah die gleichen flackernden Muster. „Sie wird mich nicht verlassen, hat sie gesagt, sie hat es mir sogar versprochen, mir gedroht, was weiß ich, verlassen kann nur ich sie.“ Er hatte mehr gesagt, als er sagen wollte, er hatte nicht vorgehabt, Vera in diesen Park, unter diese Bäume, auf diese Bank herbeizuziehen, er hatte sie einmal verraten und brauchte sie nicht noch ein zweites Mal zu betrügen, aber – er sagte es ja in seine Hände hinein, da war es ja nicht wichtig, was er sagte. Er atmete den Schweiß ein, Humus, billige Jasminseife, noch immer – erneut? – Wacholder, den er jedes Mal nur für sie aufgetragen hatte, und das violette Flimmern hinter seinen Augen ging über in Fliederfarben. Und in Bordeaux.

„Auch Sergei weiß es“, sie zog die Ellbogen noch näher an ihren Nabel heran, zum Zentrum des Erstarrens, „es ist nicht lange her, dass er mir gesagt hat, dass er es weiß. Vitomil und Sofija haben es auch herausgekriegt, Adam, sie haben uns gesehen, sie haben alles durchschaut.“ Sie sah aus ihrem Kokon zu ihm auf, voll felsenschwerer Erwartung. „Ist das jetzt überhaupt noch wichtig?“

„Ich habe geglaubt, dass es nie wichtig werden wird, Ana, ich habe geglaubt, dass wir alles überstehen werden“, er ließ die starren Hände sinken. Er drehte ihr sein Gesicht zu, erwiderte aber nicht ihren Blick, zu gut spürte er, was ihn darin erwartete, wie viel von was erwartete ihn darin? Er versenkte sich in eine hellgrüne Wiese, eine schmerzlich unnatürlich grüne Wiese, und in kiesbestreute, weiße Wege, so weiß, dass weder der Fuß eines Menschen noch die Pfote eines Hundes sie je betreten würden, als würde es auf sie nie regnen oder hageln, als würde das Leben, das beschmutzt und beschädigt und zerschneidet und zerschlägt, über ihnen schweben, immer nur schweben. Als würde es nicht. Als würde es doch. Wenn aber doch. Wenn der Schwung überhandnähme, dachte er, mit dem ihn seine neue, überhaupt noch nicht voll genossene Freiheit belastet hatte, wenn es ihn getragen und davongetragen hätte, seine Verstocktheit aufzubrechen, die er irrtümlich, aber hartnäckig, wie es eben verstockten Menschen eignet, gepflegt und in sein Leben umbenannt hat, wenn im Kampf zwischen Gebundenheit und Freiheit Letztere, die beseligend und geheimnisvoll ist und der so viel Kunst gewidmet ist, tatsächlich obsiegt hätte – hat da jemand einmal etwas über Gebundenheit gesagt? Wird ihr jemand einmal einen positiven Platz in der Kunst zuweisen? Wird jemand einmal Gründe finden, sie zu verteidigen? –, wenn die Freiheit doch wenigstens nicht so verdammt schwierig wäre, wenn sie von niemandem verlangen würde, dass er im Verlust der Richtung, der nichts anderes ist als der Verlust des Narrativs, der nichts anderes ist als der Verlust der Identität, die einzig gültige, einzig *wahre*, also mit der Wahrheit völlig übereinstimmende Erfahrung erkennt, die der Mensch überhaupt noch haben kann, wenn die Freiheit doch nicht so wehtun würde, im Magen, in den Nieren, in der Leber, manchmal im Herzen, meistens hinter den Schläfen, wenn sie doch von niemandem verlangen würde, er solle wenigstens dann, wenn er nach der Freiheit strebt, seine Selbstliebe hintanstellen, wenn sie doch von niemandem Verfügbarkeit für das Ende oder den Anfang verlangte, für das also, was uns alle am schlimmsten bedroht, wenn sie doch nicht so teuflisch turbulent, wenn sie nicht so teuflisch erschöpfend wäre, wenn er für die Freiheit doch wenigstens ein bisschen gerüstet wäre, er zog die Nase hoch, wenn er doch wenigstens ein bisschen auf sie vorbereitet wäre und sich nicht fürchterlich vor dem Sturz fürchten würde, nein, vor dem Einbrechen, das die Freiheit mit sich bringt, vor dem Einbrechen in einen kleinen Krater, in eine Grube, und schließlich in eine Höhle, aus der dich nur der Mut oder die Verrücktheit oder die Hoffnung oder die Verzweiflung empor- und herausheben, und wenn er, als Vorletztes, doch etwas gegen die Bequemlichkeit tun könnte, die bezaubernde, verführerische Bequemlichkeit einer bereits gebahnten Richtung, die nichts anderes ist als ein Narrativ und nichts weniger als eine Identität. Wenn er, zuletzt, ganz zuletzt, gestand er sich ein und kehrte den Blick vom leuchtend grünen Gras ab und zog ihn von den schreiend weißen Wegen zurück, wenn er doch leichter als in der Freiheit sich in einem Leben einrichten könnte, das aus einer entsetzlich vorhersagbaren Szenenfolge besteht. Wenn es für ihn doch leichter wäre – leichter als sich zu öffnen, leichter als sich zu strecken –, vom heutigen Tag auf alle künftigen zu schließen und diese Schlüsse zu akzeptieren, vorauszusehen, sogar zu *wissen*, was geschehen wird, warum es geschehen wird, und wie es ausgehen wird. Wenn doch nicht. Wenn doch nicht. Wenn doch. Wenn doch.

„Als ob ich tatsächlich fähig wäre, so etwas durchzustehen, Ana." Er bedeckte sein Gesicht wieder mit den Händen und versuchte, die Wirkung seiner Erkenntnis noch einmal zusammenzufassen und so viel bittere Entschlossenheit in sie zu legen, dass er nicht mehr nur zitterte, sondern geradezu bebte.

„Ich liebe dich, Ana, ich liebe dich so sehr, und all das, was du erwähnt hast, ist wichtig und war es immer für mich, Ana. Aber ich werde Vera nicht verlassen, Ana, ich werde sie nie verlassen."

Sie stützte sich auf ihre Hände, und die Bank war glitschig, wie Butter, wie Margarine, wie Öl genau genommen. Sie konnte sich nicht abstützen und konnte sich nicht aufrichten. Sie rutschte mit ihrem Becken tiefer und tiefer und gelangte an die Spitze des Absurden, wo sie, wenn sie dürfte, geschrien, geschlagen, gekratzt, gegraben hätte. Dort, im Kern des Absurden, ist noch niemand endgültig besiegt, obwohl sich die Niederlage schon abzeichnet, dort im Absurden brennt jedem tödlich der Kopf, sein Widerstand aber ist noch nicht gebrochen: Mit ihren Händen zog sie seine verkrampften Hände, die mit seiner Stirn verwachsen schienen, auseinander und versuchte seinen Blick einzufangen, der überallhin floh, nur nicht zu ihr.

„Was", sie röchelte, „was redest du da, das hat doch keinen Sinn, Adam." Als würde sie eine Teetasse anfassen, griff sie nach seinem Kinn, auch das eine absurde Geste, und hielt es fester, als sie die Tasse halten würde, hielt es so, dass sie einander in die Augen geblickt hätten, wenn Adam seine gehoben hätte. „Du liebst mich sehr, sagst du mir, aber", sie fuhr mit der Hand vom Kinn in seinen Nacken, um seine Stirn an ihre zu drücken, aber Adam, sein Nacken, war wie die Wurzel einer kalifornischen Sequoia, „würdest du nicht aufleben, wirklich aufleben mit mir? Frei, Adam? Öffentlich, anerkannt, Adam?"

„Ich sage dir, Ana", er entzog sich ihrem Griff und streifte sie mit einem Blick, wie ein Häretiker das Fresko einer mächtigen Kathedrale streift, und senkte ihn zurück in ihren Schoß, „dass ich nicht der Mann bin, für den du mich gehalten hast und für den ich mich deshalb gehalten habe." Ihm schien es, als würde Anas Schoß nachgeben, und zugleich hörte er, wie sie Atem holte – wie vor einem waghalsigen Sprung ins Wasser, in ein Wasser, das aus der Ferne trüb aussieht, in ein Meer, bei dem aus der Entfernung weder Tiefe noch Temperatur, weder Strömungen noch felsiger, bewachsener oder sandiger Grund auszumachen sind. „Ich will sagen, Ana, dass du mich als den, für den du mich hältst, in Freiheit nicht haben könntest. Ich will dir sagen, dass du mich als den nicht haben könntest, wenn hinter mir nicht Vera stünde, wenn mit mir nicht meine Kinder wären, wenn sich alle, in die ich mich eingebaut habe, in Nichts auflösen würden. Wenn ich sie verlieren würde, würde ich ihre unerschütterliche Unterstützung und ihre Ermutigung verlieren, und so würde ich verbittern, das würde ich mit Sicherheit, so würde ich mich verfinstern. Ich würde mich verändern, ich würde mich radikal verändern." Mit flackerndem Blick fing er ihre trockenen, ungläubig offen stehenden Lippen ein, durch die ein pfeifender Atem entwich, und ihre Augen, weit geöffnet und eisblau, spiegelten genau die Umgebung in seinem Rücken, die einzige Linde unter den Buchen, die Hütte am kleinen Spielplatz, die beiden verspielten Hunde, alle Details ihrer struppigen Felle, aber nichts von ihr, weder Gefühle noch Gedanken. Es war, als wären die Tore einer mächtigen Kathedrale donnernd vor ihm zugefallen und als wäre staubige Luft aufgewirbelt und als würde er, wenn sich der Staub endlich gelegt hat, im Eisblau des Türglases sein Spiegelbild erblicken, seine breiten, zweifelnd abwehrenden, verschämt hängenden Schultern, seinen Stiernacken, über Stirn und Scheitel sein ungezähmtes kastanienbraunes Haar, seine weichen, welken Ohren und sein aschfahles dumpfes Gesicht, Mund, Nase und die dichten Augenbrauen von blassen Fältchen durchzogen, die manchmal zu richtigen Falten geschnitten waren, als würde er das Spiegelbild des alten Mannes sehen, der er wurde, nein, der er genau hier, auf dieser Bank, an diesem Tag im Mai, schon *geworden* war.

Seine Kehle wurde feucht, und er fuhr fort: „Ich würde mich zum Schlechteren hin verändern, Ana, und ich würde mich dir nicht so zeigen wollen, ich würde nicht wollen, dass du mich so siehst, wie ich wirklich bin, wie ich bin, wenn ich keine Infusion abrufen kann, wenn es für mich keine Spender gibt." Die Feuchtigkeit sammelte sich zu einem hinterhältig dicken, kaum durchlässigen Kloß. „Ich würde deine Erwartungen nie erfüllen, Ana, und du würdest, das weiß ich, das fühle ich, aufhören zu hoffen, aufhören zu glauben, dass ich es würde, und wenn du aufhören würdest zu hoffen und zu glauben, Ana, könntest du nicht bleiben. Ich könnte deine Enttäuschung nicht ertragen, Ana, deine unzweifelhafte, für uns beide schrecklich schmerzende Enttäuschung. Diese Enttäuschung wäre für uns beide verheerend, viel schlimmer als die heutige, über die ich kaum hinwegkommen werde, von der ich aber weiß, dass ich es schaffe. Dass ich das noch schaffe."

Als würde sie durch die Oberfläche dieses trüben Meeres stoßen, schüttelte sie den Kopf. „Du hast kein Vertrauen in mich, ich sehe, dass du meine Liebe nicht gerade hoch einschätzt." Sie schnaufte, als würde sie versuchen, aus stürmischem Wasser herauszuschwimmen. „Für dich hat sie nicht genug Kraft, nein, sie hat genau genommen gar keine Kraft."

„Du bist es nicht, die –", der Kloß stieg, als er versuchte, ihn hinunterzuschlucken, auf und klatschte gegen den Gaumen, dass es schmerzte wie ein Schlag auf die Wange. Vor dem Brennen musste er einen Moment lang die Augen schließen und versuchte es mit nüchternem Blick erneut. „In deine Liebe setze ich vielleicht nicht so viel Glauben, aber in dich setze ich ihn aufrichtig, Ana." Er ließ die Hand hölzern auf ihre Schulter fallen und lockerte sie ängstlich über der Rundung von Muskel und Gelenk, einer Rundung, die er, so durchfuhr es ihn, vor nicht langer Zeit hingebungsvoll gekost hatte, einer Rundung, die für ihn eine der berauschendsten Stellen ihres Körpers war, eine Stelle, an die er diese verdammte Kirche, diese verdammte Kathedrale gestellt hätte.

„Sei nicht herablassend, ich hasse alles Herablassende", sie wich jäh zurück, als würden sie keine menschlichen Finger betasten, sondern die faltige und kalt poröse Epidermis einer Made. Sie stand auf und trat ans andere Ende der Bank. Sie kehrte ihm den Rücken zu, damit er nicht den wütenden Schlitz sah, zu dem ihre Mundpartie geworden waren, damit er nicht zum ersten Mal eine Ana sah, die ohne ihn sein konnte, die es *leicht* sein konnte. „Tu das nicht, Adam, du musst deine Entscheidung nicht als Sorge um mich verkleiden, als Edelmut, auf keinen Fall, das ist, wie du weißt, der älteste und billigste Trick im Buch des Ehebruchs, in dem Buch, in dem der ältere Mann, nachdem er seine unermessliche Liebe erklärt hat, die jüngere Frau trotzdem verlässt." Sie zog den Zopf von ihrem Rücken nach vorn, legte ihn sich quer über die Brust und verschränkte über ihm die Arme – hoch und schmal, als wollte sie zuerst und vor allem ihr Brustbein und ihr Herz schützen: das Protokoll eines zornigen, aber um nichts weniger konsequenten Sammelns von Kraft, Willen, moralischem Imperativ, Inspiration, von etwas, dachte sie, wegen dem die Menschen das tun, was richtig ist, was zumindest richtig und gerecht zu sein *scheint*, für sich, für andere, überhaupt. Ihre Arme pressten und pressten, aber die Kraft, der Wille, *dieses Dritte* ließ sich nicht so leicht finden, ihr eigener dünner, kurzer Atem klang in ihren Ohren, ihr Hals schwankte schwächlich mit dem Windstoß, in ihrem Becken setzte sich Blei fest, zog das Kreuz nach unten und grub sich auch in die Beine, die vor dem großen Druck in den Knien einknickten und in den Hüften knirschten; von Gewebe zu Gewebe, von Organ zu Organ brachen so die Bilder ihrer Liebe durch und zerfielen zugleich schon.

Einer Liebe, die zur größten hätte emporwachsen sollen, die mächtig hätte emporwachsen sollen. Einer Liebe, erkannte sie, während sie sich presste und presste und die Tränen trotzdem angestürmt kamen, die es hätte verstehen müssen, die tiefste und zugleich seichteste Triebkraft des Lebens zu beseitigen: den Egoismus und seine unzähligen Ausdrucksformen.

Sie ächzte wie in einem Albtraum, sog die Düfte der frühlingshaft sprießenden Natur ein, die sie in den Nasenlöchern und an der Stirn juckten, und wandte Adam ihr von Schmerz gezeichnetes Profil zu. „Ich dachte, dass du grö-", sie ließ ihr Gesicht gleich wieder auf die Brust fallen. „Ich dachte, dass du bess-", sie hielt inne und musste erst einmal niesen – irgendwo staubten Esche, Birke, Platane –, dann musste sie husten. Sie hustete, dass das Jucken in den Nasenlöchern zu einem Stechen wurde, sie hustete, dass das Brennen in der Stirn zu roten Augen und fleckigen Wangen wurde, sie hustete, dass es unter den Rippen schmerzte und sie sich wie eine schwer beladene Fichte krümmte, sie hustete, dass es ihr aus Luftmangel vor den Augen trübe wurde und sie taumelte und sich an dem Splitter stach, der aus der Bank ragte, sie hustete so stark, dass sie Strafe, böse Vorwürfe und Wut heraushustete, sie hustete noch stärker, dass ihr nicht mehr daran gelegen war, ihrer beider Leid gleichzusetzen und ihrer beider Schmerz in Einklang zu bringen, sie hustete gerade lange genug, um den Ballast auszuspucken und die Zärtlichkeit zurückzuhalten, dünn und blass, aber doch – Zärtlichkeit.

Das ist es also, das musste es sein, das musste *jenes Dritte* sein, war ihr plötzlicher Gedanke.

Ohne überzeugt zu sein, als würde sie auf der Tanzfläche auf den Takt einer unbekannten Musik warten, drehte sie sich um und setzte sich mit einem Ausatmen, in dem eine Rauheit zu hören war, auf den Rand der Bank. Ohne Adam anzusehen, wurde sie augenblicklich angesteckt von seinem trauernden Buckel, seinen schlaffen Armen und seinem Bauch, seinem Verwinden und Verflechten der Hände, halb Kind, halb Abhängiger. Jetzt sah sie doch dorthin, wohin er sah, und bemerkte die Sonnenstrahlen, die schräg an den Bäumen, Büschen, Vögeln und Eichhörnchen vorbei fielen und den Abend ankündigten. Sie sah, wie sich auf der unfruchtbaren Erde die Umrisse von vertrauten Dingen flimmernd abzeichneten, ein Haus mit Schornstein, eine Wolke, ein Auto, eine Blume, eine Tasse. Sie hörte, wie die Baumkronen über ihnen zur Ruhe kamen, das Nest in der Linde verstummte, wie die beiden Hunde aufhörten, einander zu jagen und sich zu balgen, und – vermutlich – ruhig zu ihren Besitzern zurückkehrten, die sie – vermutlich – weit hinter sich gelassen hatten. Sie sah, wie die Schüler ihre Decken zusammenrollten und in die Rucksäcke stopften, beschriftet mit Namen von Freunden und Musikgruppen, Laibach!, EKV!, David Bowie!, in die sie ganz unten, ganz am Boden, sorgfältig ihre *Filter-57*-Zigaretten verstauten, wie sie den Rasen in kleinen Gruppen verließen, die von den ihre Freiheit und ihre Flaschen, Bücher, Frisbees und Zigaretten genießenden Studenten spöttisch eine nach der anderen ausgepfiffen wurden. In der Mitte des Parks mochten die Brunnen aufgehört haben zu plätschern, denn sie hörte kein Geplätscher und kein fröhliches Geschrei der Kinder mehr, die ihre kleinen Hände oder, die mutigsten unter ihnen, Strähnen ihrer Haare in die Düsen steckten.

Das hätte sie normalerweise nicht bemerkt, dachte sie. Details, spann sie den Gedanken weiter, nahm sie nur in großer Traurigkeit wahr, niemals im Glück. Denn nur in der Trauer, so schloss sie und sah endlich zu Adam hin, ist sie fest genug in der Welt, dass die Welt sich ihr unerbittlich und konsequent einprägt.

„Was", sagte er schließlich und versuchte, den Hemdknopf zu drehen, aber der gab nicht nach, das Hemd warf nur unglücklich Falten, „was wirst du tun? In Bezug auf Sergei? Hast du dich schon entschieden?"

Sie ahmte auch diesen nervösen Tick von ihm nach, ihr gelang es aber, den goldgrünen Knopf am Saum ihres Ärmels, wie ein Echo, das das Original übertrifft, zu drehen und abzureißen. Überrascht starrte sie ihn an, die Amputation hätte trotzdem nicht so leicht sein dürfen.

„Ich habe mich für dich entschieden, Adam, mit dir zu leben, Adam." Sie drehte den Knopf zwischen den Fingern auf die andere Seite, die Unterseite, der man – zufällig?, geplant? – weder Farbe noch Dekoration beigegeben hatte, der Kunststoff leuchtete stumm und kalt. „Aber da ich mich für dich nicht *unter ferner liefen* entscheiden konnte", betonte sie und ließ den Knopf in die zerrissene Tasche ihrer Jacke fallen, durch die er unhörbar zwischen die Ritzen der Bank und von dort auf die Erde fiel, „habe ich mich offensichtlich nur dafür entschieden, mich von Sergei scheiden zu lassen. Ich will aber das Sorgerecht für Boris, das werde ich so oder so bekommen." Sie nahm sich auch des zweiten goldgrünen Knopfs an, der schon beim ersten Drehen abfiel und zuerst auf ihrem Oberschenkel landete, der wie im Takt vibrierte, und gleich darauf zwischen ihren Füßen. Sie stieß ihn mit dem Fuß weg, nicht wütend, sondern gedankenlos, als ob der Knopf eher ins Gras als aufs Kleid gehörte. Sie krempelte die Ärmel hoch, sodass ihre weiße Haut leuchtete, und betrachtete die Muttermale, die wie die Sterne im Sternbild Perseus angeordnet waren. Müsste sie Adam mehr sagen? Erklären, wie die Entscheidung herangereift war und wie sie schließlich getroffen wurde? Erklären, wie sie sich durchgesetzt hatte? Den Prozess beschreiben, wie Krankenhausapparaturen den versiegenden Puls eines menschlichen Herzens, den Gehalt an Krankheitsindikatoren im Blut oder Urin, den Grad des Todes im lebendigen Körper beschreiben? Erzählen, erklären, erläutern, beschreiben: als ob das Abwägen und Nachdenken hier die Hauptmacht hätten, sie fuhr die Muttermale nach, als würde es sich hier nicht gerade um die Absage an die Kontrolle handeln, um die Selbstauslieferung an das, was bereits geschehen war und bis zum Ende zu geschehen hatte. Es ging, könnte sie ihm *sagen*, um das endgültig gewonnene, angenommene, angeeignete, annehmbare – was immer es war – *Gefühl* für das eigene Schicksal. Wäre nicht die Rückkehr zu Sergei, das Sammeln, Aufräumen und Wegräumen der Liebe zu dir, Adam, könnte sie ihn *fragen*, nur ein Versuch, erneut das wegzuschieben, dem ich mich – eben!, eben!, so ist es! – stellen muss? Ist nicht jede Liebe immer auch ein gewaltsames Hereinbrechen des unermüdlichen Schicksals, sein lautes Kommando *hier beginnt dein Weg erneut und so wird er sich winden*? Ist nicht jede Liebe, auch unsere, Adam, das elementarste Werkzeug des Schicksals, das die Bahn für eine vielleicht aufschiebbare, aber unvermeidliche Lebenskrise, Existenzkrise, fundamentale, oder wie immer wir dazu sagen, Krise bereitet? Und, Adam, warum sollte ich mich zurück zu Sergei wenden, wenn ich mein Schicksal doch schon jetzt spüre, wenn ich doch schon gerade jetzt mit beiden Beinen vor der Schneide der Katastrophe stehe? Warum sollte ich zu Sergei zurückkehren, wenn ich doch weiß, dass das Schicksal vielleicht nur eine kurze Zeit *nicht in Sichtweite* ist, wenn ich doch weiß, dass es sich nur eine kurze Zeit verbergen und verstummen wird, aber zurückkommen *muss*, weil es noch immer unbezahlte Rechnungen mit mir zu begleichen hat? Warum sollte ich das auf später verschieben, dem ich mich so sehr genähert habe, Adam? Mit dir oder ohne dich, Adam, würde ich zu ihm auch noch sagen, muss ich unsere Liebe als mein Schicksal und mein Schicksal als unsere Liebe vollenden, und alles das zu vollenden bedeutet, den Weg gehen, den wir vorhergesagt haben oder, genauer gesagt, der uns vorhergesagt wurde, ob der Schmerz nun gigantisch oder mäßig oder unbedeutend ist, ob er nun Verlust, Untergang, Wiedergeburt oder eine kaum wahrnehmbare Veränderung bringt. Ich muss mich all dem stellen, was in unserer Geschichte vorhergesagt war, Adam, nicht weil ich extrem mutig bin, sondern weil ich unerträglich müde bin, ja, auch das könnte ich ihm sagen, müde vom ewigen Fragen, was mir in dem Schicksal, das sich in unserer Liebe komprimiert hat, Adam, widerfahren würde, müde vom Zweifeln, ob diesen Weg zu gehen überhaupt bedeutet, das Werk des Schicksals zu vollenden, erschöpft von der Angst, dass mir mehr widerfahren wird, als ich zu ertragen vermag oder willens bin, oder, Ironie, Adam, als mir zu ertragen bestimmt ist. Ich bin es überdrüssig, mein Schicksal aufzuschieben und wegzuschieben, Adam, ich bin erschöpft, Adam, darum geht es, soll mir doch *all das* widerfahren, soll geschehen, was geschehen muss, müsste ich ihm noch sagen. Was auch dir geschehen müsste, Enttäuschung, Verbitterung, Niederlage, alles, was du selbst so genau angeführt hast, wird nicht jetzt passieren, sondern wird eines Tages, wenn du es am wenigsten erwartest, dennoch passieren, du wirst sehen und all das erfahren, was ich dir nicht gesagt, erklärt, auseinandergesetzt und beschrieben habe, auch dir, Adam, wird das

Schicksal zuteilen, was es dir zuzuteilen hat, ob du es nun einen Augenblick zuvor tief, konkret, irritierend fühlst oder nicht.

Auch sein Schicksal wird zuschlagen, und wenn sie tausend Mal gesagt hätte, was sie nicht gesagt, oder tausend Mal geschwiegen hätte, was sie nicht geschwiegen hat, dachte sie und bedeckte ihren Perseus mit der Hand. Ein Halbgott, dem es gelungen war, nicht nur sein eigenes Schicksal, sondern auch ein fremdes zu beschneiden und zu wenden. Nie ein Märtyrer und nie ein Sklave.

„Es tut mir leid, dass es dich bis hierhergeführt hat", er schluchzte und stützte die Ellbogen auf die Knie. „Ich wollte nicht, dass du leidest, Ana. Ich würde verstehen, wenn du dich an mir rächen wolltest." Die Tränen, die auf den Boden tropften, vereinigten sich zu sandigen Bläschen und kollerten in eine Mulde. Er könnte sie einsammeln und mitnehmen, überkam es ihn, als heilige Überbleibsel einer Liebe, die ihn verändern, die ihn befreien wollte, aber es nicht vermochte. Zu Hunderten könnte er sie mit nach Hause nehmen, sie vorsichtig, damit sie nicht zerspringen, damit sie nicht zerfließen, in eine Vase gleiten lassen und mit ihr sein dahinsiechendes *Meisterwerk* beschweren. Er würde dieser Liebe, für die er letztlich taub und blind war, der er zum Schluss zu entsagen bereit war, einen Altar errichten, so wie ihn ein Gläubiger errichtet, der unfähig ist, das wahre Antlitz Gottes zu schauen, weil es ihn vernichten würde.

„Ich werde mich nicht an dir rächen", auch sie stützte die Ellbogen auf die Knie. „Deine Geheimnisse sind bei mir sicher, erinnerst du dich?" Mit dem flatternden Ärmel ihrer Bluse wischte sie sich die Augen, von denen noch immer das Elend tropfte. „Das gilt noch immer, Adam, das hat sich nicht geändert." Es gilt noch immer: Schwerlich könnte sie sich ein Schicksal vorstellen, könnte sie ihm noch sagen, das von ihr – nach allem, was sie selbst gewesen und getan hat – verlangte, sich zu rächen. Schwerlich könnte sie sich ein Schicksal vorstellen, das Erkenntnis im Rächen gewährte, in einem Akt der Vergeltung, denn das Schicksal ist doch alles, nur kein *Akt*.

„Ana“, sagte er überwältigt und lechzte nach einem Wort, das ihm nach all denen, die er gesagt hatte, nach all denen, die er gelogen hatte, und nach all denen, die wahr gewesen *waren*, überhaupt noch geblieben war. Er sah sie an, und das Blau sah zurück. „Danke.“

Mit den Schuhen rutschte sie erneut, ein letztes Mal, war ihr Gedanke, über die kompakte, staubige Erde und näherte sich der Spitze seiner Schuhe. Fast berührten sie sich schon, als Adam zu ihr heranrückte. Hand an Hand, Fuß an Fuß. Wenn das die alltägliche Liebe ist, dachte sie, während ihre Tränen unaufhörlich quollen, dann wird gerade der Abschied, nicht nur das, dann werden die Gründe für ihren Abschied zur stärksten Erinnerung: Wenn die Liebe geboren wird, ist niemand bei ihr, um sie zu denken und zu erinnern, aber wenn sie stirbt, sind nur noch diese Gründe bei ihr. Weil dies eine alltägliche Liebe ist, schloss sie und wischte die Tränen in den anderen flatternden Ärmel, soll ihr Abschied eine Geste sein, die die Wirkungen dieser Geburt am treuesten zusammenfasst. Sie schob sich zwischen seine Schuhe und stand auf. Er verstand die Notwendigkeit des Augenblicks, nahm die Einladung an und stand auch selbst auf.

Sie klammerten sich einer an den anderen. Sie krochen einer in den anderen. Sie atmeten einer den anderen.

Und ließen los.

Auf seinem Hemd ein Fleck ihrer Tränen, der es eilig hatte zu verdunsten. Auf ihrem Rücken der Abdruck seiner Hände, der es eilig hatte zu vergehen.

Epilog

9. Dezember 1996

Ein verschneites Feld und schneebedeckte Bäume in der Ferne, in der linken Ecke der obligate Schneemann. Er hatte schon schlimmere Glückwunschkarten gesehen, aber noch nie war eine Einladung in dieser Form gekommen. *Lieber ehemaliger Kollege, wir laden dich herzlich ein, mit uns am 17. Januar kommenden Jahres (!) in den Räumen der Revija auf den ersten runden Jahrestag der Veröffentlichung der Beiträge zum Nationalen Programm anzustoßen. Ein herzliches Willkommen von fast allen von uns.* Ästheten waren sie wirklich nie gewesen, dachte er, aber es war trotzdem eine schöne Geste, und vor allem eine unerwartete. Ihn einzuladen, der weniger als ein Epigone dieses Zeitabschnitts war? Ihn, der es als Einziger im letzten Moment mit der Angst bekommen hatte? Ausgerechnet ihn einzuladen, für den damals niemand etwas anderes übrighatte als enttäuschte Ablehnung und kühle Verurteilung? Entweder machte das Jahrzehnt sogar einen Feigling zum Menschen, überlegte er, oder die Rivalität zwischen den mutigen Bannerträgern war so groß, dass sie beim Notieren der Verdienste die wirklichen Feiglinge einfach vergessen hatten. Wie auch immer, er musste sich eingestehen, dass die Einladung ihn hatte frösteln lassen, es war die erste Stimme aus jener Welt, aus jenem in den Untergrund verdrängten Leben, ein Ziegelstein durchs Fenster, eine Scherbe in der Schuhsohle. Er schob die untypische Einladung in das goldbestäubte Kuvert, steckte es zwischen die andere Post zurück und goss sich noch eine Tasse Kaffee ein. Kalt geworden, voller Satz. Er hatte ja noch Zeit, sich zu entscheiden.

Er kehrte zu der Seminararbeit mit dem pompösen Titel *Ist das Technologie? Düstere Visionen in den Romanen von Stanisław Lem* zurück, die neben ihm auf der Couch lag, als sie ins Wohnzimmer stürzte.

„Was zum Teufel hast du uns angetan?“, sie warf ihm die aufgeschlagene *Mladina* hin. Bei der Verachtung, die zugleich aus ihrem Blick floss, fühlte er, überrascht, Erleichterung. Als wäre nach Jahren unerträglich schwülen, schweren Wetters endlich ein Unwetter losgebrochen und hätte die Illusion des sorglosen Sommers weggewischt. Denn ihre Wahrheit hieß schon lange Herbst, schon lange nur noch Herbst.

Er machte ihr ein Zeichen, sie solle sich setzen, näherkommen, jetzt, wo sie sich Luft gemacht hatte, aber sie machte einen Schritt zurück. „Lies das“, presste sie durch die Zähne, „jetzt werden es alle wissen. Sie können alle ihre Schlüsse ziehen.“

Er beugte sich über die *Mladina* und löste die feuchten Blätter voneinander. Sie blickte ihn an, leicht geschminkt, leuchtend blau und verschmitzt, so wie sie ihm einst seine Frotzelei mit noch verschmitzterem Galgenhumor zurückgezahlt hatte. Wie damals, wenn sie ihn auf die Wangen oder auf die Nase küssen wollte. Ihr Haar, jetzt zu einer strengen Pagenfrisur mit Fransen geschnitten, erniedrigte ihre scharfen, etwas gealterten Züge zum Klischee, kein wirklich slowenisches, sondern das französische Klischee einer im öffentlichen Leben stehenden Intellektuellen. Einer Künstlerin. Einer alleinstehenden Frau. Wenn es das Unglück wollte, einer alleinerziehenden Mutter. Da waren natürlich auch der Rollkragenpullover, schwarz, der militärgrüne Mantel mit den ausgeprägten Schultern und dem Gürtel, und die Cordhose, schwarz. Und hinter ihr, die wie ein Mannequin in der Mitte des ganzseitigen Fotos stand, der Tivoli. Natürlich der Tivoli. Die Bänke auf der rechten Seite der Jakopič-Promenade, die sich wegen des bewusst gewählten Winkels bis ins Unendliche hinzuziehen schien. *Ana Adamič*, stand über dem Bild, *die Autorin des* Meisterwerks, *des lang erwarteten Romans.*

Kalter Schweiß überströmte ihn, und seine Finger blieben sofort am unteren Rand der Seite kleben. Der Blick seiner Frau lastete in seinem Nacken, über den er automatisch hinstrich, wobei er den Muskel eine Spur zu stark presste. Zu offensichtlich.

„Lies", hörte er sie wie aus einem fernen Raum schnauben, obwohl sie über ihn gebeugt stand.

Sein Blick wollte sich nicht auf Befehl scharf stellen. Ein aufgewühlter Morast nach dem Unwetter, alles noch immer an der Oberfläche. Ein paar Minuten lang sprang er zwischen den Fragen – *Wie ist es, Verantwortung des Schriftstellers, Reaktion der Umgebung, Sorgen, Selbstbewusstsein, Bedauern, Haben Sie die Veröffentlichung des Romans überhaupt vorgehabt, Wann haben Sie beschlossen* – nur hin und her. Seine Aufmerksamkeit fesselte schließlich die orange gerahmte Antwort, die sich bis auf die nächste Seite zog. *Jede Autorin rechnet bei ihren Lesern mit der Fähigkeit, zwischen Realität und Fiktion zu unterscheiden. Es ist also kein Zufall, dass ich im Roman meinen Vornamen beibehalten habe, obwohl ich meinen mit der Ehe erworbenen Nachnamen geändert und obwohl ich über meinen einstigen Job geschrieben habe. Es ist kein Zufall, dass im Klappentext des Buches deutlich steht, dass ich mit der Geheimpolizei zusammengearbeitet habe, dass ich nach dem Ende meiner Zusammenarbeit gezwungen war, beruflich umzusatteln, dass man dafür gesorgt hat, dass ich entlassen wurde – heute arbeite ich als Bibliothekarin in einer der Bibliotheken in Ljubljana –, und es ist auch kein Zufall, dass ich nicht in der ersten Person schreibe. Mit diesen Änderungen wollte ich hervorheben, was näher und was weiter vom tatsächlichen Geschehen entfernt ist. Alles andere, was mich betrifft, soll Gegenstand von Spekulationen, von Hypothesen bleiben, all das gehört schließlich zur literarischen Debatte, ob wir wollen oder nicht.* Er blätterte panisch bis zur letzten Seite des Interviews weiter und hielt bei *Reaktionen der Familie* inne. Zwischen den spärlichen Schläfenhaaren kitzelten ihn die Schweißtropfen. *Mein Sohn,* las er, wischte sich mit der Hand den Schweiß und tupfte ihn an der Hose ab, *hat meine Ambition, einen solchen Roman zu schreiben, akzeptiert, aber es ging nicht ohne Komplikationen ab, denn er fürchtete zuerst, dass meine Vergangenheit ein schlechtes Licht auf ihn werfen könnte, aber dann, ich weiß noch immer nicht, warum, begann er mich zu ermutigen. Damals war ich beim ersten Viertel des Romans, und sein Vertrauen war, ich übertreibe nicht, wie ein Deus ex Machina. Und endlich lief es.* Sein Blick glitt weiter, die Verlegenheit steckte ihm ganz oben im Hals, fast in Mund und Ohren, hinunter zu *Dann wurden Sie sich also des Risikos bewusst, das Ihr Roman darstellt? Oder doch eher des Egoismus? Sich selbst in den Mittelpunkt zu stellen, bedeutet ja auch, andere Menschen in seinem Leben zu exponieren, Personen, die das aller Wahrscheinlichkeit nach nicht möchten und es weniger gut aufnehmen, meinen Sie nicht?*

„Unglaublich, nach zehn Jahren“, sie schluchzte, typisch, jetzt werden ihr gleich die Tränen kommen, dachte er, und saugte sich wieder fest: *Die Gabe des Schriftstellers ist eine ausbeuterische Gabe, nichts anderes, und die Folge einer solchen*

Gabe kann nun einmal nicht die Reproduktion von Behagen sein, weder meines noch das eines anderen. Zu dieser ausbeuterischen Gabe muss man sich manchmal ermutigen, nichts ist selbstverständlich (lacht).

„Ja, wirklich", sagte er, presste die Kiefer zusammen und schluckte den Speichel hinunter. Er nahm die Hände von der Zeitschrift, hielt sie für einen Augenblick in die Luft – Hände hoch? – und richtete sich auf. Er holte tief und geräuschvoll Luft und konnte kaum das hämische Lachen zurückhalten, das – jetzt?, jetzt?! – zwischen seinen Stimmbändern verrückt spielen wollte, er sprang auf die Beine und sprintete, zwei Stufen auf einmal nehmend, pfeilschnell die Treppe hinauf in sein Arbeitszimmer und knallte die Tür so heftig hinter sich zu, dass es ihr, die sprachlos mitten im Wohnzimmer stehen geblieben war, den Boden unter den Füßen wegzog.

Als der Knall verklungen war, atmete er keuchend aus und wartete, bis sich sein Herzschlag und mit ihm das Zittern seiner Hände und Knie beruhigt hatte. Wie nahe liegen doch die Auswirkungen von Verliebtheit und Erschütterung beieinander, dachte er, als er unter den Fingern seine Wangen und seine Stirn brennen fühlte. Beides hast du mir gegeben, flüsterte er und ging zum Schrank hinter dem Schreibtisch, ja, genau zu dem, auf dem *sein* Stapel Blätter, *sein* unvollendetes *Meisterwerk* Staub ansammelte. Vom unteren Regal fingerte er aus einem Stapel Rezensionsexemplare dasjenige mit dem Rothko-Cover heraus, ein blau umrandetes Quadrat in Orange, verträumt verblasst, und riss mit feierlicher Theatralik die durchsichtige Cellophanhülle auf. Er entkleidete *ihr Meisterwerk*.

Natürlich hatte er es. Schon einen oder zwei Monate lang. Und natürlich hatte er sich davor gefürchtet, was ihn hinter *seinem* Titel erwarten würde, und natürlich hatte er, mehr in der Kunst des Ordnens geübt als in der Kunst des Lebens, vermieden, es herauszufinden. Es stimmt, was die Geschichte sagt, wer vergessen will, braucht zuerst ein gutes Gedächtnis.

Er setzte sich an den Tisch, ein wenig wie auf einen elektrischen Stuhl, ein wenig wie in eine warme Badewanne. Die Konfrontation hätte ein perfektes Ritual sein können, dachte er, hätte aber nicht weniger banal begonnen. Er öffnete es also, *Anas Meisterwerk,* und suchte den Anfang. Kehle und Wangen wollten wieder – jetzt? Ja, genau jetzt –, sie wollten kichern, und tatsächlich gelangte nur ein winziges Keuchen ins Freie. *Mhh.* Er bedeckte verschämt den Mund und konzentrierte sich. Er las.

Das Datum schien zu stimmen. Und dann –

– regnete es Vorhänge. *Die Reklametafeln, der Kiosk, die Auslagen der Geschäfte – alles wurde vom Wasser verschluckt. Die Menschen krümmten sich unter schlaffen Schirmen und sahen zu Boden, als könnten sie sich so besser vor der Nässe schützen, und stießen auf dem Weg wer weiß wohin, nur halb bei sich, zusammen. Der Fahrer eines kleinen Fiat verlor für einen Moment die Kontrolle über seinen Wagen und scheuerte laut am Bordstein entlang, erschreckte die Passanten und löste den Aufschrei eines jungen Paares aus, das der Regen zu einer Groteske hatte verschwimmen lassen. Der Mann im leichten Mantel, der ihm um die Schenkel flatterte, weil er vergessen hatte, ihn zuzuknöpfen, oder es nicht konnte, marschierte direkt in die größte Pfütze auf dem Gehsteig. Bis zu den Knöcheln im Wasser, blieb er am tiefsten Punkt stehen, und seine Lippen formten einen Fluch, wie er ihn in diesem Monat vermutlich nicht noch einmal ausstoßen würde. Eine junge Frau, nach Studentenart als Rebellin kostümiert, klappte beim Einsteigen in den Bus ihren Schirm zusammen und –*

– ein hämisches Lachen. Diese vollblütige Serie von Keuchen, raschem Ein- und noch rascherem Ausatmen, und ein

Erschüttern des Brustkorbs, ein Pulsen des Plexus, ein Anspannen der Schultern. Und ein paar Augenblicke später ein großes Gelächter. Breites Öffnen des Mundes. Und eine Stimme, nicht mehr seine, zuerst tief und dunkel dröhnend, und dann immer höher und brüchiger, und wieder abfallend, direkt in einen Schluckauf, so viel Luft und immer so dünn, und –

– er räusperte sich. *Die Absätze drehten sich abrupt herum, die Arme fielen am Körper herunter.*

„Sie sind vermutlich Herr Bevk? Es freut mich, ich bin Ana Miler.“ Sie kam mit zwei kurzen Schritten wiegend auf ihn zu, ihr Rock behinderte sie offensichtlich, und streckte ihm die Hand entgegen. Eine kleine Hand mit langen, leicht gebogenen, aber eleganten Fingern und Nägeln. Er bemerkte die gespannten blaugrünen Venen auf dem Handrücken und –

– ein Rülpser fiel in die Stille. Wie durch einen Schleier beobachtete er, wie der Schweiß auf das Papier tropfte und beim Aufprall in kleine Sterne zersprang. Wie das Papier, als würde es sich plötzlich sträuben, kraus und wellig wurde. Wie die dick und dicht gesäten Sterne die Buchstaben und ein paar Wörter zu fleckigen Streifen wegwuschen, zu nicht mehr als Schmutz. Wie der trocknende Schmutz neue Zeichen ins Papier prägte.

Aljoscha sah das alles und blinzelte, denn die Wörter, obwohl schmutzig, obwohl trüb, sich selbst nicht mehr gleich, hatten noch nie zuvor stärker geblendet.

Anmerkungen

S. 5: *Pankrti:* Punkrockband aus Ljubljana, Ende der 1970er- und 1980er-Jahre, bekannt für ihre provokanten Texte.

S. 5: *NSK: Neue Slowenische Kunst,* 1984 in Ljubljana gegründetes politisches Kunstkollektiv.

S. 5: *Mladina:* politisches Wochenmagazin, in den 1980er-Jahren zunehmend Organ der politischen Opposition, dem bei der Entwicklung der slowenischen Zivilgesellschaft eine Schlüsselrolle zukam.

S. 23: *Mladinska knjiga:* 1945 als staatlicher slowenischer Jugendbuchverlag gegründet und in allen Teilrepubliken Jugoslawiens präsent, gehört *Mladinska knjiga,* seit 1990 als Aktiengesellschaft geführt, auch heute zu den bedeutendsten Verlagshäusern Südosteuropas.

S. 32: *Severni sij:* 1984 erschienener Roman des slowenischen Autors Drago Jančar, 2011 in der deutschen Übersetzung von Klaus Detlef Olof unter dem Titel *Nordlicht* bei Folio erschienen.

S. 47: *Revija: Nova revija,* 1982 gegründetes Literaturmagazin, das Mitte der 1980er-Jahre zu einer der Hauptstimmen der Bewegung für ein demokratisches und unabhängiges Slowenien wurde.

S. 57: *FSPN:* Fakultät für Soziologie, Politikwissenschaft und Journalismus, 1961 als Hochschule für Politikwissenschaft gegründet, seit 1991 Fakultät für Gesellschaftswissenschaften in Ljubljana.

S. 68: *ganze zehn Flaschen Wein und Whisky vom Schwarzmarkt:* Markenspirituosen, Kaffee, Delikatessen aller Art mussten in den Achtzigerjahren mühsam aus dem Ausland bzw. vom Schwarzmarkt besorgt werden. Heimische Produkte wie dalmatinischer Kräuterschnaps (Travarica) erfreuten sich in den besseren Kreisen keiner Beliebtheit.

S. 72: *Tržaška:* Triester Straße in Ljubljana.

S. 104: *Rožnik:* Anhöhe und Ausflugsziel am Stadtrand von Ljubljana.

S. 105: *Udbaši:* Geheimpolizisten; nach UDB *(Uprava državne bezbednosti)*, der Geheimpolizei Exjugoslawiens.

S. 113: *Brana:* Gipfel in den Steiner Alpen (2.253 m).

S. 113: *Komarča:* Trogschluss am Ende des Bohinjer Tals, schnellster Aufstieg zum Triglav-Nationalpark.

S. 117: *Pršivec:* Mali Pršivec – Gipfel oberhalb des Bohinjer Sees (1.791 m).

S. 137: *Beiträge zu einem nationalen Programm:* Es handelt sich um sechzehn Essays führender slowenischer Intellektueller, die 1987 als „Beiträge zum slowenischen Nationalprogramm“ in der *Nova revija* 57 erschienen.

S. 141: *Modro i zeleno, u naručju vremena, bolje da pričam o sebi, bolje da idem u nove promene, i samo putem promene: Modro i zeleno*, 1985 erschienener Hit der legendären serbischen bzw. jugoslawischen Rockband *Ekatarina Velika* (EKV) aus Belgrad (1981–1994): „Blau und grün, im Schoß der Zeit, besser, dass ich von mir rede, besser, dass ich neue Veränderungen angehe, voran auf dem Weg der Veränderung.“

S. 142: *modro in zeleno, una račju vremena, bolje, da priče o sebi, bolje, da odidem unove pro mene, in samo potem pro mene:* „Slowenisierung“ desselben Textes durch Boris.

S. 142: *Kako da ostanem isti? Kako da sačuvam sebe od promene?:* ebd.: „Wie kann ich derselbe bleiben? Wie kann ich mich vor Veränderung schützen?“

S. 142: *Olovne godine:* „Bleierne Jahre“, Hit der Gruppe *Ekaterina Velika* (1985).

S. 143: *moje vreme od sada, moje vreme od tada, uvek isto vreme:* „meine Zeit von jetzt, meine Zeit von damals, immer dieselbe Zeit."

S. 153: *Ručni rad … Beskonačno … Tangenta … Sledovanje:* vier zwischen 1979 und 1984 erschienene Alben der mazedonischen bzw. jugoslawischen Rockband *Leb i sol.*

S. 178: *Travarica:* Kräuterschnaps aus Kroatien.

S. 178: *Zanni-Masken:* venezianische Halbmasken, dialektal für „Gianni", „Giovanni", einer Dienerfigur in der Commedia dell'arte.

S. 182: *Antikvariat:* auch Trubarjev antikvariat, ältestes Antiquariat in Ljubljanas Altstadt, in den Achtzigerjahren einer der Kristallisationsorte der slowenischen Unabhängigkeitsbewegung.

S. 198: *trotz der angeblich noch gefährlichen Strahlung:* Am 26. April 1986 war der Atomreaktor im ukrainischen Tschernobyl explodiert, die radioaktive Wolke verstrahlte auch große Teile West- und Südeuropas.

S. 210: *Laibach:* Die 1980 gegründete, von 1983 bis 1987 in Jugoslawien mit totalem Auftrittsverbot belegte retro-avantgardistische Band bildete ab 1984 den musikalischen Teil des interdisziplinären Kunstkollektivs *Neue Slowenische Kunst.*

S. 210: *EKV:* s. Anm. zu S. 141.

Inhalt

Die Herausgabe dieses Werks wurde gefördert durch TRADUKI, ein literarisches Netzwerk, dem das Bundesministerium für europäische und internationale Angelegenheiten der Republik Österreich, das Auswärtige Amt der Bundesrepublik Deutschland, die Schweizer Kulturstiftung Pro Helvetia, die Interessengemeinschaft Übersetzerinnen Übersetzer (Literaturhaus Wien) im Auftrag des Bundesministeriums für Kunst, Kultur, öffentlichen Dienst und Sport der Republik Österreich, das Goethe-Institut, die S. Fischer Stiftung, die Slowenische Buchagentur, das Ministerium für Kultur und Medien der Republik Kroatien, das Ministerium für Gesellschaft und Kultur des Fürstentums Liechtenstein, die Kulturstiftung Liechtenstein, das Ministerium für Kultur der Republik Albanien, das Ministerium für Kultur und Information der Republik Serbien, das Ministerium für Kultur Rumäniens, das Ministerium für Bildung, Wissenschaft, Kultur und Sport von Montenegro, die Leipziger Buchmesse, das Ministerium für Kultur der Republik Nordmazedonien und das Ministerium für Kultur der Republik Bulgarien angehören.

traduki

Diese Ausgabe wurde durch die Slowenische Buchagentur, JAK, ermöglicht.

JAK
JAVNA AGENCIJA ZA KNJIGO RS

TransferBibliothek CLXII

Die Originalausgabe ist 2020 unter dem Titel *Mojstrovina* bei Beletrina Academic Press, Ljubljana, erschienen.

Covermotiv: Nikos Economopoulos/Contrasto
Lektorat: Joe Rabl

Grafische Gestaltung: Dall'O & Freunde
Druckvorbereitung: Typoplus, Frangart
Printed in Europe

ISBN 978-3-85256-851-5

www.folioverlag.com

E-Book: ISBN 978-3-99037-128-2